Retour à Whistle Stop

DU MÊME AUTEUR
AUX EDITIONS J'AI LU

Beignets de tomates vertes, n° 3315

FANNIE FLAGG

Retour à Whistle Stop

ROMAN

Traduit de l'anglais (États-Unis)
par Jean-Luc Piningre

J'AI LU

TITRE ORIGINAL
The Wonder Boy of Whistle Stop

ÉDITEUR ORIGINAL
Willina Lane Productions, Inc., 2020

POUR LA TRADUCTION FRANÇAISE
© le cherche midi, 2021

Pour Colleen

Prologue

GARE TERMINUS DE LA L & N[1], BIRMINGHAM, ALABAMA

29 novembre 1938, 8 h 10

Il faisait froid par ce matin de novembre. Sous un soleil radieux, la verrière inondait de reflets chatoyants la grande gare dallée de marbre blanc. Des voyageurs arrivaient à bon port, d'autres se préparaient au départ. Les porteurs empressés chargeaient des piles de bagages sur leurs chariots et se croisaient à vive allure. S'ajoutant au crissement des trains, de joyeux bavardages se réverbéraient dans le bâtiment, qui ressemblait à une ruche en effervescence.

Sur le quai n° 7, le *Croissant d'Argent*, qui reliait la Louisiane à la côte est des États-Unis, était prêt à accueillir les passagers de Birmingham. Arthur J. Hornbeck et son épouse Frances montèrent vite à bord. Comme chaque année, ils partaient à New York faire leurs achats de Noël.

1. Louisville and Nashville Railroad, ancienne ligne de train du sud-est des États-Unis. (Toutes les notes sont du traducteur.)

Frances s'engagea gaiement dans l'allée centrale. Elle tenait à bout de bras six grands cartons ronds à chapeau, trois de chaque côté, qui rebondirent sur la tête de quelques voyageurs endormis. Son journal plié sous le coude, Arthur la suivait prudemment à distance.

Une dizaine de minutes plus tard, une fois ses cartons bien rangés et son manteau de fourrure soigneusement suspendu dans la penderie du compartiment, Frances put enfin s'asseoir, se détendre et admirer le paysage. Elle reconnut, au dehors, le passage à niveau de Whistle Stop et remarqua, près de la voie ferrée, un petit garçon blond et souriant, vêtu d'une salopette décolorée, qui saluait de la main les passagers du train. Frances Hornbeck avait un fils du même âge environ et, souriant elle aussi, elle fit signe au garçon, qui la vit et se mit à courir sous sa fenêtre avec une expression joyeuse. Il continua ainsi, aussi vite et longtemps que possible. Elle l'observa un moment, lui et son petit chien, qui disparurent bientôt au loin, tandis que le train reprenait de la vitesse.

Elle réfléchit un instant, puis se tourna vers son mari avec un air soucieux.

— Arthur, je crois qu'il lui manquait un bras, à ce garçon, près du passage à niveau.

— Bigre, dit-il sans lever les yeux de son journal.

Frances soupira, s'adossa à son siège et se mit à croiser et décroiser son triple rang de perles.

— Quelle tristesse, poursuivit-elle. Il n'avait pas plus de sept ou huit ans, et il était si mignon. Et quel joli sourire, si tu avais vu ça ! Que Dieu le protège, ce petit cœur. Mon cousin Charles est né sans petit doigt à chaque main, mais enfin, tout un bras ! Je me demande ce qui a pu arriver à ce gamin.

Arthur leva enfin les yeux.

— Comment ?

— Je me demandais pourquoi ce gosse n'avait qu'un bras. Ce qui avait pu lui arriver.

Arthur, que les évidences n'effrayaient pas, répondit :

— Ah, il a dû se passer quelque chose.

La scène n'avait duré que quelques secondes. Pourtant, toutes les années suivantes, lorsque le train approchait du passage à niveau de Whistle Stop, Frances Hornbeck devait chercher le jeune garçon du regard. Elle se penchait vers la fenêtre et étudiait les environs dans l'espoir qu'il réapparaisse. Et, comme il ne revint jamais, elle demanda chaque fois à son mari :

— Arthur, qu'est-ce qu'il est devenu, à ton avis, le petit blond qui n'avait qu'un bras ?

— Aucune idée.

Shérif Grady Kilgore

WHISTLE STOP, ALABAMA

24 janvier 1991

Grady Kilgore, un grand costaud au torse épais, avait été le shérif de Whistle Stop jusqu'en 1958, date à laquelle il s'était installé dans le Tennessee avec son épouse Gladys. Aujourd'hui septuagénaire, il était descendu de Nashville avec son petit-fils et, depuis la voie ferrée, regardait le Whistle Stop Café, complètement délabré. Dans la rue, les bâtiments voisins étaient recouverts de vigne vierge, au point d'être méconnaissables.

Il indiqua l'un d'eux :

— Ça, c'était la poste, où travaillait Dot Weems, et le café était là, à côté du salon de coiffure d'Opal, où ta grand-mère se rendait tous les samedis matin.

Grady constata avec tristesse combien les lieux avaient changé depuis sa dernière visite.

La vieille route qui menait à Birmingham était à présent abandonnée au profit d'une autoroute à six voies et, pour l'essentiel, la petite bourgade s'était transformée en décharge. Des épaves de voitures et de camions rouillaient le long de la voie ferrée. Le sol était jonché de canettes de bière et de bouteilles de whisky vides. Grady remarqua aussi, malheureux signes des temps, quelques seringues et pipes à crack disséminées.

L'église baptiste, dans laquelle il allait chaque dimanche écouter les prêches du révérend Scroggins, tombait presque en ruine. Les vitraux étaient brisés, les bancs avaient été retirés et vendus. Il ne restait plus de la ville que quelques maisons, dont celle de la famille Threadgoode, qui tenait à peine debout. Des vandales avaient presque tout détruit. Grady se tourna vers son petit-fils et lui dit en hochant la tête :

— Quand je vois ce que c'est devenu, ça me rend malade. Whistle Stop n'a jamais été un endroit à la mode, mais au moins c'était propre. Il n'y avait pas ces ordures partout. La maison des Threadgoode est recouverte de graffitis, et elle n'a plus de vitres aux fenêtres. On ne dirait pas, à la regarder, mais c'était la plus jolie de toute la ville. J'ai beau essayer, je n'arrive pas à comprendre comment elle a pu se dégrader comme ça. J'ai entendu dire que les terrains avaient été vendus et qu'on allait tout démolir pour construire à la place une fabrique de pneus.

Il jeta un dernier coup d'œil sur la rue et poussa un soupir.

— Je me demande pourquoi le café est en si mauvais état. Cela n'est pas normal. On allait y manger comme chez de bons amis. Les deux filles qui s'en occupaient, Idgie Threadgoode et Ruth Jamison, étaient formidables. Tu les aurais adorées. D'ailleurs, toute la ville mangeait là, les employés du chemin de fer et leurs familles. Le jour de Noël, Idgie, Ruth et Sipsey, la cuisinière, repassaient leurs plus belles nappes, et on y allait tous ouvrir nos cadeaux et chanter des cantiques.

Grady lâcha subitement un sanglot. Se détournant, il sortit un mouchoir de sa poche et se moucha d'un air contrit.

— Excuse-moi, mon petit. Oh, Seigneur, je ne devrais pas revenir sur le passé... Mais on a vécu de si bons moments avec elles. Buddy, le fils de Ruth, a grandi dans l'arrière-salle. Le pauvre gosse. Il n'était pas beaucoup plus vieux que toi quand il a perdu un bras.

Grady plia soigneusement son mouchoir, le remit dans sa poche et ajouta :

— Il y a quelques années, le jour de Noël, ta grand-mère et moi avons rendu visite à Opal Butts, à Birmingham. Pendant qu'elles préparaient le dîner, je me suis éclipsé pour faire un tour ici. Je me trouvais exactement à l'endroit où nous sommes et, tu ne me croiras peut-être pas, mais j'ai soudain entendu un air de piano et des rires. Cela venait du café, qui était condamné. J'ai bien regardé partout et il n'y avait personne, pourtant je te jure que je n'ai pas rêvé. Qu'est-ce que ça pouvait être ?

Le petit garçon frotta ses mains l'une contre l'autre et répondit :

— Je ne sais pas, grand-père. Si on y allait, maintenant ? Je commence à avoir froid.

Dot Weems

Whistle Stop, Alabama
1935

Dot était aussi sympa qu'elle aimait bavarder. Plus jeune, elle aurait souhaité embrasser une carrière littéraire, comme son idole Edna Ferber, mais à l'âge de dix-sept ans elle était tombée amoureuse de « l'homme de ses rêves ». Elle avait donc épousé Wilbur Weems et oublié ses ambitions.

Cependant, elle ne manquait pas d'humour et déclarait à qui voulait l'entendre que, même si elle n'était pas une célèbre romancière, elle n'en restait pas moins une « femme de lettres » puisque, non contente de tenir à elle seule le bureau de poste de Whistle Stop, elle rédigeait et publiait chaque semaine un bulletin dans lequel elle racontait tout ce qui se passait en ville. « Pas de ragots, mes amis, rien que les faits ! », assurait le bandeau.

Ce matin-là, elle venait de distribuer sa dernière fournée, et tout Whistle Stop la lisait.

LA GAZETTE DE WEEMS

(Bulletin hebdomadaire de Whistle Stop, Alabama)

30 novembre 1935

Le voleur de dinde

Salut, la troupe !

J'espère que vous avez dignement fêté Thanksgiving. Cooter, le bon vieux chien de Wilbur, ne nous a pas laissé une miette de notre repas. Oui, c'est bien lui que vous avez vu traverser la ville, jeudi, avec ma dinde entre les dents. Je venais juste de la faire cuire. À peine avais-je tourné le dos qu'il l'a volée sur la table de la cuisine. De plus, en sortant, il a éparpillé toute la farce dans le salon. Ah, les hommes et leurs chiens ! Par chance, notre voisine Ninny Threadgoode a eu pitié de nous et nous a invités à dîner. Faute de quoi, Wilbur et moi nous serions passés de dinde ! Celle de Ninny était délicieuse et Idgie nous a fait porter une tarte aux patates douces que Sipsey avait préparée au café. Donc, comme disait M. Shakespeare, « tout est bien qui finit bien ». Miam.

Passons aux choses sérieuses : Whistle Stop est le lieu d'une rare découverte archéologique. Il suffisait de sortir dans le jardin, affirme Idgie. Enfin, celui du café. Avec le petit Buddy, elle était en train de déterrer des vers rouges pour la pêche quand elle est tombée (tenez-vous bien !) sur une dent de dinosaure, vieille de soixante-cinq millions d'années ! Idgie l'a exposée sur le comptoir du café pour que tout le monde puisse la voir. N'hésitez pas à y faire un tour.

Bonnes nouvelles du salon de beauté. J'ai le plaisir de vous annoncer qu'Opal Butts a finalement réparé son séchoir à cheveux. Donc, si vous n'avez pas pu vous faire coiffer la semaine dernière, elle vous trouvera une petite place, même tard dans la journée. Je sais que certaines seront ravies, surtout si elles ont prévu de dîner au Club des Élans, samedi soir. C'est mon cas.

Une bonne nouvelle encore : Grady, le shérif, indique que, mis à part un ou deux incidents mineurs (dus aux effets de l'alcool sur nos concitoyens), notre communauté n'a eu aucun crime ou délit à déplorer cette année, comme la précédente. Merci, Grady.

Votre fidèle plume,
... Dot Weems...

P.-S. N'oubliez pas de dire aux enfants qu'ils écrivent au père Noël. Rappelez-leur que le pôle Nord se trouve très loin de Whistle Stop et qu'il aura besoin de temps pour fabriquer tous leurs jouets.

Plus tard, ce soir-là, Wilbur Weems, aussi grand qu'il était maigre, rentra dîner le sourire aux lèvres.

— Eh bien, Dot, lui dit-il en passant la porte, grâce à toi, toute la ville est venue aujourd'hui au café regarder cette vénérable dent de dinosaure.

Dot était en train de terminer sa purée de pommes de terre.

— Je sais. J'y suis allée moi-même. Tu crois que c'est une vraie ?

Il s'assit et but une gorgée de thé glacé.

— Connaissant Idgie et son goût pour les farces, j'en doute. Tu te rappelles ce fossile de grenouille à deux têtes qu'elle avait mis dans un bocal, l'année dernière ? Eh bien, c'était du caoutchouc.

— Tu me fais marcher.

— Du tout. Elle l'avait acheté à Birmingham, au magasin de farces et attrapes.

— Ça alors !

Dot s'assit à son tour avec le pain de maïs.

— Qu'est-ce qu'elle nous inventera, la prochaine fois ?

— Aucune idée, mais on va encore rigoler, tu peux me croire.

Idgie Threadgoode

WHISTLE STOP, ALABAMA

Comme tout le monde en ville, Dot et Wilbur Weems adoraient Idgie Threadgoode, qu'ils connaissaient depuis sa petite enfance. Idgie, un garçon manqué aux courts cheveux bouclés, avait toujours été mûre pour son âge. Dès qu'elle avait su marcher, elle avait joué au foot et au baseball, et elle prenait un malin plaisir à monter aux arbres. La plupart du temps, on la trouvait nichée dans le savonnier, en face de chez elle, ou assise sur le toit. Sa mère, M'ma Threadgoode, la comparait à un singe, compte tenu de sa propension à grimper partout.

Vers l'âge de six ans, alors qu'Idgie était partie jouer près de la gare de triage, M'ma, en train de balayer son porche, avait jeté un coup d'œil au rapide d'Atlanta qui passait à cinq heures. Et qui lui faisait signe, juchée sur un wagon ? Idgie, bien sûr.

Évidemment, M'ma était dans tous ses états, certaine que sa fille allait tomber et se rompre le cou d'une minute à l'autre. Par bonheur, elle avait réussi à envoyer un télégramme à Pell City, la prochaine gare, où elle était allée la récupérer, saine et sauve. Enfants, Idgie et son jeune frère Julian avaient idolâtré leur aîné Buddy. C'est lui qui leur avait appris à tirer à la carabine, à pêcher, à jouer au foot et au baseball. Idgie relevait presque toujours les défis qu'on lui lançait. Courageuse, cette gamine, disait-on.

Un jour à l'école, un garçon avait jeté un serpent dans les toilettes des filles, qui s'étaient mises à courir dans tous les sens en poussant des hurlements. Toutes sauf Idgie. Elle avait empoigné le reptile et poursuivi le garçon dans un champ. Elle l'avait rattrapé et lui avait fourré le serpent sous sa chemise. Lorsqu'il avait eu vent de l'affaire, Scroggins, le pasteur baptiste, avait cru bon de citer le Lévitique dans son sermon du dimanche : « Tu ne te vengeras point et tu ne garderas pas de rancune contre les enfants de ton peuple. »

Idgie n'était pas là pour l'écouter. Comme d'habitude, le dimanche matin, elle pêchait le poisson-chat à la rivière Warrior avec son frère Buddy.

Elle avait toujours eu une nature un peu sauvage, que la mort de son frère, passé sous les roues d'un train, n'avait fait que renforcer. Idgie s'était alors mise à traîner près de la rivière avec une bande de petits durs, à boire et jouer au poker dans l'arrière-salle de l'Amicale des Pêcheurs de Wagon Wheel. Impossible de la faire participer à d'autres activités. Elle n'avait changé qu'à l'âge de vingt et un ans, quand Ruth Jamison était arrivée à Whistle Stop, un été, pour y enseigner le catéchisme. Contre toute attente, Idgie se tenait correctement en sa présence. Selon sa mère, Dieu seul savait ce qu'elle serait devenue sans l'influence de Ruth. Mais quand celle-ci était rentrée chez elle pour se marier, Idgie avait retrouvé ses mauvaises habitudes.

Quelques années plus tard, Ruth avait quitté son mari et elle était revenue à Whistle Stop. Le père d'Idgie avait créé le café, qu'il avait confié aux deux femmes. M'ma et P'pa Threadgoode espéraient que leur fille trouverait ainsi un équilibre. Dans l'ensemble, leur prédiction s'était réalisée, mais, Idgie étant Idgie, elle avait tout de même fait quelques écarts. Des choses dont Ruth n'avait rien su.

Buddy junior

WHISTLE STOP, ALABAMA

8 juillet 1939

L'année de sa naissance, le petit garçon de Ruth fut officiellement adopté par la famille Threadgoode. Ruth l'avait baptisé Buddy junior, en hommage au fils que M'ma et P'pa avaient perdu. Tous deux, ainsi que les frères d'Idgie, Cleo et Julian, lui firent une place parmi eux et l'élevèrent comme le petit dernier.

Ninny Threadgoode, l'épouse de Cleo, qui avait une personnalité charmante avec quelque chose d'enfantin, habitait un peu plus haut, dans la même rue que le café. Sa chatte venait de donner naissance à une portée de huit chatons. Chaque jour, Buddy, alors âgé de dix ans, se rendait chez elle pour jouer avec eux pendant des heures. Il aimait la compagnie de sa tante Ninny, qui le lui rendait bien.

Celle-ci passa un après-midi au café s'entretenir avec Ruth et lui dit :

— Ton petit gars est une vraie tête chercheuse.

— Ah bon, pourquoi ? demanda Ruth en souriant.

Ce qui fit rire Ninny.

— Parce qu'il n'a que ce mot à la bouche, pardi ! Et pourquoi les chats ronronnent ? Et pourquoi les lapins ont de grandes oreilles ? Ce matin, à la maison, il m'a dit : « Tante Ninny, les poulets ont des ailes et des plumes, pas vrai ? Alors pourquoi ils ne s'envolent pas ? » Je lui ai répondu : « C'est une bonne question, mon chéri. Si j'étais un poulet et que Sipsey s'avançait vers moi avec sa grande poêle, sûr que je m'échapperais. »

Ninny avait raison. Chaque fois qu'il voyait un train passer, Buddy se demandait qui étaient les passagers, où ils allaient et ce qu'ils feraient, arrivés à destination. Naturellement, pour Idgie, cela impliquait que Buddy était génial et qu'il accomplirait un jour de grandes choses. Elle n'en démordrait jamais.

Après qu'il eut perdu un bras, elle fit en sorte qu'il poursuive les mêmes activités qu'auparavant. Un jour qu'ils étaient partis pêcher au lac, il l'interrogea tout en scrutant la surface depuis la rive :

— Tante Idgie, tu crois que je peux envoyer un petit mot à Peggy Hadley pour la Saint-Valentin ?

— Mais oui, bien sûr. Tu l'aimes bien, non ?

— Oh oui !

— Alors il ne faut pas hésiter.

Il réfléchit un moment avant d'ajouter :

— Mais je ne sais pas si elle m'aime bien, moi.

Idgie le dévisagea.

— Évidemment qu'elle t'aime bien. Tu es le petit gars le plus mignon et le plus intelligent du monde ! D'ailleurs, elle me l'a dit.

— C'est vrai ?

— Oui. Mais ne le lui répète pas, hein ?

Buddy sourit. Un instant plus tard, il avait une nouvelle question :

— Tante Idgie, pourquoi ils ont des moustaches, les poissons-chats ?

— Je ne sais pas, mon joli, mais j'ai bien l'impression que tu en as un qui mord.

Il ouvrit de grands yeux.

— Han !

Buddy se débattit un instant avec le poisson-chat et réussit à le sortir de l'eau.

— Regarde, tante Idgie ! Combien il pèse, à ton avis ?

— Au moins dix kilos, celui-là.

— Tu crois ?

— Non, mais c'est ce qu'on dira à ta mère, d'accord ?

— D'accord.

Buddy aimait beaucoup Ruth, cependant Idgie était sa meilleure amie. C'est avec elle qu'il jouait au foot, au baseball, c'est elle qui l'entraînait toujours vers de nouvelles aventures.

Un mois plus tôt, Idgie avait lu dans *L'Almanach des fermiers* qu'une vaste pluie de météorites était prévue le mardi de la semaine suivante. Cette nuit-là, tous deux s'étaient assis sur le perron, à l'arrière de la maison, pour regarder les étoiles filantes. Soudain, Idgie avait enfilé son gant de baseball et s'était élancée dans le jardin. Un moment plus tard, elle avait crié :

— J'en ai attrapé une !

Elle était revenue en courant la montrer à Buddy.

— Regarde : pour toi, une étoile porte-bonheur !

Bien sûr, cela n'était qu'un caillou, ramassé par terre, mais il était ravi. Et il avait hâte de savoir en quoi il lui porterait chance.

Vingt-cinq ans plus tard

FAIRHOPE, ALABAMA

21 décembre 1964

Whistle Stop avait été une petite ville grouillante d'activité, située près d'un nœud ferroviaire. À une quinzaine de kilomètres de Birmingham, elle hébergeait plus de deux cents employés du chemin de fer. Mais à cause du déclin des voyages en train, puis de la fermeture et du transfert de la gare de triage, ses habitants avaient été réduits à chercher un travail ailleurs et la population de la ville avait beaucoup diminué. Après tous ces départs, le bulletin hebdomadaire de Dot s'était peu à peu raccourci. Pour ceux qui s'entêtaient à rester, la fermeture du Whistle Stop Café avait marqué le vrai début de la fin, quand Idgie Threadgoode était brusquement partie s'installer en Floride. Pendant des semaines, les petits vieux et les jeunes enfants avaient regardé à l'intérieur, entre les lattes des stores en bois, en espérant qu'il allait rouvrir. Mais non. Lorsque, à leur tour, le salon de beauté et le bureau de poste avaient aussi fermé leurs portes, ce qui avait jadis été une rue animée n'était plus qu'un long pâté de maisons désertes. Faute d'une vraie ville où résider, les habitants se trouvaient alors abandonnés dans la campagne, au milieu de nulle part, sans emploi et sans commerces. Finalement, même les plus résistants, comme Dot et Wilbur Weems, furent obligés d'accepter l'inéluctable et de partir.

Ils vivaient à présent dans la petite ville de Fairhope, dans le sud de l'Alabama, et logeaient dans une maison blanche, face à la baie de Mobile. Dot s'y plaisait, mais il lui manquait toujours ses anciens amis et voisins de Whistle Stop, qu'elle avait vus grandir ou qui avaient grandi avec elle. La plupart avaient également déménagé, cependant elle avait gardé le contact. Ils s'écrivaient, se téléphonaient, se tenaient au courant de leurs vies respectives.

Dot ne publiait plus son bulletin hebdomadaire, mais, tous les ans, elle envoyait à chacun une lettre pour Noël, afin de maintenir des liens avec le petit monde disséminé de Whistle Stop.

Et, donc, comme chaque mois de décembre, elle était assise à la table de sa cuisine, devant une montagne de papiers, de lettres, de photos, de gommes et de carnets. Son crayon derrière l'oreille, elle venait de faire une place au milieu du désordre pour sa vieille machine à écrire Royal. Elle allait se mettre au travail quand Wilbur, dans sa robe de chambre marron à carreaux, se glissa dans la pièce pour se servir une tasse de café. Il ressortit sans un bruit. Mieux valait ne pas déranger Dot lorsqu'elle écrivait. À peine avait-il tourné le dos qu'elle posa les mains sur le clavier.

Noël 1964

Salut, la troupe !

J'ai du mal à croire que l'année se termine presque. Dites-moi, c'est une impression ou le 25 décembre arrive plus vite que d'habitude ? On n'a pas fêté le 4-Juillet[1], la semaine dernière ? Noël pointe si vite le bout de son nez, cette fois, que j'ai à peine eu le temps de rassembler mes notes, mais allons-y.

Les nouvelles du foyer : J'ai le plaisir de vous annoncer que Wilbur, qui est tombé sur le perron au début de l'automne, se passe maintenant de son déambulateur. À l'heure où je vous écris, il pratique intensément le rocking-chair… Mon vieux ronchon vous adresse le bonjour et vous remercie pour vos bons vœux de rétablissement. Vos cartes lui ont remonté le moral.

Comme toujours, Idgie Threadgoode a devancé la saison des fêtes en nous envoyant plusieurs pots du miel qu'elle produit, ainsi qu'une belle cagette

1. Fête nationale américaine.

d'oranges de Floride. De quoi nous mettre de bonne humeur. Elle se réjouit que le soleil brille toujours, là-bas, et que ses affaires prospèrent. Son frère Julian, dit-elle, porte un nouveau dentier et n'en finit plus de sourire à tous ceux qui le croisent !

Gladys Kilgore nous a écrit depuis le Tennessee. Grady, son shérif de mari, prendra enfin sa retraite en mai. Ils pensent rendre visite à Julian et Idgie, et passeront peut-être par chez nous sur le chemin du retour. On y compte bien !

Petit interlude moins gai : Albert, le fils de Ninny Threadgoode, nous a quittés cette année. C'était un ange. Il aimait tout le monde et tout le monde l'aimait. Je suis navrée de rapporter que l'épouse de Jessie Ray Scroggins demande à nouveau le divorce. Quelle tristesse. J'espère qu'ils vont pouvoir s'arranger, ces deux-là. Par ailleurs, je viens d'apprendre que Sipsey Peavey n'est pas au mieux de sa forme. Elle loge maintenant chez Big George, son fils, et sa femme Onzell. Sipsey aura quatre-vingt-dix-huit ans le 11 février, alors n'oubliez pas de lui envoyer une carte. Pendant combien d'années a-t-elle travaillé au café avec Idgie et Ruth ? Que ne donneriez-vous pas pour quelques bons beignets de tomates vertes ? Je mettrais un million de dollars sur la table, si je l'avais.

Flash info : Opal Butts et son salon de coiffure ont encore changé d'adresse. Voici la nouvelle : O. B., The Capri Apartments, 2012 Highland Avenue, Birmingham. Une résidence toute neuve, dit-elle, où vivent de nombreux célibataires pleins d'entrain... Elle n'est plus dans sa prime jeunesse, mais elle s'amuse beaucoup, paraît-il ! Jewel Ann, sa fille, suit son exemple, et j'en suis ravie. Elle a commencé une formation d'esthéticienne, avec pour spécialités les mèches brésiliennes et le « façonnage » des sourcils. Pardon ? Jamais entendu parler... ça doit être le dernier cri ! En ce qui me concerne, je m'en tiens aux bigoudis et je laisse mes sourcils faire ce qu'ils veulent.

Bon Dieu, je ne sais pourquoi, mais cette année, Noël me rend un brin nostalgique. Vous souvenez-vous de tous ces Noëls magnifiques que nous avons fêtés au café, quand la ville entière était là, chiens et chats compris, et que Grady, le shérif, distribuait les cadeaux en costume de père Noël ? Je revois encore la tête du petit Buddy Threadgoode lorsqu'il découvrit le sien, une année en particulier. Comment l'oublier ? Et les jolies boules rouges qu'Idgie accrochait à la vieille tête de cerf, au-dessus du comptoir ? J'ai gardé tant d'images de cette époque.

Bien sûr, je ne me plains pas de notre existence actuelle, mais parfois, n'aimeriez-vous pas, d'un coup de tapis volant, revenir à Whistle Stop et revivre quelques bons moments ? Êtes-vous en âge de vous rappeler ce 4-Juillet où Idgie, âgée de sept ans, défilait dans la rue, déguisée en oncle Sam ? On n'avait jamais vu d'oncle Sam aussi mignon, ni de parents plus fiers que les siens. Et tous les vilains tours du Club des Cornichons, dont elle était membre, comme ma chère moitié... Qui avait monté une chèvre sur le toit du révérend Scroggins ? Je ne peux pas en être sûre, mais j'ai bien l'impression que c'était elle et ses copains. Et ce mariage bidon qu'avait organisé le Club pour recueillir des fonds et acheter des ballons à l'école, quand Grady, encore lui, habillé en femme malgré son mètre quatre-vingt-dix, donnait le bras à... devinez qui ! Mon Dieu, ce ne sont que quelques souvenirs. S'il en est qui vous sont chers, je serais heureuse que vous me les racontiez. Je les réunirai dans ma lettre de l'année prochaine.

Vous savez que j'aime bien terminer sur une note optimiste et j'ai exactement ce qu'il vous faut ! Le 9 novembre, Bud et Peggy Threadgoode ont eu une petite fille, qu'ils ont appelée Norma Ruth. Je tiens de source sûre qu'Idgie, sa grand-tante, saute de joie sans plus s'arrêter. Quel dommage que Ruthie, la maman de Bud, ne soit plus là, elle aurait été comblée.

Bud est toujours cantonné en Allemagne, où il sert dans une brigade canine de l'armée. Peggy espère son retour dans le courant de l'année prochaine. À ce qu'elle dit, l'armée lui a procuré un bras articulé qui fonctionne beaucoup mieux que les précédents. C'est qu'il aura besoin de deux bras pour bercer la petite Ruthie, qui pèse presque quatre kilos.

J'ai du mal à me mettre dans la tête que ces deux-là, que j'ai vus courir pieds nus en ville quand ils étaient gamins, sont maintenant des adultes et nous ont fait un bambin. Eh bien, comme on dit, *semper fidelis*.

Ce sera tout pour cette fois. Passez nous voir si vous pouvez. Nous habitons juste en face de la baie. « Déplacez-vous à Mobile ! » aime à répéter Wilbur. Ha, ha, quel humour !

Joyeux Noël, bonne année, et à la prochaine !

Votre fidèle plume,
Dot

Dot retira la feuille de la machine à écrire. Quelques secondes plus tard, Wilbur, qui attendait au salon, frappa doucement à la porte de la cuisine.

— Terminé ?

— Oui, entre.

Habillé, il était prêt à apporter la lettre chez l'imprimeur pour qu'il en fasse des ronéos. Dot la lui tendit. Comme toujours, elle était impatiente d'avoir son avis et lui demanda avant qu'il ait fini de la lire :

— Alors, qu'est-ce que tu en penses ?

Wilbur hocha la tête en souriant.

— Très bien. Une petite chose, quand même. Je crois que tu t'es trompée de proverbe. Ce n'est pas *semper fidelis*, mais *tempus fugit*, je crois.

— Cela ne veut pas dire que le temps passe vite ?

— *Tempus fugit*, oui. Pas *semper fidelis*, qui est la devise des marines et signifie « toujours fidèle ».

— Zut. Bien sûr, tu as raison. Je ne sais pas où j'ai la tête, ce matin. Merci millefeuille d'avoir relevé ça.

— Mais de rien, tarte tatin.

— Que ferais-je sans toi ?

— Je me suis posé la question toute ma vie.

Bienvenue au monde, petit bébé !

Kissimmee, Floride

Novembre 1964

Quelques mois après s'être installée en Floride, Idgie Threadgoode avait ouvert, avec l'aide de son frère Julian, une petite affaire qu'elle avait nommée « les miels et les fruits frais de l'happycultrice ». Cela n'était qu'une baraque en bois, mais elle bordait une route très fréquentée et les affaires allaient bon train.

Quelque temps plus tôt, Bud et Peggy Threadgoode lui avaient promis de l'avertir dès que leur enfant naîtrait. Nous étions le 9 novembre, près de la date prévue, et Idgie, anxieuse, avait plusieurs fois fait l'aller et retour entre sa cabane et chez elle quand le télégramme arriva enfin.

Elle l'ouvrit aussitôt, courut sur le perron et cria à l'intention de Julian, qui habitait la maison voisine :

— Ça y est ! Youpi ! C'est une fille et ils l'ont baptisée Ruthie. La maman et le bébé se portent bien. Ya-hoo !

Débordante de joie, elle rentra dans sa cuisine et s'assit pour écrire une lettre.

Idgie Thr. PO Box 346, Kissimmee, Floride

Chère petite miss Ruthie Threadgoode,

Je viens d'apprendre que tu es venue aujourd'hui au monde, toi et tes trois kilos cinq. Pas mal ! Bienvenue chez nous, petit bébé ! Tu n'as pas fini de rigoler avec ton grand dadais de papa, et ta maman te cajolera du matin au soir. Je me réjouis qu'ils t'aient donné le nom de ta grand-mère Ruth. Pour ta gouverne, Ruth Jamison était la plus merveilleuse des femmes et elle serait ravie de te savoir arrivée à bon port. Ton père prétend que tu lui ressembles, que tu as de grands yeux bruns comme elle et que, même sans dents et sans cheveux (pour l'instant), tu es belle à croquer.

Je ne sais pas ce qu'on offre à un bébé et je vais y réfléchir. En attendant, je te fais plein de bisous, à toi, à ta maman et ton papa. Oncle Julian se joint à moi.

Encore des bises,

Ta tante Idgie

P.-S. Quand tu auras l'âge de voyager, viendras-tu voir une gentille vieille dame en Floride ?

Idgie porta l'enveloppe à la boîte aux lettres dans la rue et souriait encore sur le chemin du retour. Waouh ! Une nouvelle petite Ruth était née. Idgie était si heureuse qu'elle se demandait quoi faire de ses dix doigts. Elle se munit d'une barre chocolatée, sortit s'asseoir sur le perron et se mit à considérer l'avenir. Ce bébé n'avait pas encore vécu une journée entière qu'elle pensait déjà à mille endroits où aller s'amuser avec elle et, soudain, une image du passé remonta à la surface. Assise dans un champ par une journée de printemps, Ruth Jamison était là qui lui souriait, si jeune et si jolie. Idgie songea que, si elle était encore en vie, elle serait à présent grand-mère. De quoi aurait-elle l'air ? Elle tenta de se représenter Ruth sous les traits d'une vieille femme ridée, aux cheveux gris, mais malgré tous ses efforts elle n'y parvint pas. Dans son esprit, Ruth resterait jeune et belle, c'est le souvenir qu'elle garderait d'elle.

Idgie s'était souvent dit que, si elle avait le pouvoir d'arrêter le temps, elle l'aurait fait à cette époque-là, lorsqu'elles étaient toutes deux dans la fleur de l'âge. Mais, dans ce cas, il n'y aurait pas eu de petit Bud, et encore moins ce bébé aujourd'hui. La vie nous brisait parfois le cœur, mais sans doute avait-elle ses raisons. Idgie n'aurait pu dire lesquelles. Elle avait renoncé à comprendre certaines choses et accepté que l'existence était pleine de mystères. Si des gens plus intelligents qu'elle devaient les percer un jour, tant mieux. Tout ce qu'elle savait, c'est que Ruth vivait encore à travers cet enfant, et qu'elle avait hâte de le connaître.

Base militaire américaine

BAUMHOLDER, ALLEMAGNE

31 décembre 1964

Il faisait moins quinze et il neigeait dehors quand Peggy Threadgoode, rousse des pieds à la tête, revint de la coopérative militaire avec le courrier.

— Hé, Bud, dit-elle en rentrant. On a reçu la lettre qu'envoie Dot pour Noël.

Bud, un grand blond aux yeux bruns, leva les yeux par-dessus le dossier médical qu'il était en train d'étudier.

— Ah, chouette ! Comment vont-ils, tous les deux ?

— Je ne sais pas encore.

Après avoir suspendu bonnet et manteau, Peggy s'assit près de lui, décacheta l'enveloppe et commença à lire.

— Ils vont bien, répondit-elle au bout d'un moment. Apparemment, ils se plaisent toujours à Fairhope. Idgie leur a envoyé du miel et des oranges de Floride. Oh... Jessie Ray Scroggins va encore divorcer.

— Eh bien... Quelle tristesse !

— Ça ne m'étonne pas tant que ça. Son révérend de père doit être navré. Voyons ensuite. Ah, elle informe tout le monde que nous avons eu un enfant, que nous lui avons donné le nom de ta mère et qu'Idgie est ravie.

— Parfait, approuva Bud en souriant.

Peggy s'esclaffa.

— Elle parle de nous quand on était petits, qu'on marchait pieds nus dans la rue...

Bud s'adossa à son fauteuil et croisa les bras.

— Ils sont tellement sympas, Dot et Wilbur. Je regrette de ne plus les voir, pas toi ?

Peggy hocha la tête.

— Oh oui. Elle glisse un mot sur ton nouveau bras et elle nous fait son quart d'heure nostalgie, comme quoi le café lui manque... Elle se rappelle les Noëls, là-bas, quand on s'amusait si bien. Et puis elle demande qu'on lui raconte nos meilleurs souvenirs de Whistle Stop.

Peggy regarda son mari.

— Pas évident. Il y en a tellement, dit-elle.

— Oh si, je sais ce que je lui écrirais, moi.

— Ah bon, quoi ?

Il lui fit un sourire malicieux.

— Une certaine soirée au lac Double Springs.

Au bord de la panique, Peggy se mit à rougir.

— Bud Threadgoode, je t'interdis de lui raconter ça !

Il rit.

— OK. Mais ça vaut son pesant de cacahuètes, tu reconnaîtras.

Ruthie, qui faisait la sieste, commença subitement à pleurer. Bud courut aussitôt la sortir de son berceau.

Peggy rit à son tour.

— J'ai idée que tu vas lui passer tous ses caprices, à cette petite.

— Et alors ? Elle mérite bien d'être gâtée, déclara-t-il en marchant dans la pièce, le bébé dans ses bras. Et de roucouler : Bonjour, trésor. Ton papa est là qui t'aime, il ne faut pas pleurer.

— Tous les bébés pleurent, dit Peggy, ironique. Elle ne sera pas la première.

— Sans doute, mais elle n'est pas tout à fait comme les autres, puisque c'est le mien, n'est-ce pas ? fit-il en la berçant doucement.

Peggy se leva et tendit les bras.

— Peut-être. En tout cas, il faut lui changer sa couche.

— Oh.

À contrecœur, Bud lui confia la petite.

En vérité, tous deux débordaient d'amour pour cette enfant. Ils avaient longtemps repoussé la décision d'en avoir un, et maintenant que c'était fait, ils étaient aux anges. Bud peut-être plus encore que Peggy. C'est une fille qu'il avait souhaitée et son vœu était exaucé.

Dot Weems

Fairhope, Alabama

Noël 1970

Encore une année de passée, les amis, et nous sommes toujours là ! En pleine forme, quoique Wilbur un peu moins que moi, puisqu'il s'est cassé un orteil, le jour où son marteau lui est tombé sur le pied. Il traîne un peu la patte en ce moment. En revanche, pour mon plus grand plaisir, il s'est enfin décidé à porter des appareils auditifs, et je n'ai donc plus besoin de crier. Essayez de jouer au bingo avec un sourd !

Les nouvelles. Nous avons reçu une photo de Bud et Peggy avec la petite Ruthie. Ce qu'elle a grandi depuis l'année dernière, je n'en reviens pas ! Ils posent, tous les trois, devant le bâtiment tout neuf de la clinique vétérinaire Threadgoode, à Silver Spring, dans le Maryland, où ils résident désormais. Une bonne chose qu'ils soient enfin rentrés aux US. Leur clinique a l'air très bien et je me réjouis de voir le nom de Threadgoode apposé dessus. Bud s'est bien débrouillé et nous sommes fiers de lui.

Toujours dans la même famille, mon ancienne voisine, cette chère Ninny, m'a rapporté par écrit un de ses meilleurs souvenirs de Whistle Stop. Elle adorait voir Idgie, le samedi matin, caser tous les gamins dans sa vieille voiture pour les emmener au ciné à Birmingham, où elle leur offrait du pop-corn et des Coca. Selon Ninny, personne n'aime plus les enfants qu'Idgie. Cela me paraît juste.

Moins gai : le shérif Grady, qui a passé Thanksgiving à Birmingham, en a profité pour faire un tour à Whistle Stop, où il a constaté que le panneau du passage à niveau a probablement été volé. En tout cas, il n'est plus là.

Le révérend Scroggins nous a écrit, lui aussi, pour nous dire que son fils Jessie Ray a eu un accident de voiture, un dimanche en revenant de l'église. Encore. Ça fait le troisième, si je sais compter.

Une meilleure nouvelle pour finir : notre vieille amie Opal Butts a récemment rencontré Alberta, la petite-fille de Sipsey, qui vit maintenant à Birmingham. Alberta s'est inscrite dans une bonne école hôtelière dans le but de devenir chef cuisinière. Tous nos vœux l'accompagnent !

Peut-être sera-t-elle la prochaine Julia Child.

JOYEUX NOËL, LES PETITS LOUPS !

P.-S. Nous n'allons plus guère au cinéma. Conseillez-nous de bonnes émissions à la télé. Wilbur et moi aimons bien Carol Burnett et Candid Camera. Et vous ? Dommage qu'il n'y ait plus What's My Line ?[1]

1. *Candid Camera* : caméra cachée. *What's My Line ?* : jeu télévisé.

En visite chez Idgie

Kissimmee, Floride

Novembre 1971

Peu après avoir ouvert sa boutique de miel et de fruits frais, Idgie reçut un coup de téléphone. Quelqu'un lui proposait de lui acheter le café de Whistle Stop et elle accepta. La transaction ne lui rapporta que quelques centaines de dollars, mais suffisamment pour acquérir une petite maison aux murs de stuc rose, voisine de celle de Julian. Elle disposait d'une véranda, protégée par des moustiquaires, et le cygne blanc qui se dressait devant l'entrée plaisait beaucoup à Idgie.

Ruthie entendait très souvent parler de sa grand-tante qui, chaque année, lui écrivait une carte pour son anniversaire, mais elle ne l'avait pas encore rencontrée. Elle avait six ans quand Idgie lui envoya une photo d'elle, prise dans un élevage d'autruches, sur laquelle elle chevauchait un des volatiles. « Ces deux oiseaux-là te souhaitent un bon anniversaire », avait marqué sa grand-tante au bas de la photo.

Un mois avant les sept ans de leur fille, Bud proposa à Peggy de prendre une semaine de congé.

— Si on allait en Floride chez Idgie ? On ne lui a jamais présenté Ruthie et il y a trop longtemps qu'on ne l'a pas vue. Elle serait si heureuse de connaître enfin sa petite-nièce.

— Excellente idée, approuva Peggy.

Le temps de préparer le voyage, de faire les valises, et ils se mirent en route. Quand Idgie apprit qu'ils lui rendaient visite, elle se mit à danser la gigue. Lorsqu'ils arrivèrent, tout le monde à Kissimmee, et à trois kilomètres à la ronde (même les étrangers de passage), savait déjà qu'Idgie avait une petite-nièce dans le Maryland et qu'elle ne tarderait pas à faire son apparition.

Le jour dit, Idgie et Julian, tous deux bronzés au soleil de Floride, les attendaient dans le jardin devant la maison rose. Bud constata avec plaisir que sa tante conservait son regard espiègle et pétillant. D'accord, elle avait quelques rides de plus et ses cheveux, autrefois très blonds, étaient entièrement blancs.

Après de joyeuses retrouvailles, Idgie regarda bien Ruthie et déclara :

— Toi, tu es le portrait craché de ta grand-mère. À l'époque, nous avions pensé que ton papa était le plus beau bébé du monde, et tu tiens de lui aussi. Alors je t'attribue le prix de la plus jolie petite fille qui ait jamais existé. Je crois que tu mérites une bonne glace, non ?

— Oui, m'dame, répondit Ruthie en riant.

— Bien, rentrons. Ta chambre est prête et la glace fond !

Ils rangèrent les affaires de Ruthie, Idgie lui fit un cadeau, puis ils s'installèrent sur la véranda avec un verre de thé glacé.

— Je reviens tout de suite, annonça Idgie.

Elle réapparut un instant plus tard, depuis l'arrière de la maison, munie d'une petite boîte blanche en carton. Bud se pencha vers Peggy.

— Ah, ça faisait longtemps, murmura-t-il.

Idgie avait joué le même tour à tous les enfants de Whistle Stop.

Elle leur fit un clin d'œil, puis demanda à sa petite-nièce :

— Hé, tu veux voir ce que j'ai trouvé dans le jardin ?

Curieuse, Ruthie se rapprocha d'elle.

— Qu'est-ce que c'est ?

Captivée, elle observa le couvercle de la boîte qu'Idgie soulevait lentement. À l'intérieur se trouvait un doigt sur un carré de coton.

— Il y a quelqu'un qui a perdu un doigt, dit Idgie.

Ruthie ouvrit de grands yeux étonnés.

— Regarde, il bouge ! poursuivit Idgie.

Mais Ruthie s'écria :

— Nôôôôn… C'est le tien !

En riant, Idgie se tourna vers Bud et Peggy.

— Elle est trop maligne pour moi, cette petite. Il va falloir que je me lève tôt pour te faire marcher, Ruthie Threadgoode !

Le lendemain fut consacré à pêcher, à nager et à déguster des fruits de mer. Bud, Peggy et Ruthie attrapèrent des coups de soleil.

Dans la semaine, Idgie emmena Ruthie dans sa cabane vendre des fruits avec elle et la présenta à tous ses clients.

— C'est ma nièce. Tellement intelligente qu'elle sera sûrement la première présidente des États-Unis. Ou une grande star de cinéma. On n'a pas encore décidé, pas vrai, Ruthie ?

Elle demanda bientôt à Peggy et Bud :

— Dites-moi, tous les deux, j'ai une question. Puis-je vous emprunter Ruthie un jour ou deux ? Je promets de bien m'occuper d'elle.

— Bien sûr, pas de problème, répondit Peggy.

Ce soir-là après le dîner, Idgie posa cette fois la question à Ruthie, sur la véranda :

— Hé, ma jolie, que penserais-tu d'une petite virée avec moi, demain ?

— Où ça ?

— C'est une surprise, mais je vais te fournir un indice. Ferme les yeux et ne bouge plus.

Quand Ruthie les rouvrit, Idgie avait sur la tête une casquette de Mickey Mouse avec les deux grandes oreilles noires.

— Tu as deviné ?

— Hmm…

— À Disney World ! Je connais des gens qui y travaillent. Ils nous donneront des passes pour voir tout ce qui nous plaira. Mais il faudra se lever très tôt demain. Alors, tu es d'accord ?

Ruthie sautait de joie.

— Oui ! Oui !

Elle regarda sa mère.

— Maman, je peux y aller ? S'il te plaît !

À six heures et demie, le lendemain matin, Idgie et Ruth prenaient la route d'Orlando pour passer deux jours à Disney World. Idgie avait pour ami le gérant d'un hôtel sur place, qui, au lieu d'une chambre double, leur avait réservé une suite entière. À peine y avaient-elles déposé leurs affaires qu'elles sautèrent dans le tram jusqu'au parc, qu'elles gagnèrent en courant. Deux journées de suite, elles absorbèrent toutes les mauvaises calories qu'elles purent trouver, hamburgers, pop-corn, hot-dogs, glaces, bonbons… Et elles visitèrent toutes les attractions, revenant deux fois au manège de Dumbo et à l'envol de Peter Pan. Ruthie se fit prendre en photo avec Blanche-Neige, Dingo, Cendrillon, et, les deux soirs, elles assistèrent aux grands feux d'artifice et burent un chocolat chaud.

Le deuxième jour, après quelques tours dans les grandes tasses de Mad Tea Party, elles déambulaient dans Main Street USA lorsque Idgie aperçut Mickey en personne, qui saluait les promeneurs à un coin de rue. Elle entraîna aussitôt Ruthie vers lui.

— Bonjour, Mickey, je m'appelle Idgie et voici ma nièce Ruth, qui habite dans le Maryland. J'aimerais vous prendre en photo tous les deux.

Mickey répondit de sa petite voix aiguë :

— Mais bien sûr, avec plaisir.

Pendant qu'ils posaient, Idgie continua :

— Tu as de la chance de vivre ici. Ce n'est pas donné à tout le monde.

Mickey fit quelques pas de danse et approuva :

— Merci, Idgie, je suis bien de cet avis.

Puis elle emmena Ruthie assister au Country Bear Jamboree show[1].

Au retour, lorsqu'elles arrivèrent à la maison, la voiture d'Idgie était pleine d'animaux en peluche et de ballons en forme de Mickey, sans oublier les deux casquettes Donald Duck, une boîte à musique qui jouait l'air de *It's a Small World*[2] et un sac à main en plastique qui représentait Blanche-Neige.

— Regarde tout ce qu'elle lui a acheté, dit Peggy à son mari en aidant à décharger la voiture. On ne peut pas être plus gâté !

Bud sourit.

---

1. Spectacle de musique country interprété par des ours.
2. « C'est un petit monde », une autre des attractions.

— Tant mieux. On n'a qu'une enfance après tout. Et va savoir laquelle des deux s'amuse le plus.

Le lendemain après-midi, Idgie s'était assise avec Ruthie devant la véranda pour lui raconter une histoire. Peu à peu, quelques enfants du quartier s'étaient joints à elles pour écouter. Ils étaient bouche bée. À l'intérieur, Peggy et Bud les observaient derrière la fenêtre tandis qu'Idgie se lançait dans d'autres récits extravagants.

— Elle n'a pas changé, remarqua Bud. Un vrai petit joueur de flûte.

Le matin du départ, Idgie les accompagna tous trois à la voiture. Ruthie, l'air triste, tenait sa tante par la taille. Idgie lui serra gentiment l'épaule en chuchotant :

— Tu te rappelles ce que je t'ai dit ?

— Oui. Que je suis la plus jolie, la plus intelligente et la plus courageuse des petites filles.

— Et encore ?

— Qu'une petite fille courageuse ne pleure pas.

— Exactement. Ensuite, s'ils ne sont pas assez gentils avec toi, ces deux-là, tu appelles tante Idgie et elle arrangera tout.

Ruthie esquissa un pâle sourire et monta à l'arrière.

Idgie se tourna vers ses parents.

— Merci de votre visite. Croyez-moi, cette petite fera parler d'elle, un de ces jours.

Dommage que Ruth ne soit plus parmi nous, elle serait sous le charme.

— Je sais, fit Bud.

Idgie s'approcha de la fenêtre arrière.

— Au revoir, Ruthie. Tu reviens bientôt, hein ?

Tandis qu'ils s'éloignaient, la petite regarda sa tante agiter sa main, puis celle-ci disparut et elle se mit à pleurer.

— Qu'est-ce qu'il y a, ma chérie ?

— Je ne veux pas m'en aller.

— Je sais, mon chou, mais on la reverra, Idgie, ne t'inquiète pas.

Bien sûr, Bud et Peggy avaient l'intention de revenir. Mais le travail à la clinique ne manquait pas et il leur semblait ne jamais avoir le temps. Chaque année, Ruthie attendait avec impatience la grande caisse en bois, contenant quatre pots de miel et deux douzaines de belles oranges, qu'Idgie lui envoyait pour son anniversaire avec un petit mot :

Pour Miss Ruthie
N'oublie pas d'être heureuse !
Je t'embrasse, Idgie

Un jour, pourtant, Ruthie retirerait la photo d'elle et de Mickey qu'elle avait insérée dans un angle du miroir de sa coiffeuse, pour en mettre une autre à la place, qui la représentait avec son nouveau petit ami. Alors les deux semaines passées en Floride chez sa grand-tante ne seraient plus que le vague souvenir d'un moment agréable.

Ruthie et Brooks

Université de Virginie

Octobre 1984

Mitzi Graham, une jeune femme potelée, plutôt mignonne, fumait une cigarette au rez-de-chaussée de sa sororité[1]. Elle portait une chemise kaki et, les jambes posées sur l'accoudoir de son fauteuil, se plaignait de sa nouvelle camarade de chambre.

— C'est bien ma chance d'être tombée sur Ruthie Threadgoode, la plus jolie fille du campus. Vraiment pas juste. Sans blague, avec *ma* poitrine et *ses* jambes, j'aurais le monde à mes pieds.

Elle tira une autre bouffée de sa cigarette.

— Elle a des cils qui n'en finissent pas et une peau à damner un saint. Moi, j'ai besoin de me maquiller et de me coiffer une demi-heure avant de pouvoir me montrer. Alors qu'une fois levée, elle se brosse simplement les dents, enfile n'importe quelle

1. Associations de femmes dans les universités américaines, désignées par des lettres de l'alphabet grec.

nippe, et on jurerait qu'elle sort d'un magazine de mode.

Nouvelle bouffée.

— J'aimerais la détester, mais c'est bien ça, le pire : elle est trop sympa. Impossible. Je ne crois pas qu'elle se rende compte qu'elle est vraiment jolie. Quand on s'en va en cours, tous les garçons la regardent et elle ne les remarque même pas.

Vrai : au fil des ans, Ruthie Threadgoode était devenue une sacrée belle fille. Les prétendants ne manquaient pas, au point qu'à partir de sa deuxième année de fac, elle commença à décliner les invitations. Elle trouvait la plupart des garçons trop agressifs, trop ternes, il y avait toujours quelque chose qui ne lui convenait pas. Elle craignait déjà qu'il soit difficile, voire impossible, de tomber sur quelqu'un d'aussi drôle et intéressant que son père. Jusque-là, elle n'avait rencontré personne qui ait assez de qualités pour songer à l'épouser. Donc, inutile de perdre son temps – autant préparer sa vie professionnelle. Ruthie souhaitait devenir architecte d'intérieur. L'année précédente, elle avait travaillé tout l'été pour le magazine *Southern Living* et un nouveau stage l'attendait bientôt chez *Better Homes and Gardens*[1]. Mais c'était avant de faire la connaissance de Brooks Lee Caldwell.

---

1. Dans l'ordre, équivalents de *Côté Sud* et de *Maison et Jardin*.

Un samedi matin, munie de son savon et de sa serviette, elle se dirigeait vers les douches, talonnée par Mitzi qui l'implorait :

— S'il te plaît, Ruthie ! Pense à moi ! Mon frère m'a promis que, si tu acceptais l'invitation de Brooks, Tubbs Newsome serait là aussi. Ils sont dans la même fraternité[1].

Ruthie réprima une grimace.

— Ils auraient plutôt tendance à m'énerver, ceux-là.

— Pourquoi ? C'est la fraternité la plus cool du campus.

— Je ne sais pas. Je les trouve un peu snobs et arrogants, tout de même.

Elles arrivaient au fond du couloir, où se trouvaient les douches.

— Certains, peut-être, mais pas Brooks. Nos mères se connaissent. Il est vraiment sympa. Rien qu'une fois ? S'il te plaît, Ruthie. Tubbs me plaît vraiment. Je n'aurai pas d'autre occasion. Si je ne profite pas de celle-là, je vais me gaver de donuts, prendre trois kilos, faire une dépression et tu m'auras tout le temps sur le dos.

Ruthie éclata de rire.

— Bon, d'accord, mais rien qu'un soir, alors. Et seulement pour te rendre service.

— Oh, merci, merci, merci.

— De rien. Bon, je peux la prendre, ma douche, maintenant ?

---

1. Équivalent des sororités, mais pour les hommes.

Brooks Lee Caldwell, étudiant en dernière année de mastère de gestion, n'avait aperçu Ruthie que de loin, un jour qu'elle était en retard aux cours et traversait le campus en courant. Il avait donné un coup de coude à l'ami qui l'accompagnait.

— Qui est-ce ?

— Ruthie Threadgoode.

— Tu la connais ?

— Oui, on s'est rencontrés. Elle partage sa chambre avec ma sœur. Je crois qu'elle est du Maryland. Pourquoi ?

— Parce que je viens de tomber amoureux, voilà ! Tu pourrais me la présenter ?

— Pourquoi pas ? Si tu ne vois pas d'inconvénient à me prêter ta voiture, par exemple, le week-end prochain. Avec Alice, on aimerait profiter de l'appartement de ses parents à Washington.

— Écoute, répondit Brooks, si tu m'arranges ça, tu as la voiture pendant un mois. Comment se fait-il que je ne l'aie pas remarquée, cette fille ?

— Tu as toujours le nez dans tes bouquins d'économie. On rate des choses, parfois...

Le week-end suivant, Mitzi et Tubbs avaient organisé un dîner à quatre avec Ruthie et Brooks.

Quand ce dernier arriva pour la prendre en voiture, Ruthie le trouva conforme à ses attentes. Il ressemblait à tous les étudiants bon chic bon genre du campus : chemise blanche, cheveux noirs lissés en arrière, et il portait ses mocassins pieds nus. Pourtant, s'il n'était pas son type d'homme, elle ne pouvait nier qu'il avait belle allure.

Pendant tout le dîner, Ruth s'efforça d'être charmante et agréable. Brooks constata cependant qu'elle consultait souvent sa montre. À la fin de la soirée, lorsqu'il la raccompagna à sa porte, il n'y alla pas par quatre chemins :

— Écoute, Ruthie, je sais que Mitzi t'a un peu forcé la main pour venir et je ne te reverrai probablement jamais. Puis-je te prendre dans mes bras pour te dire au revoir ?

Elle était un rien interloquée. En général, à ce moment précis, dire au revoir n'était pas ce dont les garçons avaient le plus envie. Mais Brooks l'attirait déjà contre lui et, aussitôt, elle se sentit fondre. À sa grande surprise, ils semblaient ne former qu'un seul corps. Comme s'ils étaient l'un pour l'autre la pièce manquante du puzzle. Brooks ne la serrait ni trop fort ni pas assez. C'était parfait. Elle avait l'impression d'être la Belle au bois dormant. De plus, il sentait bon.

Lorsqu'il relâcha son étreinte et se dirigea vers sa voiture, elle s'entendit lui demander :

— Euh, Brooks ?

— Oui ?

— Si on recommençait… un de ces jours ?

Il la regarda, poussa un long soupir de soulagement et s'essuya le front.

— Ouf ! Dieu soit loué, dit-il. Je marchais aussi lentement que possible… Demain soir ?

Elle hocha la tête. Il inclina la sienne.

— Tu me promets de n'épouser personne jusque-là ?

— Je promets, répondit Ruthie.

Arrivé à sa voiture, il se retourna et lui fit gracieusement la révérence.

« Oh là là, pensa-t-elle. Non seulement il est beau, mais en plus il est plein d'humour. »

Elle comprit que, de deux choses l'une, soit elle allait au-devant de sérieux dangers, soit elle se trouvait à l'aube d'une merveilleuse aventure.

Dot Weems

Fairhope, Alabama

1985

DERNIÈRE NOUVELLE ! Peggy Threadgoode vient de nous appeler pour nous apprendre que sa fille Ruthie, qui a bientôt vingt et un ans, s'est fiancée avec un garçon d'Atlanta. Il s'appelle Brooks Lee Caldwell et le mariage est prévu au printemps. Toutes nos félicitations ! Les mots grand-père et grand-mère sonnent-ils agréablement à vos oreilles ? Préparez-vous à les entendre bientôt.

À propos de grand âge, suis-je la seule à avaler plus de pilules que jamais ? Ce matin, j'ai regardé les flacons de tous les médicaments que nous prenons chaque jour, Wilbur et moi : bêtabloquants, anticoagulants, diurétiques, antiarythmiques, calcium, fibres, comprimés contre le cholestérol, laxatifs… Prescrivez, nous sommes prêts !

C'est déplaisant de le reconnaître, mais je me fais vieille. Savez-vous que les écureuils cachent chaque année jusqu'à dix mille noisettes et qu'ils n'ont aucun problème pour les retrouver ? Alors que la moitié du temps, je ne sais plus où j'ai posé mes lunettes. Pourtant je n'en ai qu'une paire. Je n'aurais pas cru qu'un écureuil serait plus malin que moi, mais les faits sont les faits !

Votre fidèle plume,
Dot

P.-S. J'ai lu quelque part qu'il y aurait de la vie sur Mars. Il est tout de même curieux qu'on se préoccupe de ce genre de chose, alors que tant de gens ne connaissent pas leurs voisins !

Origines et milieux

ATLANTA, GÉORGIE

9 novembre 1985

Ruthie Threadgoode avait attendu son vingt et unième anniversaire avec impatience. Elle en avait rêvé pendant des années et s'était imaginée, ce jour-là, sous les traits d'une femme détendue, sûre d'elle, dotée d'une certaine expérience. Cependant, le jour venu, les choses étaient moins simples qu'elle ne l'avait prévu.

Un an plus tôt, elle était tombée amoureuse de Brooks Lee Caldwell, un garçon merveilleux à qui elle était à présent fiancée. Cette période aurait dû être l'une des plus heureuses de son existence.

Ruthie ne doutait pas de ses sentiments pour Brooks, mais en rencontrant ses parents, elle avait compris qu'elle et lui provenaient de milieux très différents. Sa propre famille n'était certainement pas pauvre, son père gagnait bien sa vie, mais, contrairement aux Lee et aux Caldwell, ils n'appartenaient pas à la haute bourgeoisie depuis plusieurs générations. En revanche, ses futurs beaux-parents comptaient parmi les plus vieilles fortunes d'Atlanta. Leur maison, protégée par de grandes grilles noires en fer forgé, faisait figure de vitrine. On en voyait régulièrement des photos dans le magazine *Great Homes of Atlanta*[1].

Lors du premier week-end passé au n° 1 Caldwell Circle, Ruthie avait eu la sensation que Linwood, le père de Brooks, l'appréciait. Il n'en allait pas de même avec Martha Lee, la mère. Ruthie, qui s'était montrée tout à fait polie, bien élevée, avait remarqué une forme de dédain de sa part, ou de réprobation.

Les fois suivantes, Ruthie craignit de commettre une gaffe, de renverser son verre sur un des tapis orientaux ou de casser un vase. Sinon de se tromper de fourchette pendant le dîner.

Plus gênant encore : elle apprit qu'après leur mariage, Brooks et elle étaient censés s'installer dans la grande et belle maison du n° 2 Caldwell Circle, à côté de celle des beaux-parents. Ruthie confia ses inquiétudes à son mari. Pour commencer, ne vaudrait-il pas mieux un logement plus petit, à l'écart, qui leur assurerait un peu d'indépendance ? Brooks, qui ne voyait pas où était le problème, lui expliqua qu'il serait difficile de refuser sans froisser ses parents. Si elle l'aimait, Ruthie n'avait d'autre choix que rester avec lui. Mais entretenir une maison aussi vaste ne serait pas tâche facile et elle

1. Belles demeures d'Atlanta.

appréhendait le voisinage de sa belle-mère. De plus, alors que Ruthie avait toujours eu des animaux chez elle, il n'en était pas question à Caldwell Circle. Martha Lee était allergique à toutes les sortes de poils, et un choc anaphylactique pouvait avoir chez elle des conséquences mortelles.

En réalité, Martha Lee ne souffrait pas spécialement d'allergies. Elle s'était simplement servie de l'argument pour clore une discussion sur ce sujet. La collection de précieux objets d'art qu'elle avait réunie au fil des ans valait bien un petit mensonge. Il n'était pas question qu'un chat fasse ses griffes sur les nombreuses tapisseries anciennes qui décoraient ses murs, ni qu'un chien galope dans la maison, au risque de briser un de ses inestimables vases chinois. Martha se flattait de posséder une des plus belles résidences d'Atlanta et elle entendait bien la conserver telle qu'elle était.

Martha Lee Caldwell ne se distinguait pas par sa grande taille, mais son port de tête faisait illusion. Elle n'était pas non plus naturellement jolie, toutefois ses pommettes hautes, ses cheveux noirs et luisants qu'elle relevait élégamment en chignon lui donnaient une allure saisissante.

Il émanait d'elle cette sorte d'assurance que peu de gens possèdent et que beaucoup lui enviaient. Son secret ? Elle était extrêmement fière d'être Martha Lee Caldwell.

Comme tout être humain, elle avait subi sa part de déceptions, mais toujours elle avait su triompher de l'adversité. Lorsqu'un obstacle se dressait sur son chemin, il lui suffisait de se rappeler une chose : elle avait la chance, par le truchement de son arrière-grand-mère de Philadelphie, d'être une descendante de la duchesse Carolyn Lee, épouse d'Edmond James Lee, duc du Yorkshire au XIe siècle en Angleterre. Un fait qu'elle ne se privait pas de glisser nonchalamment au cours d'une conversation, même face à de parfaits inconnus. Un grand portrait de la duchesse était accroché au-dessus de la cheminée, dans le salon, qui ne pouvait échapper aux visiteurs. Certes, c'était une reproduction de l'original, mais qu'importe. La famille, c'est la famille.

Caldwell Circle

ATLANTA, GÉORGIE

Martha Lee avait été totalement prise au dépourvu en apprenant que Brooks venait de se fiancer. Enthousiaste, il l'avait appelée depuis la fac pour lui apprendre que Ruthie Threadgoode avait accepté de l'épouser. Martha Lee n'en croyait pas ses oreilles. Fréquenter une jeune femme était une chose, se marier en était une autre. Elle avait donc exigé qu'il rentre dans les plus brefs délais pour en discuter.

Brooks avait parlé seul à seul avec son père, lui assurant que Ruthie n'était pas enceinte, puis Martha Lee l'avait acculé dans la bibliothèque et assailli de questions. En vain, le pauvre avait énuméré les nombreuses qualités de Ruthie.

— Elle peut bien être membre de la meilleure sororité, mais il y en a d'autres, avait relevé Martha.

— Maman, elle n'en est pas seulement membre, elle est la présidente ! C'est une des filles les plus appréciées du campus, élue reine du bal de fin d'année. Elle est super ! En fait, j'ai une chance infinie de pouvoir l'épouser ! Ce ne sont pas les prétendants qui manquent.

— Tout cela est bien beau, mais nous ne connaissons pas sa famille, nous ne savons pas d'où elle vient.

— Je te l'ai dit !

— D'accord, tu me l'as dit, mais réfléchis, Brooks. Tu m'aurais parlé de Mobile, de Montgomery, même de Birmingham, je n'y aurais pas vu d'inconvénient, mais Whistle Stop ! Je n'ose pas imaginer où ces gens ont traîné leurs guêtres avant d'atterrir dans l'Alabama.

— Maman, ce que tu peux être snob ! D'ailleurs, ils n'ont pas vécu là-bas très longtemps. Je ne crois pas que Ruthie y ait jamais mis les pieds. La clinique de son père se trouve dans le Maryland, et elle est réputée.

— Enfin, Brooks ! C'est une clinique vétérinaire, il n'est même pas médecin. Ça n'est pas ses chiens et ses chats qui lui ont fait une réputation ! Je veux te faire comprendre que tu es mon seul fils, que je pense à ton avenir et à tes intérêts.

Martha avait fait la grimace.

— Brooksie, il n'y a pas de jolies filles qui te plaisent à Atlanta ? Je ne m'attache pas aux noms, mais Threadgoode… On dirait une publicité pour une couturière[1].

— Maman…

---

1. *Thread* : fil ; *good* : bon.

— Je n'ai pas honte de te le rappeler : les Lee et les Caldwell ont une belle lignée derrière eux, et nous sommes tenus de respecter certaines règles.

Brooks avait levé les yeux au ciel.

— Je n'invente rien, avait-elle insisté. C'est une loi de la nature. Son père le « véto », que tu portes aux nues, serait d'accord avec moi. On n'accouple pas une jument naine avec un pur-sang.

— Bon Dieu, maman, tu vis encore au XIXe siècle. Plus personne ne se soucie de ces choses. Il faut que tu rencontres ses parents et que tu te rendes compte par toi-même.

Martha Lee était consciente de n'arriver à rien. Brooks était amoureux et elle devrait faire connaissance avec ces Threadgoode.

Quelques semaines plus tard, Bud et Peggy avaient fait l'aller et retour depuis le Maryland, et les Caldwell en discutaient au dîner, à la salle à manger.

— Linwood, il faut que tu reparles de ce mariage avec Brooks avant qu'il soit trop tard.

— Comment ça, reparler ?

— Écoute, les parents ont l'air très bien, mais…

— Assez de « mais », Martha. Brooks est décidé et ne changera pas d'avis. Moi non plus. Autant que je puisse en juger, cette fille est formidable.

— Je vais te dire ce qu'elle est. C'est la fille d'un véto qui vient d'un trou perdu, au fin fond de l'Alabama, impossible à situer sur une carte.

Il ferma les yeux et soupira.

— Martha, tu as peut-être quelques réticences, moi aussi sans doute, mais Brooks épousera Ruthie. Dans l'intérêt de tous, nous nous efforcerons de bien nous entendre avec elle et ses parents.

— Mais, Linwood…

— Que cela te plaise ou pas, tu dois accepter le fait qu'un jour, nous aurons les mêmes petits-enfants qu'eux. Je ne vois pas ce qui te perturbe à ce point. Je les ai trouvés tout ce qu'il y a de plus convenables. Bud est un type adorable et il a une épouse charmante.

Martha Lee fit la moue. Puis elle posa sa fourchette et abattit sa dernière carte.

— Bon, cela me navre d'en arriver là, mais j'ai demandé à Gerta de faire quelques recherches sur le bon docteur et sa femme, que tu trouves si respectables.

Linwood posa fourchette et couteau.

— Non, tu n'as pas fait ça ?

— Si. Te rends-tu compte que la mère de Bud tenait une gargote à côté d'une voie ferrée, tout ce qu'il y a de plus ordinaire ? Selon Gerta, son père, un certain Frank Bennett, originaire de Géorgie, a disparu dans la nature avant que Bud soit né. La pauvre femme. Abandonnée. Du côté de celle-ci, le grand-père travaillait pour la L & N Railroad. Il posait des rails ou je ne sais quoi.

— Eh bien, il n'y a pas de sot métier. Où est le problème ?

— Le problème ? Comment veux-tu côtoyer cette sorte d'individus ? Nous n'avons strictement rien en commun.

Martha fit la grimace.

— Et ce bras qu'il a, franchement… Quant à Mme Threadgoode, je ne me vois pas l'emmener au club.

— Pourquoi ? Elle est très présentable.

— Avec son pantalon en polyester ? En outre, elle collectionne les grenouilles.

— Les grenouilles ?

— Mais oui, des figurines, des miniatures. Elle en aurait plus de deux cents. Dont une déguisée en Batman, tu imagines ? Paraît-il qu'elle est « très mignonne »… Que dire de plus ?

Martha poussa un long soupir avant d'ajouter :

— Quand je pense que Brooks aurait pu épouser une héritière de Coca-Cola ou de la Georgia Pacific[1]. Mais non, il faut qu'il s'entiche d'une parfaite inconnue, aux origines douteuses.

Contre toute attente, elle fondit soudain en sanglots et enfouit son visage dans sa serviette blanche, brodée de ses initiales.

Linwood fit le tour de la table et la prit dans ses bras.

— Allons, Martha, tout se passera bien, tu verras.

---

1. Société productrice de papier, carton, bois.

Elle leva vers lui deux yeux larmoyants.

— Tu ne peux pas savoir combien je suis déçue.

Après cette première rencontre avec les Caldwell, Bud n'avait fait qu'un commentaire à sa fille :

— Ta mère et moi avons une haute opinion de Brooks et nous sommes ravis que tu l'épouses. Seulement, tu mets les pieds dans la haute société, vois-tu ?

— Je sais, oui.

— Tu seras à la hauteur ?

— Je crois.

— Bon, alors tu as mon entière bénédiction. Je me mettrai sur mon trente et un et je serai le plus beau père de la mariée qu'on puisse imaginer.

Six mois plus tard, le jour de la cérémonie, Martha Lee se consola en présentant Bud comme le « Dr Threadgoode ». Elle craignait qu'on lui demande quelle médecine il pratiquait, mais, par bonheur, personne ne posa la question. Quant à la mère de la mariée, Peggy, elle fut comme toujours charmante.

Les deux femmes ne deviendraient pas de grandes amies pour autant.

Dot Weems

Fairhope, Alabama

1986

Vous êtes tous au courant de mes mésaventures. OK, je n'ai à m'en prendre qu'à moi-même. J'avais encore le nez sur ma liste de courses et je n'ai pas regardé où je mettais les pieds. Bon, enfin, ça va. Rassurez-vous, j'ai une hanche toute neuve qui fonctionne très bien.

Dans la série « il est toujours temps d'ouvrir les yeux » : il ne m'était jamais apparu clairement à quel point nous dépendons les uns des autres, jusqu'à ce que je me fasse renverser par ce camion, sur le parking de Walmart, qui m'a blessée à la jambe. Aussitôt, de parfaits inconnus se sont pressés autour de moi. Une dame a appelé une ambulance, tandis qu'une autre s'est accroupie pour me tenir la main. Un monsieur a couru à son camping-car chercher une couverture qu'il a déroulée sur moi pour éviter un choc thermique. Et ils ne m'ont pas quittée jusqu'à l'arrivée de l'ambulance.

On m'a répété plus tard que, sans l'intervention rapide des clients, des ambulanciers et du personnel des urgences, j'aurais pu perdre assez de sang pour en mourir. Des gens que je ne connaissais absolument pas et qui, dans cette situation, ont fait exactement ce qu'il y avait à faire. Ils m'ont sauvé la vie et je ne sais même pas leurs noms – à l'exception du conducteur du camion qui, finalement, n'était pas en cause. Ce brave homme est venu chaque jour à l'hôpital pour s'assurer que je m'en sortais bien.

Ma conclusion : les cyniques et les prophètes de malheur pourront bien argumenter tant qu'ils voudront, on ne parviendra pas à me convaincre que ce monde est totalement pourri. D'accord, il y a bien quelques brebis galeuses ici ou là, mais, croyez-moi sur parole, on y est beaucoup mieux qu'on ne le dit.

À propos, je suis tombée sur une citation de William Ward, que je ne résiste pas à vous soumettre : « Dieu vous a offert aujourd'hui quatre-vingt-six mille quatre cents secondes, en avez-vous pris une pour dire merci ? » Je n'y ai pas manqué quand je me suis rendu compte de ma chance !

Autre bonne nouvelle : par téléphone, Bud et Peggy Threadgoode m'ont annoncé que Ruthie vient d'accoucher de son premier enfant, une fille qui porte le nom de Carolyn Lee. Les voilà grands-parents ! Je vous avais bien dit que ça ne traînerait pas ! Pourtant, j'ai l'impression que Ruthie elle-même est née avant-hier. Et moi, quel est mon âge ? Ne posez pas de question, je ne donnerai pas de réponse.

En tout cas, félicitations au papa, à la maman et au bébé !

Je vous embrasse tous bien fort,

Dot

P.-S. Dans sa dernière lettre, Idgie en a une bien bonne. En conflit avec vos proches ? Alors voilà ce qu'elle dit : « On ne choisit pas sa famille, mais rien n'empêche d'y faire le tri. »

Silver Spring, Maryland

1989

Un dimanche matin, Bud s'était installé au jardin, devant le garage, pour réparer un nichoir quand il entendit Peggy pousser des hurlements.

— Mon Dieu, quelle horreur ! Bud, viens vite !

Aussitôt, il se munit d'un marteau et courut à l'intérieur de la maison, prêt à défendre sa femme contre tous les dangers.

— Où es-tu ?

— Ici !

Assise à la table de la cuisine, Peggy était en train de s'examiner dans un petit miroir rond.

— Qu'est-ce qu'il y a ? Ça ne va pas ?

Elle le dévisagea d'un air accusateur.

— Pourquoi ne m'as-tu pas dit que j'avais un fanon ?

— Un quoi ?

— Un fanon ! Sous le menton ! Tu ne vois pas ?

Il s'approcha pour mieux regarder.

— Là ! poursuivit-elle, saisissant un carré de peau entre le pouce et l'index. Enfin, c'est clair !

— Ce n'est rien, ma chérie. Tu as peut-être la peau un peu détendue, c'est tout.

— Bud, elle est plus que détendue ! C'est un vrai fanon, je te dis. Je sais ce que c'est, quand même !

Apparemment, Peggy était convaincue et Bud, confronté à un dilemme. S'il se rangeait à son avis, elle serait contrariée, et, s'il niait l'existence de cette chose, elle le serait aussi. Elle continuait de s'étudier dans le miroir, tournait la tête d'un côté et de l'autre.

— Ah, je vieillis mal.

— Mais non, tu es très bien. De mon point de vue, tu es toujours la même. La jolie Peggy que j'ai épousée.

— Tu dis ça parce que tu es mon mari et que tu me vois avec les yeux de l'amour. Mais d'autres en auront de meilleurs, crois-moi.

Elle était vraiment chagrinée et il s'efforça de trouver un moyen de lui remonter le moral.

— Si je t'emmenais déjeuner au Country Corner ? Manger des gombos cajuns ou des haricots noirs ? Avec du pain de maïs ? Ça te mettrait un peu de baume au cœur ?

— Parfait ! Comme ça, les gens penseront : « Tiens, voilà Bud Threadgoode qui sort sa mère »...

Il éclata de rire et la prit dans ses bras.

— Allons, tu te rends malheureuse pour rien. Habille-toi et, après le déjeuner, on ira au centre commercial. Ça te va ?

Peggy adorait le pain de maïs du Country Corner et un peu de shopping la mettait généralement de bonne humeur. Elle considéra sa proposition.

— D'accord, dit-elle au bout d'un moment. Mais fais-moi une promesse.

— Laquelle ?

— Ne porte jamais de lunettes. Tu dois être terriblement myope.

— Promis. Tu resteras floue et jolie.

À l'évidence, Peggy supportait mal de vieillir, mais il l'aimait telle qu'elle était.

— Je ressemble à Howdy Doody[1] ! déclarait-elle devant le miroir, car elle détestait ses taches de rousseur.

Au contraire, Bud considérait qu'elles faisaient partie de son charme.

Il avait un avis sur la question : « Les femmes se regardent dans la glace et se trouvent horribles. Les hommes ne se regardent pas et pensent qu'ils sont très bien. La plupart du temps, tout le monde se trompe, les dames comme les messieurs. »

---

1. Marionnette d'une émission de TV populaire des années 1950 (qui avait quarante-huit taches de rousseur sur la figure).

Parc naturel de Callaway Gardens

PINE MOUNTAIN, GÉORGIE

28 novembre 1993

Dot Weems avait raison : rien n'arrêtait le temps. Carolyn Lee, la fille de Ruthie, avait maintenant sept ans et un petit frère, Richard, de quatre ans son cadet.

Pour Thanksgiving, Brooks et Ruthie avaient décidé de les emmener une semaine au parc de Callaway, en Géorgie, où ils avaient loué un des grands chalets qui bordaient le lac. Bud et Peggy étaient descendus du Maryland passer le week-end avec eux et venaient juste de repartir.

Le lendemain, Brooks et Ruthie regardaient Carolyn et Richard qui jouaient avec d'autres enfants sur le rivage.

— J'ai bien fait de t'écouter, Ruthie, lui dit-il. J'avais réellement besoin de recharger mes batteries. Évidemment, maman est furieuse qu'on n'ait pas fêté Thanksgiving avec elle au club. Mais je suis très content d'avoir revu tes parents.

— Carolyn ! lança Ruthie. Arrête t'embêter ton frère et rends-lui son chapeau ! Mais alors !

Elle se tourna vers Brooks.

— Moi aussi, je suis contente. Ça n'a pas été simple de dire non à ta mère, mais je voulais que les enfants connaissent mieux leurs autres grands-parents. Martha, ils la voient tous les jours.

— C'est vrai.

Il s'adossa à sa chaise, retira ses chaussures et posa ses pieds nus dans le sable.

— Tu sais, j'ai de l'admiration pour ton père, poursuivit-il. Dès son plus jeune âge, il a voulu devenir vétérinaire et il a vaincu tous les obstacles pour y parvenir.

— Papa est comme ça. Il dit toujours qu'on peut atteindre ses objectifs, à condition de faire assez d'efforts.

Brooks se rappela avec un petit air de regret :

— Quand j'étais môme – ne rigole pas –, j'avais envie d'être garde forestier.

— Ah oui ? Je l'ignorais.

— Je passais des heures dans les bois derrière la maison. Je rêvais d'habiter une cabane de rondins près du lac, loin de cette vie de fou. Bon, enfin, c'est un peu tard...

— Pourquoi ? Si tu étais heureux comme ça, je le serais aussi.

Il regarda Ruthie et lui sourit.

— Tu le penses vraiment ? Je ne connais pas ma chance de t'avoir épousée. Tu es ma femme et ma meilleure amie.

— Merci. Et oui, je le pense vraiment. Je n'ai pas besoin d'une grande maison, ni d'un tas d'affaires inutiles. Ce qui importe, c'est que tu fasses ce que tu aimes.

— Pour autant, cela n'était qu'un rêve d'enfant. Et puis je ne peux pas laisser tomber papa. Je lui avais promis, de toute façon, de prendre sa place s'il lui arrivait quelque chose. Et de m'occuper de maman, si c'était plus grave. Après tout, quand il a eu mon âge, lui-même a succédé à son grand-père. Je me suis engagé et je tiens ma promesse. Il se repose sur moi. Pour ce qui est de maman, je sais que tu as parfois du mérite de la supporter. Mais, tu as ma parole, cela ne durera pas éternellement.

Brooks s'interrompit un instant, puis déclara :

— Voilà ce que j'ai en tête. Quand les enfants seront grands, on devrait vendre la maison, garder un chalet à la montagne en guise de pied-à-terre, et faire de longs voyages. J'aimerais t'emmener à Paris, à Londres et à Rome. On peut aussi acheter un bon camping-car, confortable, et visiter le pays. Il y a tant d'endroits à découvrir.

Ruthie ne cacha pas sa surprise.

— Un camping-car ? Tu imagines la tête de ta mère si on s'en allait à bord d'un camping-car ?

— Pas vraiment, admit Brooks en riant. Mais ça te plairait ?

— Si tu en as envie, on le fera. J'aimerais surtout que tu travailles un peu moins. Nous ne te voyons presque plus, les enfants et moi.

— Cela viendra. Le problème, c'est qu'on traverse une période vraiment difficile. Quand papa est tombé malade, il a laissé en plan un certain nombre d'affaires à suivre et, malheureusement, je suis le seul à pouvoir le remplacer.

Carolyn se mit soudain à crier sur le rivage.

— Maman ! Richard n'arrête pas de m'éclabousser !

— C'est elle qui a commencé ! protesta celui-ci.

— Pas vrai, c'est lui !

— C'est elle !

Ruthie se tourna vers Brooks, tandis que les deux enfants continuaient de s'asperger mutuellement.

— Rappelle-moi une chose : c'est toi ou moi qui a voulu des enfants ?

Il sourit.

— J'ai oublié.

Bud en quelques mots

Silver Spring, Maryland

2009

S'il avait maintenant les cheveux tout blancs, Bud avait toujours sa grande taille et il avait belle allure. Il venait de recevoir un coup de fil de Ruthie, comme chaque dimanche matin. Il sourit en raccrochant. Ce qu'elle pouvait être drôle, parfois. Elle avait vraiment des idées délirantes. Changer de coiffure, changer de lunettes, acheter une prothèse de bras ultramoderne, jeter sa vieille veste à carreaux, usée jusqu'à la corde (elle datait des années 1950), apprendre le golf… Rien qui ne lui plaise vraiment ! Bud protestait avec véhémence, mais, finalement, il lui obéissait. Enfin, presque toujours. En cachette, il continuait de porter sa vieille veste.

En fin d'après-midi, pendant que Peggy faisait la sieste, il décida de suivre le conseil de sa fille. Assis à son bureau, il se munit d'un stylo et d'une feuille de papier vierge.

Pour Ruthie, Carolyn, Richard et quiconque se soucie d'un vieux chnoque du fin fond de l'Alabama.

Si j'écris ma petite histoire, mon autobiographie si vous voulez, c'est avant tout parce que ma fille me l'a demandé. Non que ma vie soit exemplaire et qu'il faille la coucher sur le papier : je n'ai pas d'illusions là-dessus. Mais Ruthie a lu un article dans le journal selon lequel tout le monde devrait rédiger ses mémoires afin de laisser une trace écrite à ses descendants. À faire, si possible, tant qu'on a encore toute sa tête. Alors voilà :

Ma petite histoire

Je m'appelle James Buddy Threadgoode junior et j'ai actuellement soixante-dix-neuf ans. Je suis né le 14 décembre 1929 dans la petite ville de Whistle Stop, en Alabama. Tout le monde s'est empressé de dire que j'étais le plus beau bébé qu'on avait jamais vu. Avec le temps, cependant, j'ai souvent entendu les mêmes mots à propos d'autres bébés, mignons ou pas.

Ma mère, Ruth Louise Jamison, était originaire de Géorgie. Elle est née à Valdosta en 1905. Mon père, Frank Corley Bennett, résidait dans la même ville. Au moment de ma naissance, mes parents ne vivaient plus ensemble et maman était hébergée par des amis en Alabama.

Si je n'ai jamais connu mon père, je n'ai pas de raisons de me plaindre. J'ai été officiellement adopté par la famille

Threadgoode, qui m'a donné le nom de mon oncle Buddy, disparu avant ma naissance. Je peux le dire franchement, j'ai eu une enfance très heureuse. Ce sont deux femmes qui m'ont élevé, ma mère et sa meilleure amie Idgie Threadgoode, avec le soutien de toute la ville. Rien ne me distinguait vraiment des autres enfants de Whistle Stop. À l'âge de six ans, j'ai perdu la moitié d'un bras lors d'un bête accident sur la voie ferrée. Pour autant que je me souvienne, cela ne m'a pas empêché de rester un petit garçon joyeux et, certainement, le mieux nourri de la ville. Maman et tante Idgie tenaient le café dont elles étaient propriétaires. Quand on grandit près des fourneaux, on ne risque pas de mourir de faim.

Maman est morte d'un cancer en 1947. Après le lycée, encouragé par tante Idgie (disons plutôt que je risquais une bonne correction en cas de refus), je suis parti étudier à Georgia Tech[1], puis à l'école vétérinaire de l'université d'Auburn. En 1954, j'ai épousé Peggy Ann Hadley, la plus jolie fille de l'Alabama, et ne l'ai jamais regretté. Elle a été une compagne merveilleuse toute ma vie. Après mon passage sous les drapeaux, nous nous sommes installés en 1966 à Silver Spring, dans le Maryland. Deux ans plus tôt, Peggy avait

1. Institut de technologie de Géorgie.

donné naissance à notre fille Ruthie, qui m'a fait le plus beau cadeau du monde : deux petits-enfants à gâter tant et plus.

Ruthie m'a recommandé de mentionner quelques dates et faits historiques. Quand j'étais gosse, nous avions pour président Franklin Delano Roosevelt que je me rappelle avoir entendu parler à la radio. J'adorais la radio et le cinéma, où nous allions une fois par semaine. J'ai grandi pendant la dépression des années 1930, mais je ne me souviens pas d'en avoir souffert d'une façon ou d'une autre. Idgie faisait pousser des légumes dans son jardin derrière le café, et nous avions des poules et des cochons. Parmi les jours le plus mémorables de mon existence, je citerais celui de la victoire sur le Japon, en 1945. Quand la nouvelle est tombée, tout Whistle Stop s'est précipité dans les rues en poussant des cris et joie et en tapant sur des casseroles. Dans chaque train qui est passé ce jour-là, les passagers avaient ouvert les fenêtres et criaient à pleins poumons, tant ils étaient heureux que la guerre soit terminée et que nos troupes puissent rentrer. L'autre date mémorable est sans doute le 20 juillet 1969, quand nous avons vu nos astronautes débarquer sur la Lune.

J'ai gagné correctement ma vie, mais tout au long de celle-ci, j'ai joui d'une chose qu'aucune somme d'argent n'est en mesure d'acheter : j'ai été entouré de gens qui m'aiment et que je n'aimais pas moins.

Ça sera tout, je crois, à moins qu'un événement remarquable se produise dans les années qui me restent, ce dont je doute sincèrement, vu qu'à soixante-dix-neuf ans, j'ai pratiquement fait mon temps.

Pour finir, j'adresse un yo ! retentissant, comme disent les djeunes, aux générations d'arrière-petits-enfants qui ne sont pas encore là. Dommage qu'on ne puisse pas se rencontrer, car on m'a souvent dit que je suis le petit vieux le plus sympa du monde et qu'on rigole bien avec moi. Alors salut à tous, avec mes vœux de bonne chance et de réussite.

J. B. Threadgoode junior
(un peu senior, maintenant)

Bud avait quitté l'armée avec le grade de capitaine et il aimait à dire que, s'il était vétéran, il n'en était pas moins véto. Lorsque, bien avant, il avait exprimé le désir d'embrasser la profession, beaucoup autour de lui avaient douté qu'il y arrive. En tout cas, ni Peggy ni encore moins sa tante Idgie. Comme d'habitude, elle l'avait soutenu sans réserve : « Si tu veux, tu peux. »

Pour autant, Bud ne s'était pas bercé d'illusions. Il savait qu'exercer avec un seul bras ne serait pas une promenade d'agrément. Cependant d'autres que lui avaient des handicaps beaucoup plus lourds. Il l'avait constaté lui-même. En 1945, des soldats étaient revenus de la guerre complètement défigurés, amputés des deux bras ou des deux jambes. Certains, souffrant de stress post-traumatique, étaient parcourus de tremblements du matin au soir.

Être privé d'un bras était franchement gênant, et Bud pestait parfois vivement contre son infortune. Au moins, c'était le gauche, et ce qu'il parvenait à faire avec l'autre et une prothèse moderne, de bonne qualité, en étonnait plus d'un. Quand on interrogeait Peggy sur ce sujet, elle vous répondait qu'il était également servi par un formidable sens de l'humour. Il prenait son travail beaucoup plus au sérieux que lui-même et répétait souvent : « Mieux vaut un demi-bras qu'un demi-cerveau. »

S'il était parfois limité physiquement, Bud excellait en matière de diagnostics et de traitements. C'est pourquoi, lorsqu'il quitta l'armée, le VTF[1] lui proposa de diriger sa propre clinique, à Silver Spring, dans le Maryland. L'endroit, si loin d'Idgie et de Whistle Stop, ne séduisait ni Bud ni Peggy, mais ce genre d'occasion ne se représenterait pas. Lorsqu'il

1. Veterans of Foreign Wars : Association des anciens combattants des guerres étrangères, qui, comme l'aide aux rapatriés en France, a facilité l'implantation de diverses professions dans des endroits choisis.

avait appelé sa tante, elle avait répondu : « N'hésite pas, Buddy. C'est une chance à saisir. » Il regrettait d'être séparé d'elle, mais elle avait insisté : « Ne t'inquiète pas pour moi. Ma place est ici, de toute façon. Va savoir, un de ces jours, je te ferai peut-être la surprise de frapper à ta porte. »

C'était bien tante Idgie. La surprise était chez elle un mode de vie. Elle était capable de tout.

La charmeuse d'abeilles

WHISTLE STOP, ALABAMA

1936

Le printemps était arrivé et Buddy, qui avait six ans, courait pieds nus partout en ville, comme à son habitude. Sauf que, cette fois, il marcha sur un clou qui s'enfonça profondément et qu'il ne parvint pas à retirer. Il revint au café en clopinant et montra son pied à sa mère et à Idgie. Aussitôt, Idgie souleva le garçon, le plaça sur son épaule et l'emmena chez le Dr Hadley. Celui-ci dégagea le clou, nettoya la blessure et banda le pied. Idgie raccompagna Buddy à la maison et le coucha dans la chambre du fond, la jambe en suspension. Il lut tranquillement des bandes dessinées jusqu'à la fin de la matinée.

Elle se dépêcha de retourner au café pour le coup de feu du déjeuner. Inquiète, Ruth lui demanda comment allait son fils. Idgie noua son tablier en souriant.

— Bien. Il n'a pas pleuré. Même pas ouvert la bouche. Hadley l'a trouvé courageux.

— C'est vrai ?

— Oui ! J'ai failli m'évanouir quand il a extrait le clou. Alors que Buddy n'a pas bronché. Moi, j'aurais gueulé comme un veau.

Fière de son neveu, Idgie décida qu'il méritait une récompense et pas n'importe laquelle. Dans l'après-midi, après avoir lavé la vaisselle du déjeuner, elle le rejoignit dans sa chambre et lui tendit veste et casquette.

— Allez, petit homme, rhabille-toi, on va se promener.

— Où ça ?

— T'occupe. Je vais te montrer quelque chose.

— Ah bon ? Quoi ?

— Ce ne serait pas une surprise si je te le disais, n'est-ce pas ? Mais tu ne dois pas en parler à ta mère.

— D'accord.

— Parole de scout ?

— Parole.

— Bien, allons-y.

Buddy bondit. Où qu'ils aillent, il était sûr de s'amuser avec Idgie. Ils s'installèrent dans la voiture et sa tante suivit un instant la voie ferrée vers une destination inconnue.

— Ça nous mène où ? demanda-t-il.

— Tu verras.

Quelques minutes plus tard, elle s'engagea sur un chemin de terre et s'arrêta, au bout, au bord d'un pré, à proximité du lac Double Springs.

— On y est.

Ils descendirent et Idgie indiqua à Buddy un endroit où s'asseoir.

— Pose-toi là et ne bouge pas, lui dit-elle. Surtout ne bouge pas, sous aucun prétexte. Promets-moi ou je ne peux pas te faire de surprise.

— Promis.

Il remarqua que la poche gauche de sa veste contenait un objet volumineux.

— Qu'est-ce que c'est ?

— Un secret. Plus de questions et ouvre les yeux. Je vais te faire un tour de magie.

Idgie se dirigea vers un arbre à l'autre bout du pré. Elle se retourna, sourit, sortit un pot en verre de sa poche et glissa le bras entier dans un trou au milieu du tronc. Buddy avait du mal à en croire ses yeux. Brusquement, des milliers d'abeilles s'échappèrent de l'arbre, au point de lui cacher Idgie. Elles vrombissaient comme des avions. La bouche ouverte, il vit sa tante lentement replier le bras et retirer le pot, maintenant rempli de miel. Puis elle revint vers lui, poursuivie un court instant par un nuage d'abeilles.

— Waouh ! s'exclama-t-il. Comment as-tu fait, tante Idgie ?

— C'est naturel chez moi, je suis une charmeuse d'abeilles.

— Hein ? Qu'est-ce que ça veut dire ?

— Qu'elles m'aiment bien et qu'elles ne me piquent pas.

— Ah bon ? Maman le sait ?

Idgie fit la grimace.

— Non. Il ne faut pas le lui répéter.

— Bon, d'accord.

— C'est notre secret et personne d'autre n'est au courant. Rien que nous.

— Waouh !

Bien sûr, elle mentait effrontément. Ruth connaissait l'existence de cet arbre qu'Idgie lui avait montré des années plus tôt. Mais Idgie tenait à faire un geste pour Buddy aujourd'hui, afin qu'il se sente mieux. Son Buddy chéri.

Sur le chemin du retour, ils s'arrêtèrent chez tante Ninny et lui donnèrent le pot de miel. Elle était ravie. Ninny adorait le miel, dont elle tartinait son pain brioché, le matin. Quand Ruth ouvrit la porte du café à Idgie et son fils en fin d'après-midi, elle leur demanda en souriant :

— Où étiez-vous passés, petits filous ?

Idgie se dirigea vers le comptoir et répondit sans se retourner :

— Oh, on s'est promenés. Pas vrai, Buddy ?

— Oui, oui, approuva-t-il en se retenant de rire.

Lorsqu'il fut couché, la journée terminée, Ruth regarda son amie :

— Il avait l'air de bonne humeur, ce soir. Où est-ce que tu l'as emmené ?

Idgie sourit.

— Je ne peux pas le dire, c'est un secret.

— Ah, toi et tes secrets… fit Ruth en riant. Mais je te connais. Je parie que vous êtes allés jouer au billard à Gate City.

— Perdu.

Avoir aujourd'hui emmené Buddy à l'arbre creux était un secret bien innocent. Idgie en gardait un second, qui ne l'était pas tant, et qu'elle ne révélerait pas non plus à Ruth. Il valait mieux. Elle ne voulait pas courir le risque de les perdre à jamais, l'un comme l'autre.

Atlanta, Géorgie

2009

Ruthie était légèrement déçue par la courte autobiographie que son père lui avait envoyée. Mais elle n'était pas surprise. Bud était connu pour minimiser ses nombreuses réussites. Il ne mentionnait pas qu'il s'était distingué avec son équipe de foot au lycée au point d'être devenu une célébrité locale. Ruthie avait conservé quantité d'articles, parus dans les journaux de Birmingham. Il y avait eu ce titre, par exemple : « D'un seul bras, le quarterback de Whistle Stop installe son équipe en tête du championnat ». Bud avait laissé tant de choses de côté. Notamment le fait qu'il avait ouvert sa clinique pratiquement tout seul et qu'elle comptait maintenant une vingtaine d'employés, dont huit autres vétérinaires, travaillant sous sa direction. Ruthie n'avait appris que sur le tard, quand le VFW avait décerné à son père un « Lifetime Award[1] »,

1. Prix pour l'ensemble d'une carrière.

qu'il avait consacré un temps et une énergie considérables à tirer d'affaire d'anciens combattants blessés. Ou que, malgré son handicap, il était sorti second de sa promotion à l'école vétérinaire. Elle n'en aurait rien su si sa mère ne le lui avait dit. Depuis toujours, de parfaits inconnus abordaient Ruthie pour lui rapporter que Bud s'était dévoué pour eux. Lorsqu'elle lui demandait pourquoi il le cachait, il répondait en souriant : « J'ai dû oublier, ma chérie. »

Il avait aussi l'habitude de donner de l'argent à quiconque venait pleurer à sa porte, et jamais il n'avait refusé de soigner l'animal d'une personne qui n'avait pas les moyens de le payer. Selon Peggy, c'était un trait de famille. Pendant la Grande Dépression, Idgie, sa tante, avait nourri gratuitement les pauvres et les clochards à des kilomètres à la ronde.

Il ne savait pas mentir, s'amusait Peggy, qui avait un jour raconté cette anecdote :

« Ton père invente parfois de drôles d'histoires, alors que la vérité l'arrangerait mieux. Ce matin, ça sentait le tabac dans les toilettes au bureau. Je lui ai demandé : "Bud, tu fumes encore ? Tu avais promis d'arrêter." Il m'a regardée droit dans les yeux en répondant :

— Je ne fume plus, c'est l'odeur de l'herbe-à-chat.

— Je connais ça, l'herbe-à-chat. Ça ne sent pas le tabac.

— Mais non, celle-là n'est pas comme les autres, c'est une espèce différente, qui vient des Indes. »

Ruthie avait éclaté de rire. « N'importe quoi, vraiment !

— Oui, il tient ça d'Idgie, la reine des histoires à dormir debout. Elle pouvait t'en débiter des dizaines en gardant son sérieux. Un jour, un de ses copains chasseurs lui a apporté une vieille tête de cerf empaillée, mangée par les mites. Aussitôt, elle l'a accrochée à un mur du café en déclarant à tout le monde que c'était une antilope de Sibérie, très rare, datant du XVIIIe siècle. »

Peggy riait elle aussi.

« Elle s'y entendait pour nous jouer des tours. À ce que m'a dit maman, un jour de lessive, elle s'est glissée dans le jardin du révérend Scroggins et lui a piqué un caleçon long qui séchait sur un fil. Ensuite, elle l'a rempli de paille, lui a mis un chapeau pardessus et elle l'a installé au premier rang, le dimanche suivant à l'église. Elle adorait faire des farces. Ça, c'était un sacré personnage, Idgie, et maintenant que j'y pense, très en avance sur son temps. Une femme indépendante bien avant les mouvements de libération. Elle tenait son affaire elle-même et n'avait de conseils à recevoir de personne. Je crois que personne n'a jamais pu lui donner d'ordres, sinon Ruth, ta grand-mère. Elle, elle l'écoutait. À une époque, Idgie buvait vraiment trop et elle jouait au poker jusqu'à des heures indues à l'Amicale des Pêcheurs. Je ne sais pas comment ça s'est passé, mais Ruth a dû mettre le holà parce que Idgie s'est ressaisie assez vite. À mon avis, elle n'y a plus mis les pieds, à cette soi-disant Amicale.

— Décris-moi un peu grand-mère Ruth. »

Peggy avait regardé sa fille et souri.

« Tu lui ressembles ! Tu as ses beaux cheveux épais, peut-être un peu plus fins. Mais elle était plus brune que toi. Sinon, tu as la même taille, tu es mince et jolie comme elle. C'était un amour. J'allais à ses leçons de catéchisme et toute la classe l'adorait. »

Peggy avait lâché un soupir.

« Elle est morte si jeune. Quarante-deux ans. Quelle tristesse ! Tout Whistle Stop a assisté à son enterrement. Idgie et ton pauvre père étaient effondrés. Il est parti à la fac peu après, ce qui a dû l'aider à surmonter le choc. Mais je pense que tante Idgie ne s'en est jamais vraiment remise.

— Tu es sûre ?

— Elle a gardé le café ouvert, après sa mort. Elle avait promis à Ruth de veiller à ce que ton père poursuive des études. Donc elle a continué jusqu'à ce qu'il rentre en fac. Ensuite, elle a fermé pour de bon et elle s'est installée en Floride.

— Idgie n'est jamais revenue ?

— Non, je ne crois pas. Peut-être pour un enterrement, une fois ou deux. Évidemment, c'est Idgie, alors en Floride, elle s'est fait plein de nouveaux amis. Mais sans doute pas aussi proches que Ruth, ta grand-mère. »

Adieu Ninny

WHISTLE STOP, ALABAMA

Décembre 1986

Dot Weems appela d'abord Idgie et Julian pour leur dire que Ninny, leur belle-sœur, était décédée. Le lendemain, Idgie et Julian se rendirent en Alabama pour organiser les obsèques. Un voyage qui, bien sûr, n'avait rien d'agréable. Ninny, qui avait été l'épouse de Cleo, leur frère aîné, avait un caractère facile et souvent une façon particulière de concevoir l'existence. Elle voyait surtout le bon côté des choses et se faisait des amis partout où elle allait.

Elle fut enterrée lors d'une courte cérémonie au cimetière de Whistle Stop, dans la concession de la famille Threadgoode, derrière l'église baptiste désaffectée. Julian et Idgie y retrouvèrent plusieurs vieux compagnons. Opal Butts, ainsi que Big George, sa femme Onzell et leur fille, étaient descendus de Birmingham ; Dot et Wilbur Weems venaient de Fairhope ; Grady Kilgore et son épouse Gladys, du Tennessee. Jessie Ray Scroggins, maintenant pasteur à Birmingham, dirigea la cérémonie. C'était si triste de revoir la ville abandonnée, l'église fermée, ses portes condamnées. Par bonheur, Mme Hartman, qui avait été la voisine de Ninny, avait préparé une collation chez elle à Gate City, où elle invita tout le monde. Après avoir mangé, la petite troupe se rassembla sur la véranda pour parler de Ninny et du bon vieux temps, avant que la gare de triage soit désaffectée.

La journée touchant à sa fin, Jessie Ray et sa femme furent les premiers à repartir. Sur le perron, Gladys et Idgie regardaient leur voiture s'éloigner.

— C'est affreux de fêter Pâques comme ça, dit Gladys. Faire nos adieux ce jour-là à cette chère Ninny.

Idgie ignorait qu'en avril 1988, elle ferait un nouveau et pénible voyage à Whistle Stop, cette fois pour enterrer Julian. Ce jour-là, avant de reprendre la route de la Floride, elle s'attarderait sur la tombe de Ruth pour déposer une carte, au dos de laquelle elle écrirait :

Toujours je me souviendrai de toi.
Ton amie, la charmeuse d'abeilles

Un retournement inattendu

Birmingham, Alabama

10 février 2010

« Votre poids n'est qu'une infime partie de vous-même », avait lu Evelyn Couch dans un journal. La formule était parfaitement adaptée à son cas. À quarante ans, elle était en surpoids et très déprimée, quand son existence avait pris un tour inattendu. Au point que personne, pas même elle, n'aurait deviné où cela la mènerait.

Fille unique d'une mère distante et d'un père insensible, Evelyn était née après le terme. Leur indifférence à tous deux lui avait toujours donné l'impression de gêner.

Petite, elle était déjà inquiète et timide. Au lycée, si l'on avait demandé aux élèves de sa terminale lequel ou laquelle d'entre eux avait le moins de chances de réussir dans la vie, ils auraient sûrement pensé à elle. Evelyn avait tellement peur de se faire remarquer que, tête baissée, elle rasait les murs dans les couloirs ; elle craignait tant de commettre des erreurs que, lorsqu'un professeur l'interrogeait, elle rougissait comme une pivoine, incapable d'articuler deux mots.

Le temps n'avait malheureusement rien changé à sa situation. Quand elle s'était rendue, avec son mari, à la quinzième réunion des anciens du lycée, quelques filles seulement se souvenaient d'elle, mais aucun garçon. Pas étonnant. À l'époque, personne ne l'avait invitée à sortir. Elle manquait tellement de charme qu'elle se félicitait d'avoir trouvé un mari, bien qu'en secondes noces, en ce qui le concernait. Sa première femme, Olive, l'avait quitté pour un architecte d'intérieur.

Ed Couch, plus âgé de quelques années, était employé au magasin de pneus Firestone que tenait le père d'Evelyn. Celui-ci l'avait invité à dîner un soir et l'affaire avait, pour ainsi dire, été conclue.

Ed était très gentil, bien sûr, et elle l'aimait beaucoup. Cependant, au fil des mois, elle n'eut pas grand mal à comprendre sa première femme. Le romantisme était pour lui un concept étranger. Pour leur récent anniversaire de mariage, il lui avait offert un couteau à pain et une pince à ongles. Manifestement, leur relation manquait de quelque chose. Cela aurait peut-être été plus simple s'ils n'avaient pas eu deux enfants. Ed ne les avait pas désirés. Il avait déjà un fils, Norris, né de son premier mariage, qu'il négligeait.

Une fois les enfants partis, Evelyn s'efforça de sauver ce mariage vacillant. Elle s'inscrivit même à un séminaire intitulé « Comment raviver la flamme dans votre couple », et découvrit qu'il fallait être deux pour y parvenir... Après des années d'efforts, elle dut se rendre à l'évidence. Ed, qui l'aimait, n'était pas réellement le problème. Tout simplement, il préférait manger et regarder les matchs de foot à la télévision, plutôt que s'intéresser à elle. Parfois elle lui préparait ses repas, parfois ils les prenaient à la cafeteria, ce qui améliorait l'ordinaire, mais rien de plus.

Le temps continuait de filer, Evelyn de prendre du poids, de plus en plus déprimée. Elle commençait à se demander à quoi bon entamer une nouvelle journée, accablante comme la précédente.

Histoire de sortir de sa léthargie, elle accompagna un jour Ed qui, comme chaque semaine, rendait visite à sa mère, à la maison de retraite, où elle l'attendit dans le grand salon. Près d'elle était assise une dame de quatre-vingt-six ans, Ninny Threadgoode, originaire de Whistle Stop dans l'Alabama. Evelyn allait très vite se rendre compte que Ninny adorait bavarder. Celle-ci lui raconta toutes sortes d'histoires merveilleuses à propos de deux femmes qui tenaient un café à Whistle Stop, et de Buddy, le petit garçon qu'elles élevaient ensemble.

Après quoi, chaque semaine, pendant qu'Ed s'occupait de sa maman, Evelyn rejoignait Ninny au salon pour discuter avec elle. Elles devinrent rapidement très amies. Pour une raison inconnue, Evelyn perdait sa timidité en présence de Ninny et, pour la première fois de son existence, quelqu'un la considérait sous un jour qu'elle n'aurait pas imaginé. Ninny ne la trouvait pas trop grosse. Pour elle, Evelyn était simplement en bonne santé. Elle pensait également qu'elle avait un joli sourire et de la personnalité.

De semaine en semaine, Evelyn lui confia qu'elle était déprimée et qu'elle ne voyait pas comment y remédier. Ninny lui remonta le moral ; il ne fallait pas baisser les bras – enfin, à son âge, elle avait encore un monde de choses à faire ! Elle lui conseilla de sortir plus souvent de chez elle et d'aller à la rencontre des autres. Tiens, et pourquoi ne pas essayer de vendre des produits de beauté Mary Kay ?

Prenant de l'assurance grâce au soutien de Ninny, Evelyn rassembla son courage et commanda un kit de démarrage Mary Kay. Six mois plus tard, contre toute attente, elle était l'une des meilleures vendeuses de la compagnie et, à la fin de l'année, conduisait une Cadillac rose toute neuve. Personne n'était aussi surpris qu'elle de ses résultats. Le jour de la convention Mary Kay à Dallas, celle-ci lui ménagea un tête-à-tête et lui expliqua les raisons de sa réussite : « Les gens vous aiment, voilà. Vous leur ressemblez et ils vous ressemblent. Vous n'êtes pas comme ces représentants hautains qui les intimident. Vous êtes plutôt une amie, ou une sœur. Alors ils croient en vous et ils croient en mes produits. »

Peu après, Ed se détourna de sa télévision et commença à montrer plus d'attention à son épouse. Comme quoi, pensa-t-elle, le succès attire le succès !

Grâce à l'argent gagné, elle fit l'acquisition d'une nouvelle maison sur les collines, d'un pied-à-terre à la plage, et d'un camping-car spacieux dans lequel elle se rendait avec Ed aux séminaires Mary Kay dans tout le pays. Mme Evelyn Couch, cinquante et un ans, originaire de Birmingham, dans l'Alabama, devint l'une des personnalités les plus en vue de la compagnie. Des années durant, elle sillonna les États-Unis avec Ed, et ils s'amusèrent beaucoup. Jusqu'à ce qu'ils s'aperçoivent qu'il souffrait du diabète, ce qui mit un terme à leurs déplacements, car il avait besoin d'être régulièrement dialysé. Evelyn donna sa démission à Mary Kay pour se consacrer entièrement à lui. Le métier et les voyages lui manquaient ; cependant, à son insu, les événements allaient de nouveau prendre un tour inattendu.

Au fil des ans, Evelyn contribua à vendre tant de Cadillac roses à son équipe Mary Kay que le concessionnaire général Cadillac de Birmingham lui donna un coup de fil. Il lui proposait un emploi.

En l'espace de six mois à la concession, Evelyn réussit presque à doubler son chiffre d'affaires. Son secret était simple : elle avait travaillé tant d'années pour MK qu'elle savait s'adresser aux femmes. La plupart des commerciaux n'avaient pas compris une chose

– bien sûr, c'était les hommes qui payaient la facture, mais le choix était fait par leurs épouses, qui indiquaient leurs préférences en matière de couleur, d'options, etc. De plus, grâce aux mouvements de libération, elles étaient de plus en plus nombreuses à travailler et, par conséquent, achetaient elles-mêmes leurs propres voitures. Un an plus tard, Evelyn était promue directrice générale de la concession, dont elle finit par devenir propriétaire.

« Couch Cadillac[1], voilà qui sonnait bien », pensait-elle. Car elle conçut elle-même ses spots publicitaires : « Bonjour, je m'appelle Evelyn Couch, de la société Couch Cadillac, et je vous invite à passer dans une de nos agences. Dites que c'est moi qui vous envoie, vous décrocherez l'affaire du siècle sur une Cadi toute neuve ! » De l'avis général, ses spots étaient extrêmement efficaces. Certainement, puisque, lors de la réunion suivante des anciens du lycée, tout le monde se souvenait d'elle – les hommes en particulier, cette fois.

Tout cela parce que, vingt-cinq ans plus tôt, Evelyn s'était trouvée assise près d'une charmante dame, Ninny Threadgoode, à la maison de retraite de sa belle-mère. Elle se demanda souvent si c'était le destin, le hasard ou un heureux accident qui l'avait conduite là. Elle opta pour le destin, car l'idée lui plaisait.

1. « Canapé Cadillac ».

Aujourd'hui, alors que son amie Ninny avait disparu depuis longtemps, Evelyn conservait une photo de celle-ci, encadrée sur son bureau. Elle lui parlait, parfois. Un jour qu'elle raccrochait son téléphone, elle regarda l'adorable vieille dame, vêtue d'une robe à pois, et lui dit :

— Ninny, vous n'allez jamais me croire. Il y a ce type un peu bizarre qui vient de m'appeler. Il m'offre plus d'un million de dollars pour racheter Couch Cadillac et j'ai bien envie d'accepter.

Briarwood Manor

ATLANTA, GÉORGIE

2013

Lorsqu'on se rendit compte que Peggy avait la maladie d'Alzheimer, Bud décida de vendre la clinique afin de se consacrer pleinement à son épouse. Ce qu'il fit aussi longtemps que possible, à la maison, jusqu'à ce que le médecin affirme qu'elle avait besoin d'être placée dans une unité spécialisée, où l'on veillerait sur elle vingt-quatre heures sur vingt-quatre. Bud et Ruthie s'aperçurent assez vite à quel point il était difficile de trouver un établissement décent dans des délais aussi courts.

Par chance, Martha Lee siégeait au conseil d'administration de la maison de retraite Briarwood Manor, qui avait une excellente réputation et disposait d'une unité de soins continus. Ruthie, de plus, pouvait s'y rendre aisément. Il fallait en principe rester trois ans sur une liste d'attente avant d'espérer y trouver une place, cependant Martha Lee eut seulement besoin de décrocher son téléphone pour que Bud et Peggy y soient admis le jour même.

Un geste pas entièrement désintéressé de sa part. Elle voulait surtout éviter que, faute d'un endroit pour les loger, ils s'enracinent chez sa belle-fille, dans la maison voisine de la sienne. Caldwell Circle était réservé à la famille immédiate. Martha Lee redoutait en outre qu'on y apporte la collection de grenouilles en céramique de la belle-mère…

Le couple quitta donc le Maryland pour s'installer à Briarwood Manor, où Bud passa chacune de ses journées avec Peggy dans l'unité de vie protégée. Le soir, il restait à son chevet jusqu'à ce qu'elle s'endorme. Lorsque, à la fin, elle ne le reconnaissait plus du tout, il ne changea rien à son habitude. Elle était toujours sa Peggy, il lui tenait toujours la main.

Pendant ces quatre années, Bud ne pensa guère à l'avenir. Quand son épouse disparut, il eut du mal à s'habituer à vivre sans elle. Depuis l'âge de dix-huit ans, elle avait été sa moitié. L'on disait toujours : Peggy et Bud, Bud et Peggy. Ils avaient rarement été séparés. Comme elle dirigeait le bureau de la clinique, ils avaient été ensemble quasiment vingt-quatre heures sur vingt-quatre, si proches qu'ils formaient presque une seule et même personne.

Quand Bud se retrouva seul, Ruthie le supplia de quitter Briarwood pour venir habiter chez elle. Il ne le souhaitait pas.

— Mais papa, ça me ferait plaisir.

— Je sais, ma chérie, mais je ne veux gêner personne. Martha a eu la gentillesse de nous faire accepter ici, ta mère et moi, alors si je devais m'en aller, j'aurais l'air d'un ingrat. Je suis très bien là où je suis.

Ce n'était pas tout à fait vrai. Bud était au fond de lui un gars de la campagne, qui aimait les grands espaces et la vie en plein air. À présent, il restait bien souvent dans sa chambre, à se demander quoi faire de ses journées.

Quelques semaines plus tard, il s'endormit une fois de plus devant la télévision. Il était largement l'heure de se coucher lorsqu'il se réveilla en sursaut. Bud alla dans sa chambre, enfila son pyjama bleu à rayures, puis passa dans la salle de bains pour se laver les dents. Il venait juste de remettre la brosse dans le verre lorsqu'il s'aperçut dans la glace. Il tressaillit. Qui était ce drôle de vieux bonhomme ? Sûrement pas lui. Il regarda mieux et fit la grimace. Et si, bien sûr que c'était lui. Bon Dieu, depuis quand ressemblait-il à cela ?

Chaque jour, Peggy s'était observée dans le miroir et s'était plainte de son allure. Mais Bud, comme la plupart des hommes, n'y avait jamais accordé beaucoup d'importance. Jusqu'à ce soir. Pénible révélation.

Une fois couché, il finit par tourner la chose en dérision. Oui, son image dans le miroir l'avait perturbé. Mais enfin, il aurait bientôt quatre-vingt-quatre ans. Qu'avait-il imaginé ? Que l'on avance dans la vie sans que jamais la vieillesse ne nous rattrape ? Eh bien, ce n'était pas le cas. Mais que faire ? À mesure qu'il réfléchissait, il comprit qu'il ne se souciait pas tant de son apparence. Pendant le temps qu'il lui restait, il avait surtout envie de se sentir bien. Cependant, son corps, ces derniers mois, avait tendance à rechigner. Se lever d'un fauteuil n'était plus si facile. Il oubliait des noms, égarait ses lunettes. Il se dit toutefois que, tant que son cerveau fonctionnait normalement, tout n'était pas perdu.

Il comprit également qu'il serait sans doute bon de mener à bien ce projet qui lui trottait dans la tête. Même le plus tôt possible. Le vieux schnoque dans le miroir de la salle de bains n'avait plus l'air d'avoir beaucoup de temps devant lui. Il fallait agir maintenant, avant qu'il soit trop tard, et espérer en être capable.

Allongé dans son lit, Bud ferma les yeux et, comme souvent avant de s'endormir, il pensa à Peggy. Le sourire lui revint aux lèvres.

Tel père, telle fille

ATLANTA
2013

Ruthie venait chercher son père en voiture pour l'emmener à la boutique où il achetait son café préféré.

— Tu vois, Ruthie, lui confia-t-il, il y a une chose qui m'ennuie, à l'âge que j'ai, c'est de ne plus être motorisé.

— Comment ça ?

— Je n'ai pas de véhicule. Si je veux aller quelque part, il faut que je prenne avec tout le monde le car de la maison de retraite ou que j'appelle un taxi. Et quand je me décide à en appeler un, Merris, le petit chef, sort de son bureau et exige que je lui dise où je vais et à quelle heure je rentre. J'ai l'impression d'être un gamin.

— Bien fait pour toi, dit-elle en riant. Combien de fois as-tu joué ce jeu-là avec moi, quand j'avais quinze ans ? Je t'entends encore : « Sois rentrée à dix heures, hein ? »

— Oui, mais tu *étais* une gamine. Et combien de fois es-tu rentrée plus tard que ça, hum ? Comme si je ne m'en étais pas aperçu…

— Ah bon ?

— Je savais aussi où tu étais et avec qui, figure-toi.

— Non !

— Si, si.

— Comment le savais-tu ?

— Je ne te le dirai pas.

— Bien. Seulement, il m'arrivait de rentrer plus tôt, pour que tu m'entendes, et ensuite je repartais par la porte de la cuisine, vois-tu ?

— Ah bon, quand ça ? demanda Bud, surpris.

— Moi aussi, j'ai mes petits secrets.

— Quand tu fréquentais cet imbécile de Hootie Reynolds, peut-être ?

— Qui t'a dit que je le fréquentais ? s'étonna Ruthie à son tour.

Son père la regarda.

— Il aurait fallu être aveugle. Tu écrivais son nom partout dans tes carnets de lycée, avec des cœurs autour. J'ai même eu peur, un jour que tu avais rempli une page entière de « Vive la future Mme Hootie Reynolds ! ». Heureusement que tu l'as quitté, sinon j'aurais été obligé de sévir.

Ruthie sourit.

— Pauvre Hootie. Il était mignon, mais un peu bête, c'est vrai. Je me demande où j'en serais si je l'avais épousé.

— Cela ne serait pas arrivé. J'y aurais veillé. De ce point de vue, tu t'es bien débrouillée. Tu ne pouvais pas trouver mieux que Brooks.

— Il me manque tous les jours.

— Je sais, ma jolie. Ta mère me manque à moi aussi.

Ruthie le raccompagna lorsqu'il eut acheté son café.

— Qu'est-ce qu'il a pu devenir, Hootie ? songea-t-elle à haute voix.

— Paraît-il qu'il a embrassé une carrière dans le sport. Il a même participé aux Jeux olympiques, une fois.

— Non ? Dans quelle discipline ?

— Ramasseur de javelots.

— Papa, tu te moques de moi.

— Un peu. Mais ça, il aurait su faire…

Trois ans plus tôt, Brooks avait brusquement succombé à une crise cardiaque. À l'époque, Carolyn et Richard vivaient toujours avec Ruthie et lui à Atlanta, ce qui avait permis à leur mère de surmonter l'épreuve plus facilement. Puis Carolyn s'était mariée et avait déménagé à Washington. Richard, de son côté, s'était installé dans l'Oregon avec sa petite amie, Dotsie. Ruthie n'avait donc plus que son père à Atlanta. S'il devait lui arriver quelque chose, elle se demandait ce qu'elle ferait. Elle l'adorait et, même à son âge, il était toujours capable de la faire rire.

Une belle-mère encombrante

Atlanta, Géorgie

Si Martha Lee n'avait accepté Ruthie qu'à contrecœur, il en allait tout autrement de ses petits-enfants, Carolyn et Richard. À chacune des naissances, elle avait couru à la maternité, tirée à quatre épingles, et trouvé naturel que ce soit elle qu'on félicite.

Des semaines auparavant, elle avait déjà choisi les écoles qu'ils fréquenteraient et les matières qu'ils suivraient. Carolyn apprendrait la danse classique, Richard pratiquerait le tennis, le golf et la natation. Puis, comme sur injonction royale, ils étaient censés prendre leurs repas avec elle à son club, chaque dimanche et chaque jour de fête. C'est ainsi qu'elle faisait les présentations :

— Chère amie, voici ma charmante petite-fille, Carolyn, mon coquet petit-fils, Richard, ah… et, euh, Ruthie, leur mère.

Pour ne contrarier ni son mari ni ses enfants, Ruthie s'efforçait toujours de rester courtoise et polie, cependant la tâche était ingrate. Et c'était encore sans compter le mariage de Carolyn.

Étant la mère de la mariée, elle voulut se charger des préparatifs. Comme d'habitude, sa belle-mère s'imposa. Carolyn et Ruthie commençaient juste à s'organiser que Martha Lee débarqua sans prévenir et annonça tout de go :

— Évidemment, nous ferons appel à mes traiteurs habituels. La réception aura lieu chez moi, car le jardin, ici, est trop petit. Je m'occupe de louer un chapiteau et de réserver l'orchestre.

— Mais… tenta d'intervenir Ruthie.

Martha Lee ne la laissa pas terminer.

— Carolyn, je sais exactement chez qui faire imprimer les invitations. J'ignore quelle date vous avez prévue, Brian et toi, mais évitons juin, trop commun, trop populaire. Je vais appeler l'église All Saints et réserver un dimanche, fin mai.

Quelques semaines plus tard, quand Ruthie accompagna sa fille pour choisir le style de l'argenterie, Carolyn insista pour recueillir l'avis de sa grand-mère avant de se décider.

Le jour des noces approchait et Ruthie constatait que tout était planifié sans sa contribution. Frustrée, contrariée, elle demanda à Carolyn :

— Enfin, je suis ta mère, laisse-moi m'occuper de quelque chose !

— Écoute, maman, je ne vois pas pourquoi tu t'énerves comme ça. Grand-mère aime diriger les opérations. Tu n'auras qu'à être là et te faire belle. Le gâteau qu'elle a commandé a l'air absolument fabuleux. Elle m'a montré la photo. Tu n'en reviendras pas.

» Cet après-midi, on va regarder les robes. Elle dit qu'il faut être attentif aux couleurs. Elle pense à une teinte printanière, mais pas trop voyante. Selon elle, une couleur trop vive n'avantage pas la mariée. Elle penche pour un rose tendre, un lavande clair peut-être, et, pour les chaussures, des escarpins beiges ou écrus. Pas de blanc, naturellement.

Il n'y avait rien à faire. À l'évidence, le jour de la cérémonie, Ruthie ne serait qu'une invitée comme les autres.

Ce jour-là, pour ne pas déparer, elle arborait une robe crème. En revanche, Martha Lee étonna tout le monde avec un ensemble d'organza vert citron et un grand chapeau de la même couleur, en dépit de ses propres recommandations. Après tout, l'essentiel était qu'on la remarque, n'est-ce pas ?

Ruthie espéra longtemps que les choses s'arrangeraient, mais c'était un vœu pieux. Dès l'âge de cinq ans, au moindre mécontentement, Carolyn filait chez sa grand-mère avec son petit sac à dos. Forcément, Martha Lee était ravie de la recevoir. Pour Ruthie, récupérer Carolyn était chaque fois un chemin de croix.

— C'est ma fille, Martha, et elle va rentrer chez elle !

— C'est aussi ma petite-fille, que je sache !

— Sans doute, mais elle doit comprendre qu'on ne fait pas toujours ce qu'on veut, dans la vie.

— Et pourquoi ? Je ne vois pas de raison de lui refuser quoi que ce soit. D'après ce qu'elle me dit, vous l'affamez. Pas étonnant qu'elle préfère être ici.

— Bien sûr que nous ne l'affamons pas, Martha. Elle se réfugie chez vous parce que vous cédez à tous ses caprices. Une petite fille de cet âge ne devrait pas manger trois desserts à la suite. Le sucre est mauvais pour ses dents et, tant que j'y suis, ne lui servez plus de vin au dîner. Elle est beaucoup trop jeune pour boire de l'alcool.

— Je ne suis pas de cet avis. En France, tous les enfants en boivent.

— Peut-être, mais nous vivons à Atlanta, pas en France.

— Il faut bien qu'elle apprenne ce qu'est un vin correct, un jour ou l'autre.

— Eh bien, cela ne sera ni demain ni après-demain.

Un échange qui avait conduit Martha Lee, hors d'elle, à appeler Brooks à son travail.

— Ton épouse m'accuse de transformer mon unique petite-fille en alcoolique. Elle refuse qu'on lui donne une goutte de vin au dîner.

Soupir de Brooks au bout du fil. Ça recommençait !

— Maman, ne me mets pas entre vous deux et ne sers pas de vin à Carolyn !

— Enfin, quoi ! Il n'y a jamais eu d'alcoolique dans la famille, ni d'un côté ni de l'autre. Ta femme a des idées absurdes.

Brooks s'était tu, une façon de faire comprendre à sa mère qu'il n'avait pas l'intention de se disputer avec elle.

Elle avait poursuivi malgré son silence :

— Je vois que je n'ai pas voix au chapitre. Donc je m'incline et ta fille ne boira plus de vin. Mais je trouve bien triste que ton épouse n'accorde pas d'importance à la gastronomie, un art auquel j'essaie justement d'initier Carolyn.

Nouveau silence. Mais Martha Lee ne s'avouait pas vaincue.

— Je ne veux pas paraître indiscrète, seulement, en ton absence, la semaine dernière, j'ai bien vu un livreur de pizzas s'arrêter devant chez toi. Pas une fois, mais deux. Je pense que cela veut tout dire.

Brooks était fatigué, déchiré, en raccrochant. Combien de temps allait-il encore supporter cela ? Après la mort de son père, en plein marasme économique, il avait pris les rênes de la société et il était constamment sous pression. La compagnie perdait des quantités d'argent invraisemblables. Comme si cela ne suffisait pas, il devait sans cesse arbitrer les querelles qui opposaient sa mère et son épouse, concernant l'éducation des enfants. Il aimait l'une et l'autre, et se voir obligé, chaque fois, de prendre parti, était exténuant. Brooks se leva de son bureau pour se servir un verre. Ruthie avait eu raison.

Jamais ils n'auraient dû s'installer à proximité immédiate de Martha Lee. D'année en année, les relations entre les deux femmes s'étaient détériorées, et maintenant que son père avait disparu, la tension était à son comble. Mais il n'y avait plus rien à faire. Il lui était impossible de vendre la maison.

À l'insu de tout le monde, il l'avait hypothéquée pour empêcher la compagnie de couler. Si la situation s'aggravait et que l'on devait démembrer Caldwell Circle, sa mère n'y survivrait pas.

Et maintenant ?

ATLANTA, GÉORGIE

Caldwell Circle se trouvait en plein centre de Tuxedo Park, le quartier le plus huppé d'Atlanta. Le « cercle » en lui-même, une impasse privée et clôturée, se composait de trois maisons, la première construite à la fin du XIXe siècle par Leonard Caldwell, dans laquelle résidait Martha Lee, et les deux autres, plus petites, de chaque côté. Ruthie et Brooks occupaient celle de droite, la tante de Brooks et son cinquième mari, celle de gauche. Ceux-là n'étaient jamais chez eux. Comme disait Martha Lee, « ils voyageaient ».

Elle aimait à faire remarquer que la famille Caldwell résidait ici depuis plus d'un siècle. Leonard, le premier arrivé, était un banquier de Caroline du Nord qui avait acquis en 1898 une centaine d'hectares de terrain à cet emplacement. Caldwell Circle était aujourd'hui tout ce qui restait du lotissement initial.

C'était un endroit très plaisant, niché dans un site magnifique, où de beaux arbres entouraient chaque maison. Bien qu'on y eût bâti d'autres propriétés au fil du temps, Ruthie y vivait dans le plus grand isolement. Longtemps, Brooks avait servi de tampon entre elle et Martha Lee, mais il n'était plus là, et Ruthie ne se donnait plus la peine d'être aimable avec sa belle-mère.

Maintenant que ses enfants étaient partis, elle se sentait plus seule que jamais. Elle aurait aimé un chat ou un chien pour lui tenir compagnie, ce qui était malheureusement hors de question, compte tenu des allergies de Martha Lee. Sans aucun doute, il lui fallait un moyen d'occuper ses journées. Elle avait pris des leçons de tango, mais le professeur, Ricardo, lui déplaisait franchement. Cet homme semblait trop disposé à épouser une riche veuve. À peine avait-elle fait apparition dans sa classe qu'il avait fondu sur elle. Il ne pouvait savoir qu'il se trompait de cible. Quand Brooks était mort, Ruthie avait elle-même été surprise de constater qu'il lui laissait si peu. La maison était grevée d'hypothèques. Seulement, quand vous portiez le nom de Caldwell, tout le monde vous croyait nanti. Ruthie recevait constamment des demandes de don, des invitations à des dîners et déjeuners de charité qui coûtaient d'emblée entre cinq cents et mille dollars. Et l'on était censé participer à des enchères largement au-dessus de ses moyens. Chaque jour ou presque, quelqu'un frappait à sa porte pour lui extorquer de l'argent. En outre, Martha Lee serait atterrée que l'on vienne à savoir que la famille Caldwell ne menait plus grand train, c'est pourquoi Ruthie évitait à présent les milieux trop aisés.

Malgré sa solitude, elle avait coupé un certain nombre de ponts et c'était un soulagement. Mais l'avenir restait béant devant elle. Que faire ? Elle n'était plus ni une épouse ni une mère, ses enfants étaient grands et vivaient en couple, loin d'elle. Ruthie souffrait d'une crise d'identité.

Elle aurait dû terminer ses études avant de se marier et devenir architecte d'intérieur. À l'université, elle avait joint une troupe de théâtre amateur et démontré ses talents de décoratrice. Mais voilà, pendant qu'elle élevait Carolyn et Richard, le monde avait évolué sans elle. À moins de maîtriser l'informatique, il était impossible aujourd'hui de postuler à un emploi décent. En matière de technologie, Ruthie vivait encore l'âge de pierre. Son médecin lui avait prescrit des antidépresseurs, qui, contre toute attente, lui avaient valu des crises d'anxiété. Alors tant pis, elle préférait la déprime à l'angoisse.

Elle se trouvait donc à un carrefour. Il fallait choisir une direction, aller de l'avant ou végéter jusqu'à ce qu'il soit temps d'emménager à Briarwood Manor, que son père avait surnommé « la petite salle d'attente du bon Dieu ».

LA GAZETTE DE WEEMS

(Bulletin hebdomadaire de Whistle Stop, Alabama)

28 avril 1954

Le salon de coiffure va fermer

Opal Butts a l'intention de fermer. Comme la plupart de ses clientes étaient des femmes de cheminots et qu'elle rechigne à faire payer celles qui sont encore là, elle se voit dans l'obligation de mettre la clé sous la porte et de s'installer à Birmingham. Un signe des temps, évidemment. Quand j'étais petite, une trentaine de trains défilaient chaque jour sous nos fenêtres, et il n'y en a plus aujourd'hui que quatre ou cinq. Selon Grady, le shérif, les gens sont maintenant trop pressés d'arriver à destination, donc ils préfèrent prendre l'avion. En ce qui me concerne, j'ai dit à Wilbur que, pour rien au monde, je ne monterais dans un de ces oiseaux en fer-blanc. J'ai déjà assez peur en voiture avec lui.

Idgie Threadgoode regrette que les affaires ralentissent aussi au café. J'espère qu'elle pourra tenir encore un moment.

Que ferions-nous sans le Whistle Stop Café ? Pourvu qu'une de ces nouvelles autoroutes dont on nous rebat les oreilles finisse par passer par chez nous. Cela nous apporterait un peu de monde et nous en avons bien besoin.

Une note plus gaie : Julian, le frère d'Idgie, a quitté la ville de Marianna pour acheter un hectare d'orangeraie à Kissimmee, en Floride également. Donc il déménage. À propos, Idgie rapporte que Buddy est toujours classé parmi les meilleurs élèves de la fac. Il a l'intention de s'inscrire à l'école vétérinaire. Enfin, mon petit doigt (la maman de Peggy) m'a dit que Buddy et Peggy projettent de convoler assez vite en justes noces. Comme vous ne l'ignorez pas, Buddy a connu des débuts difficiles dans la vie, mais l'avenir s'ouvre à lui.

Ce sera tout pour cette semaine. Donc si vous avez d'autres nouvelles, n'hésitez pas à les envoyer. Qu'elles soient bonnes, si possible. Celles-là, on n'en a jamais trop !

... Dot Weems...

P.-S. Voilà qui vaut son pesant de cacahuètes : saviez-vous que, jusqu'en 1913, il était possible de faire voyager ses enfants par colis postal ? Pourquoi ? Parce que cela coûtait moins cher, pardi ! Heureusement que je n'étais pas facteur à l'époque !

Briarwood Manor

ATLANTA, GÉORGIE

Décembre 2013

Janice Poole, une jeune femme au teint clair, aux cheveux roux et frisés, travaillait à Briarwood Manor depuis seulement trois mois et s'en mordait déjà les doigts. Elle ajusta ses lunettes sur son nez en parcourant le fichier contacts de l'ordinateur de M. Merris.

Il avait fait irruption dans son bureau pour lui rapporter la nouvelle et la prier d'avertir sans tarder la fille de M. Threadgoode. Ressortant aussitôt, il avait laissé Janice se débrouiller seule. Elle ressentit une sourde appréhension en atteignant la lettre *C*. Seigneur, elle regrettait d'avoir accepté cet emploi. Sans les traites de son nouveau break Toyota à payer, elle aurait démissionné à la fin de la première semaine. Ce travail était nerveusement épuisant. Janice n'avait pas de problème avec la comptabilité et les salaires, mais elle détestait communiquer avec les familles, surtout lorsqu'on lui confiait le soin d'annoncer les mauvaises nouvelles. Pourquoi

M. Merris voulait-il qu'elle appelle « sans tarder » la fille de M. Threadgoode ? Pourquoi ne pas le faire lui-même ? Il avait l'habitude, lui. Pas elle.

Une fois trouvé le nom et le numéro de téléphone, elle inspira profondément et composa celui-ci. La sueur perlait sur son front. « Mon Dieu, pourvu que je tombe sur un répondeur et que je puisse laisser un message », pensa-t-elle.

Malheureusement, on répondit au bout de trois sonneries.

— Allô ?

— Madame Brooks Caldwell ?

— Oui, fit une voix agréable.

— Madame Caldwell, c'est Janice Poole, l'assistante du directeur à Briarwood Manor. Nous nous sommes vues à la réception, lors de votre dernière visite. Je suis la jeune femme rousse.

— Oui, je me souviens. Comment allez-vous ?

— Eh bien, euh, cela pourrait aller mieux. Je suis navrée, mais nous pensons avoir perdu votre père.

— Perdu ? Comment ça ?

— M. Merris a voulu que je vous prévienne tout de suite.

Ruth, qui finissait un verre de thé glacé devant l'évier de la cuisine, sentit brusquement ses forces la quitter. Elle s'assit à la table.

— Madame Caldwell, vous êtes toujours là ?

— Oui, oui. Bon Dieu, que s'est-il passé ? Je lui ai parlé hier soir.

— Je l'ignore. M. Merris a l'air très inquiet. Ce n'est pas une situation ordinaire, m'a-t-il dit. Il vous rappellera dans l'heure avec toutes les informations.

— Pourquoi ? Quelles informations ?

— Je ne sais pas non plus.

— Mais où se trouve mon père ?

— Je n'en ai aucune idée, madame.

— Ah… Vous ne pouvez pas me le passer maintenant ?

Janice jeta un coup d'œil au-dehors. M. Merris, sur le perron, était encore en pleine conversation avec l'inspecteur de police.

— On est en train de prendre sa déposition. Mais il vous contactera dès que possible. Je suis vraiment navrée, madame.

En raccrochant, Janice regarda de nouveau par la fenêtre. Elle n'avait jamais vu Merris dans cet état. Pourquoi avait-il appelé le commissariat ? Tout cela était vraiment bizarre. Soupçonnait-il quelque chose de louche ?

Et maintenant ?

Elle avait eu l'impression de recevoir un coup de pelle dans l'estomac. Le choc initial s'était estompé, mais Ruthie commençait à éprouver une sorte d'engourdissement. Elle se rendit compte qu'elle connaissait cette sensation. Deux fois déjà, elle avait été confrontée à ce genre de situation : elle répondait au stress par une sorte de paralysie qui gagnait peu à peu tous ses membres.

Quelques mois plus tôt, M. Merris avait appelé pour lui faire part du décès soudain de Peggy. Et, trois ans auparavant, un ami mutuel avait téléphoné pour l'informer que Brooks, âgé de quarante-huit ans, son mari et l'amour de sa vie, venait de succomber à une attaque sur le terrain de golf. Comme aujourd'hui, Ruthie avait été prise au dépourvu. Bien sûr, elle savait que son père disparaîtrait un jour, mais on a beau s'attendre à une chose, on n'y est jamais vraiment préparé.

Son cœur battait trop vite et ses mains tremblaient. Elle jeta un coup d'œil à l'horloge. Il était presque midi. Elle se demanda comment réagir. Devait-elle prévenir son fils et sa fille ? Ou plutôt attendre que Merris la rappelle ? Oui, mieux valait disposer de toutes les « informations ». L'assistante avait dit que cela s'était passé ce matin. Pourquoi avait-elle tardé à l'avertir ? Bud serait mort dans son sommeil, elle le lui aurait dit, tout de même ? Était-il encore dans sa chambre ? S'agissait-il d'un accident ? On ne pouvait l'écarter. C'est qu'il était têtu, depuis un moment. Sauf circonstances particulières, il refusait de porter son nouveau bras, et il se faisait d'autant plus mal lorsqu'il tombait. La dernière fois, il s'était cassé le poignet droit. Ruthie poussa un soupir. Ils avaient consacré tant de temps, d'argent et d'énergie à trouver la meilleure prothèse existante, et voilà le résultat. Elle était soudain partagée entre la rancœur et le chagrin.

Un autre coup d'œil à l'horloge. Dix minutes s'étaient écoulées. Alors, appeler Merris ou attendre ? Bon sang... Pourquoi traînait-il ? Que s'était-il passé ? Et pourquoi la police ?

Plus elle y pensait, plus elle penchait pour la thèse de l'accident. Quelques années plus tôt, un résident de Briarwood, traversant la rue sans regarder, s'était fait renverser par un camion. Le pauvre était tellement sourd qu'il n'avait pas entendu l'avertisseur sonore. Mais cela ne pouvait arriver à Bud. Il voyait, il entendait. Il avait récemment subi une opération de la cataracte, il avait une prothèse de hanche et d'excellents appareils auditifs. On avait arrangé tout ce qui, à son âge, était possible de l'être. Et il fallait exclure une crise cardiaque, puisqu'il portait un pacemaker. « Cela n'est pas une situation ordinaire », avait dit Mlle Poole. Comment fallait-il le comprendre ? Une chute, si c'en était une, n'avait rien d'exceptionnel à quatre-vingt-quatre ans. Bud trébuchait et tombait régulièrement. Cela devait être ça. Cette fois, peut-être s'était-il cogné le crâne sur quelque chose. Oh, mince, pourvu qu'il n'ait pas souffert.

Ruthie regarda encore l'horloge.

Pourquoi ne lui avait-elle pas rendu visite, mercredi ? Pourquoi avait-elle préféré aller chez l'esthéticienne pour ce « bilan personnalisé » ! Pour une fois, on s'accorde un moment à soi, et ensuite les regrets se mettent à pleuvoir.

Et maintenant ? Dieu merci, Bud avait écrit cette courte biographie. Ruthie en ferait des copies pour les distribuer aux enfants. Ils auraient au moins cela pour se souvenir de lui. Pauvre papa… Il était si gentil.

Elle avait cru qu'il restait assez de temps. Il y avait tant d'autres choses qu'elle aurait aimé savoir. Aujourd'hui, il était trop tard pour les lui demander.

Avis de recherche

M. Merris se tordait les mains sur le perron. Sa perruque noire, qui avait tendance à glisser sur son front, penchait aujourd'hui vers l'œil gauche.

En compagnie de l'infirmière, Mlle Jenkins, de la directrice des activités, Hattie Clifford, et de Jerome, le chauffeur de l'autocar, il répondait aux questions de l'inspecteur de police, qui notait ses réponses sur un bloc-notes.

— Qu'avait-il comme vêtements, ce matin ?

Merris se tourna vers le chauffeur.

— Jerome, vous êtes le dernier à l'avoir vu. Vous vous souvenez ?

— Euh, eh bien… un pantalon kaki. Et une vieille veste à carreaux, ou en tweed. Une cravate rouge… ou verte, je ne sais plus.

Tandis que le policier prenait note, une jeune femme essoufflée sortit du bâtiment et lui tendit une photo.

— C'est la plus récente qu'on possède, déclara-t-elle.

L'inspecteur la saisit, l'étudia un instant, puis l'inséra sous la pince de son porte-bloc.

Merris se laissait gagner par la panique.

— Écoutez, inspecteur... Ne pourriez-vous pas essayer de le retrouver ? Je crois que l'on perd du temps avec ce procès-verbal. Enfin, combien de temps doit-il s'écouler avant qu'une personne soit déclarée disparue ? Vous comprenez, c'est un vieux monsieur et je crains vraiment qu'il lui arrive quelque chose.

Le policier regarda de nouveau la photo.

— Vous dites qu'il lui manque un bras ?

Merris hocha la tête.

— Parfois, oui.

L'inspecteur posa sur lui un regard perplexe.

— Comment ça, « parfois » ?

— Il porte une prothèse.

— Une quoi ?

— Un bras artificiel.

— Ah. Le gauche ou le droit ?

— Pardon ?

— Le gauche ou le droit ?

Merris s'adressa à Mlle Jenkins, l'infirmière, qui répondit à sa place :

— Le gauche.

— Le gauche, répéta Merris. Mais il ne le met pas toujours.

— Le dimanche et à certaines occasions, précisa l'infirmière.

Le policier nota : « Ne porte pas toujours son bras gauche. »

— Et sa santé mentale ? Physique ?

— Pas de problème, dit Merris. Mais c'est une personne à risque, vu son âge. Et cela fait quatre heures qu'on a perdu sa trace. De plus, M. Threadgoode fait partie d'une famille très connue.

L'inspecteur leva les yeux avec un air de profonde indifférence.

— Est-il atteint d'Alzheimer ?

— Non. Peut-être une légère sénescence.

Mlle Jenkins renchérit :

— Oh, à peine. Il a encore toute sa tête.

— Était-il déprimé, ces derniers temps… pas de tentative de suicide ?

— Certainement pas, assura Merris. M. Threadgoode est d'un tempérament…

Il se tourna vers la directrice des activités.

— … Comment diriez-vous, Hattie ? Joyeux ?

— Oui. Il aime bien plaisanter, confirma-t-elle. Il a beaucoup d'humour. La semaine dernière, il a…

Merris la coupa.

— Je ne comprends vraiment pas ce qui a pu se passer. Nos chauffeurs sont tous expérimentés et le règlement est très strict. Ils ne doivent pas quitter le parking sans avoir vérifié sur la feuille de présence qu'ils ont bien tous leurs passagers. Comme je vous l'ai indiqué, dès qu'il s'est rendu compte que M. Threadgoode avait disparu, Jerome a rebroussé chemin pour revenir à l'église. Mais il n'y était plus.

Jerome répéta :

— J'ai bien regardé partout... Même dans les toilettes.

L'inspecteur replia son bloc.

— Entendu, je crois avoir toutes les informations utiles. Je vais lancer un avis de recherche.

— Très bien, approuva M. Merris. Et ensuite ?

— Espérons qu'on le retrouve...

Pourquoi Merris n'appelle-t-il pas ?

Une fois de plus, Ruthie consulta l'horloge. Vingt-cinq minutes s'étaient écoulées. Qu'attendait Merris ? Devait-elle monter dans sa voiture et se rendre à la maison de retraite ? Elle se sentait totalement impuissante. Ruthie avait toujours pensé que, ce jour-là, Brooks serait à ses côtés et que, comme d'habitude, il s'occuperait de tout. Soudain une idée s'imposa : sans lui, sans Bud, elle n'avait plus personne pour l'aider. De toute sa vie, elle n'avait jamais eu le sentiment d'être aussi vulnérable.

Quelques années auparavant, le notaire avait affirmé que son père avait veillé à sa succession – sans rentrer dans les détails. Bud n'avait révélé qu'une chose à sa fille : il lui réservait une surprise. Dieu seul savait quoi. Évidemment, c'était bien lui, il fallait toujours qu'il invente quelque chose en croyant vous faire rire.

Ruthie ignorait ce que son père était susceptible de lui léguer. Avant que ses deux parents s'installent à Briarwood, il avait dépensé une fortune auprès des médecins et des aides-soignants, pour qu'ils s'occupent au mieux de Peggy. C'était son droit et il avait eu raison. Bud avait travaillé dur toute son existence, sans voler un centime à personne.

De nouveau, Ruthie jeta un coup d'œil à la pendule.

Bon Dieu, après la mort de Peggy, elle aurait dû insister jusqu'à ce qu'il accepte d'habiter avec elle. Elle aurait ainsi pu veiller sur lui. D'un autre côté, il semblait se plaire à Briarwood, où il s'était fait beaucoup d'amis. S'il avait vécu chez elle, Martha Lee leur aurait rendu la vie impossible.

L'horloge, encore.

« Pourquoi Merris n'appelle-t-il pas ? »

Ruthie redoutait d'annoncer la nouvelle aux enfants. Carolyn et Richard seraient effondrés. Fallait-il déjà préparer une cérémonie, prendre les devants ?

Elle était sûre que Bud souhaitait être enterré à Whistle Stop, dans la concession des Threadgoode. Aucun doute là-dessus. Mais où se trouvait le cimetière ? Existait-il encore ? Elle n'en avait aucune idée. Soudain, une pensée lui traversa l'esprit. Une fois son père disparu, elle serait la dernière des Threadgoode.

Un fugitif

Bud s'était douté que le nouveau conducteur du car n'était pas très malin. Il avait eu raison, puisqu'il était maintenant assis à une table de la Waffle House[1], en face de la gare d'Atlanta, à dix kilomètres de la maison de retraite.

Plus tôt ce matin, quand le minibus portant l'inscription BRIARWOOD MANOR avait quitté le parking de l'église méthodiste, Bud était sorti des toilettes où il s'était caché. Jetant un coup d'œil au-dehors, il avait constaté que le véhicule ne rebroussait pas chemin pour venir le chercher. Le bus avait filé sans attendre à l'église catholique, quelques rues plus loin. Bud avait besoin de quelqu'un qui lui appelle un taxi pour l'emmener à la gare. Ruthie lui avait acheté un joli modèle de smartphone pour senior que, dans sa hâte, il avait oublié d'emporter. Le « Jitterbug » était resté dans sa chambre sur la commode. Par bonheur,

1. « Maison des gaufres » (chaîne de restauration).

il y avait encore du monde sur le parking quand le minibus était parti. Bud avait demandé à une famille de Mexicains, sur le point de démarrer, s'ils auraient la gentillesse de lui commander un taxi. Le père, fort sympathique, lui avait aimablement proposé de le conduire à la gare. Une fois arrivé, Bud avait tenté de le dédommager, mais l'homme avait refusé tout net. En revanche, la petite grand-mère sur la banquette arrière avait donné à Bud une image pieuse de Notre-Dame-de-Guadalupe. Il n'était pas catholique, mais il se réjouissait de l'avoir. Rien ne serait de trop pour mener son projet à bien.

Il n'avait l'intention de contrarier personne, ni de vraiment disparaître, mais simplement envie de prendre le train. Cela n'était pas un coup de tête, Bud préparait sa petite virée depuis un bon moment. Ces derniers mois, il avait pris chaque dimanche une navette différente pour une église ou une autre, afin de brouiller les pistes.

Il avait réussi à consulter les horaires de train et, vendredi dernier, s'était faufilé dans le bureau de la nouvelle assistante, pendant qu'elle déjeunait, pour imprimer un billet aller et retour. Plusieurs Amtrak assuraient dans chaque sens la liaison Birmingham-Atlanta, ce qui lui permettait de revenir le soir. Avec un peu de chance, il serait de retour à l'heure du dîner et, si tout se passait bien, on ne s'apercevrait même pas qu'il s'était éclipsé. Bud voulait éviter de perturber Ruthie, qui avait suffisamment de problèmes comme ça.

Il attendait avec impatience de refaire ce court voyage. Lorsqu'il était enfant, sa tante Idgie était l'amie de tous les cheminots de Whistle Stop et, sachant à quel point il aimait les trains, les mécanos l'emmenaient parfois à Atlanta et rentraient avec lui le même jour. Sa mère voyait cela d'un mauvais œil, mais tant qu'il était là à la tombée de la nuit, elle ne disait rien. Et que c'était chouette ! Les machinistes le laissaient actionner le sifflet à vapeur avant chaque passage à niveau. Et sur le chemin du retour, le portier Pullman du *Croissant d'Argent* lui offrait toujours un sandwich jambon-fromage, ainsi qu'une grande glace à la vanille, fournis par le wagon-restaurant. Un veinard, ce Bud !

Il voulait absolument revenir à Whistle Stop avant que tout soit définitivement fermé. À ce qu'il paraissait, il n'en restait vraiment plus grand-chose. Il s'en assurerait.

Tout le temps du monde

Lorsqu'il arriva sur le quai pour attendre son train, Bud se sentit à la fois triste et heureux. Il avait voulu entreprendre ce voyage tant qu'il avait encore toute sa tête et que son corps le lui permettait. Certes, il s'éparpillait un peu parfois, mais il le savait. Ce matin, il avait oublié son téléphone portable. En tout cas, il n'aurait peut-être plus jamais l'occasion de faire un tour en Alabama.

Pendant des années, il avait juré ses grands dieux qu'il ne ressemblerait pas, le jour venu, à ces vieux radoteurs qui ressassent le passé à longueur de journée. Seulement, le passé, que voulez-vous, remontait souvent à la surface. Bud avait à présent sa carte du club des « Quand-J'étais-Jeune et De-Mon-Temps ».

À bord du long train Amtrak pour Birmingham, il parcourut l'allée centrale et remarqua un siège inoccupé à côté d'un jeune homme (ou d'une jeune femme ?) qui paraissait sympathique. Il dut y regarder à deux fois car il ou elle portait un curieux chignon sur la tête.

— Excusez-moi, monsieur, la place est libre ?

— Oui, asseyez-vous, je vous en prie.

Ce qu'il fit. Bud demanda alors :

— Vous descendez à La Nouvelle-Orléans ?

— Non, je rentre chez moi à Birmingham.

— Tiens, moi aussi.

— Vous êtes de Birmingham ?

— Pas bien loin. Une petite ville dont vous n'avez sans doute jamais entendu parler et qui s'appelle Whistle Stop.

— Whistle Stop ? Si, je crois que ma grand-mère en parlait, justement, autrefois.

— Ah oui ?

— Oui, oui. Mes grands-parents prenaient chaque année le train de Birmingham pour New York, et ils passaient par là.

— Eh bien, c'est la ville dans laquelle j'ai grandi. Mais comme bien des choses, elle a pratiquement disparu. Le temps efface tout et on ne l'arrête pas.

Le jeune homme eut un sourire aimable.

— Je sais ce que vous ressentez. Le quartier où j'habite a beaucoup changé, depuis mon enfance.

— Si je puis me permettre, quel âge avez-vous ?

— Vingt-deux ans.

— Quelle chance ! C'est un très bel âge.

Bud rit avant d'ajouter :

— À bien y réfléchir, il n'y en a pas de mauvais. Enfin, si j'en crois mon expérience, il y a des années meilleures que d'autres, mais elles ont toutes leur utilité. Comment vous appelez-vous ?

— William Hornbeck junior. Appelez-moi Billy.

— Ravi de vous rencontrer. Moi, c'est Bud Threadgoode. J'aurai quatre-vingt-quatre ans la semaine prochaine.

— Waouh. Je me demande quelle impression ça fait.

— Je ne sais pas encore, mais je peux vous dire tout l'intérêt d'en avoir quatre-vingt-trois.

— Ah bon ?

Bud se tourna vers le jeune homme avec un grand sourire.

— Plus personne n'exerce de pressions sur vous.

Billy lâcha un petit rire.

— Sans doute pas plus mal. Je suis en licence à l'université d'Emory, et des pressions, il y en a.

— Vous étudiez quelle matière ?

— La sociologie appliquée.

Bud hocha la tête.

— Je ne sais pas bien ce que c'est, mais cela demande sûrement des capacités. En ce qui me concerne, il y a longtemps que j'ai pris ma retraite.

Bud sortit d'une poche son vieux portefeuille en cuir marron et l'ouvrit.

— Voilà une photo de ma fille, Ruthie, quand elle avait six ans. Et là, au bal du lycée avant l'entrée en fac.

— Elle était plutôt jolie !

Bud sourit.

— Elle n'a pas changé. Ici, elle est avec ses deux enfants. Ruthie à perdu son mari il y a quelques années. Une rude épreuve, mais elle a réussi à se relever. Je suis extrêmement fier d'elle. Elle m'appelle tous les jours. Bien sûr, ce matin, je lui ai caché que je prenais le train.

— Vous n'avez pas d'autres enfants ?

— Non. Ruthie suffit à mon bonheur.

— Je suis fils unique, moi aussi.

— Comme moi ! Cela nous fait un point commun. Je n'ai pas souffert de l'être, mais il y en a pour qui c'est moins facile. Mon gendre, par exemple. Il était écrasé par les responsabilités. Ce qui a pesé sur Ruthie, bien sûr, et aujourd'hui encore, j'évite de l'inquiéter. Voilà pourquoi je ne lui dis pas tout.

— J'aime bien cette veste que vous portez.

— Merci. C'était un cadeau de ma femme. Je l'ai depuis 1959 ! Elle est comme neuve, hein ?

— Mais oui. Si ce n'est pas indiscret, vous faisiez quoi, comme métier ?

— J'exerçais la profession de vétérinaire.

— Véto ? Ah, cool ! C'était votre choix, au départ ?

— Oh oui. Ma tante Idgie doit y être pour quelque chose, quand même. Elle aimait beaucoup les animaux. Pour autant que je me souvienne, elle a toujours eu des chats et elle recueillait les animaux perdus à des kilomètres à la ronde. Certains tellement malades ou blessés qu'ils étaient à moitié morts. Des opossums, des oiseaux, de petits écureuils, tout ce qu'on voudra. Elle s'est toujours débrouillée pour les soigner. Un jour, quelqu'un lui a apporté une poule qui était passée sous une voiture et qui avait les pattes brisées. Elle a imaginé un moyen de la faire marcher à nouveau.

— Comment s'y est-elle prise ?

— Elle a déniché une paire de chaussons pour bébé, en cuir, qu'elle lui a fixés à la place, avec de la colle, et figurez-vous que, le lendemain, la poule courait partout dans le jardin avec ses chaussons roses.

— Sans blague ?

— Oui, oui. Un jour, un chausson s'est égaré quelque part, alors elle lui en a collé un autre. On a même eu un petit alligator, une fois, qui avait perdu la moitié de sa queue.

— Un alligator ?

— À l'époque, mon oncle Julian vivait en Floride. Il l'avait trouvé sur le bas-côté de la route et l'avait chargé dans son coffre. Idgie l'a mis dans la grande baignoire en ciment, au fond du café, avec un grillage par-dessus pour qu'il ne s'échappe pas.

— Mais c'est dangereux !

— Et comment ! Il a quand même réussi à sortir et il s'est caché sous l'escalier. Le lendemain, quand je suis descendu pour aller à l'école, il m'a sauté dessus et m'a mordu le bas de la jambe.

— Non ?!

— Si, si, avec sa grande gueule.

Billy paraissait horrifié.

— Ouh là ! Mais vous l'avez encore, cette jambe ?

Bud sourit.

— J'exagère un peu… En fait, il m'a mordu un orteil, c'est tout. Mais j'aime bien raconter cette histoire.

— Un alligator, oui, quelle histoire…

Bud comprit qu'il allait bien s'amuser avec ce jeune homme.

Briarwood Manor

Atlanta, Géorgie

En regardant s'éloigner le véhicule de police, M. Merris se tourna vers le chauffeur du minibus, visiblement inquiet.

— Jerome, si jamais il arrive quelque chose à M. Threadgoode et que sa famille porte plainte, je vous envoie au labo faire une analyse de sang.

Le chauffeur ouvrit de grands yeux. Il ne se droguait pas, mais il avait une peur bleue des piqûres.

Merris le regarda et changea d'avis.

— Non, tout bien réfléchi, il ne vaut mieux pas. Si le test se révèle positif, nous serons passibles de poursuites. Maintenant, je ne comprends toujours pas pourquoi vous n'avez pas consulté votre liste avant de quitter le parking.

— Je l'ai consultée, monsieur Merris. Threadgoode n'y figurait pas.

— Que faisait-il dans le bus des baptistes, alors ? Il aurait dû prendre celui des méthodistes.

Merris se tourna vers Mme Clifford, la directrice des activités.

— Hattie, vous étiez là lorsqu'ils sont montés, ce matin. Vous saviez qu'il allait à l'église baptiste, Threadgoode ?

— Eh bien, il y a deux mois, il est allé chez les presbytériens. La semaine dernière, c'était l'église d'unité et, il y a quinze jours, l'église scientiste... Mais, à part aujourd'hui, il s'est toujours inscrit sur une liste.

— À quoi ça rime, de changer d'église à chaque fois ?

Hattie haussa les épaules.

— Il parlait d'une quête spirituelle.

— Voilà autre chose ! grogna Merris. Eh bien, merci à tous les deux. S'il ne se montre pas bientôt, nous serons en quête d'un nouvel emploi, nous.

Ils se retournèrent et rentrèrent dans la maison de retraite. Hattie était l'amie de l'intendante, qui l'aperçut depuis la salle des repas et s'approcha d'elle.

— Que se passe-t-il ? lui demanda-t-elle à voix basse.

— M. Threadgoode a filé à l'anglaise.

— Threadgoode ?

— Oui, oui. Il a mis les bouts.

— Quand ça ?

— Ce matin.

— Bien joué !

— Peut-être, mais Merris est furieux.

Confusion

Oui, Edward Merris était furieux et il avait pour cela de bonnes raisons. Bien sûr, il s'était déjà produit que des résidents de Briarwood prennent la poudre d'escampette. Avec un si grand nombre de patients Alzheimer, il fallait s'y attendre. Mais on les avait toujours retrouvés dans l'heure, quelque part dans le domaine. Alors que M. Threadgoode avait disparu depuis bientôt quatre heures et que l'incident était susceptible de coûter sa place à Merris. Il en était directement responsable et, de plus, Threadgoode n'était pas n'importe quel résident.

Merris avait autrefois été chef de chœur à l'église épiscopalienne All Saints de Peachtree, que fréquentaient toutes les familles fortunées d'Atlanta. Des familles qui, pour la plupart, choisissaient de s'installer à Briarwood Manor, quand le moment était venu.

Onze ans auparavant, quand Mme Sockwell, l'ancienne directrice de Briarwood, avait été victime de ce qu'on nommerait plus tard un

« léger syndrome dépressif », Merris avait eu la chance d'être personnellement recommandé par Martha Lee Caldwell. Elle était non seulement membre à vie du conseil d'administration, mais, en outre, ses beaux-parents figuraient parmi les fondateurs de l'établissement. La famille Caldwell avait jadis fait don du terrain, financé la construction du bâtiment, et mis à disposition les nombreuses œuvres d'art qui ornaient les murs de Briarwood. Certes, M. Threadgoode n'était pas né Caldwell, mais le fils de Martha Lee avait épousé sa fille et il ne fallait en aucun cas contrarier Mme Caldwell. S'il arrivait quelque chose à Threadgoode, Merris risquait de graves ennuis.

Il retourna dans son bureau, avala un comprimé antiacide, puis appela Mlle Poole sur l'interphone.

— Vous avez téléphoné à la fille ?

— Oui, monsieur.

— Dites-moi, vous ne lui avez pas fait peur, au moins ? Il serait bon de minimiser cette affaire autant que possible.

— Comme vous me l'avez demandé, je lui ai appris que nous avions perdu son père et que nous la tiendrions informée.

— Vous n'avez rien ajouté ?

— Non, monsieur. Qu'aurais-je pu ajouter ?

— Très bien. Alors, qu'on en finisse avec cette histoire. Espérons qu'elle n'ait pas contacté sa belle-mère.

Merris s'observa dans le miroir, recentra sa perruque et se prépara à donner un coup de fil qui s'annonçait délicat. Il avait besoin de paraître aussi détaché qu'il le pouvait. « Mets un sourire dans ta voix », pensa-t-il avant de composer le numéro. Ruthie décrocha à la première sonnerie.

— Allô ?

— Madame Caldwell ? Edward Merris à l'appareil. Comment allez-vous ? fit-il d'un ton doucereux. Je crois que Mlle Poole vous a appelée pour vous donner quelques éléments.

— Quelques éléments… ?

— Je suis navré de vous embêter avec cette affaire, mais franchement je pense que cela n'est pas bien grave. Bien sûr, je regrette de ne pas savoir où votre père se trouve à l'instant, cependant le jour viendra où nous rirons volontiers de cette mésaventure.

Ruthie, atterrée, n'en croyait pas ses oreilles. Était-il fou ou était-ce elle ?

— Monsieur Merris, je ne comprends pas. Pourquoi le fait de perdre mon père devrait-il me faire rire ?

— Pardonnez-moi, je me suis mal exprimé. Je voulais dire que, quand nous l'aurons récupéré, en bonne santé évidemment, nous trouverons ridicule de nous être inquiétés à ce point. D'ailleurs, nous ne l'avons pas vraiment perdu. Tout simplement, il n'est pas remonté dans le bus de l'église méthodiste et il est parti à pied.

— À pied ?

— Le personnel vient de m'indiquer que, depuis plusieurs mois, il se trompe chaque semaine de bus pour aller à la messe et…

sans vouloir vous offenser, madame Caldwell, je commence à croire qu'il a usé d'un stratagème et, euh, qu'il avait préparé cette escapade depuis un moment. Comme quoi, on ne pourra pas nous accuser de négligence. Cela étant, je vous assure que tout est mis en œuvre pour le récupérer.

Ruthie avait maintenant la tête qui tourne.

— Attendez... Quel bus ? Je ne vous suis pas. Mon père n'est pas mort ?

Merris faillit tomber de sa chaise.

— Mort ? D'où tenez-vous ça ?

— Mlle Poole m'a appelée ce matin pour m'apprendre qu'il était décédé.

— C'est ce qu'elle vous a dit ?

— C'est ce que j'ai cru comprendre.

— Votre père n'est pas décédé. Il a simplement disparu dans la nature. Oh, Seigneur Dieu, voulez-vous m'excuser un instant, madame Caldwell ?

Merris posa sa main sur le micro du téléphone et cria à l'intention du bureau attenant :

— MADEMOISELLE POOLE ! VEUILLEZ VENIR IMMÉDIATEMENT !

Il retira sa main et lâcha, avant de couper la communication :

— Je vous rappelle plus tard, madame Caldwell. Je vais donner son congé à quelqu'un.

Janice Poole, qui s'attendait à être licenciée tôt ou tard, avait déjà rangé ses affaires personnelles dans un carton. Elle se dirigea vers la porte sans demander son reste. Tant pis pour le break Toyota, elle s'achèterait un vélo. Elle avait de toute façon quelques kilos en trop.

Après avoir raccroché, Ruthie fondit en sanglots. Ses nerfs la lâchaient. Elle venait de vivre un des pires moments de son existence. Elle croyait son père mort, et voilà qu'il ressuscitait ! Une vague de soulagement la submergea. Dieu merci, elle n'avait pas téléphoné aux enfants, leur épargnant un terrible chagrin. Bud était tout ce qu'il y a de plus vivant. Des heures durant, elle s'était morfondue pour rien. Puis les faits s'imposèrent. Bud était vivant, oui, mais où se cachait-il ? Bon sang. Ruthie ne savait pas si elle devait s'inquiéter encore ou se mettre en colère. Son père avait un goût prononcé pour les farces et cela ne datait pas d'hier. Si cette subite disparition devait en être une, elle allait l'étrangler.

À bord de l'Amtrak

Voiture 6, sièges 11 et 12

Bud Threadgoode et Billy Hornbeck poursuivaient leur conversation. Billy s'intéressait au métier de vétérinaire et souhaitait en savoir davantage sur la carrière de Bud. Ce dernier, trop heureux d'avoir un public aussi complaisant, enchaînait histoires et anecdotes.

— J'ai eu de la chance, affirma-t-il. Lorsqu'on est véto, on rencontre surtout des gens sympathiques. Mais j'ai aussi connu de tristes sires. La façon dont ils traitent leurs animaux en dit long sur leurs propriétaires. Moi, j'aime bien tout le monde, j'essaie d'être compréhensif et indulgent. Seulement, je ne pardonne pas qu'on maltraite un animal. Ma tante Idgie était déjà comme ça. Un jour, un bonhomme a menacé de tuer son chat. À l'époque, il n'y avait pas vraiment de lois pour protéger les animaux ni personne pour vous aider. Il fallait se débrouiller soi-même.

— Et donc ?

— Elle a pris les choses en main et elle a risqué la prison.

— Sans blague ?

— L'affaire a commencé avec ce gars de Pell City qui revenait constamment à Whistle Stop, où il importunait les dames et lorgnait les jeunes filles. Arvel Ligget, il s'appelait. Un vrai sale type. Il passait souvent au café et, un matin, assis au bar, il a eu la mauvaise idée de tenir des propos obscènes à ma mère. Aussitôt Idgie a fait le tour du comptoir, l'a attrapé par le col et l'a traîné dehors en lui ordonnant de ne plus remettre les pieds chez elle.

— Une femme à poigne, votre tante.

— Et comment ! Mais le type n'a pas apprécié. Il avait remarqué le gros chat blanc d'Idgie au café, et il a raconté à tout le monde que, un jour ou l'autre, il reviendrait tuer le chat pour se venger. Quand Idgie a appris ça, elle est montée dans sa voiture, elle est partie à Pell City où elle a trouvé Ligget dans la salle de billard. Elle lui a fait comprendre que, si elle le voyait à moins de cinq mètres du café ou de son chat, elle lui tirait dessus.

— Ouh là ! Il est quand même revenu ?

— Évidemment. J'étais tout gamin à l'époque, mais je me souviens de cette nuit où un coup de feu a retenti, et je vous promets que ça m'a fichu une drôle de trouille.

Whistle Stop

1933

À Pell City, les clients de la salle de billard avaient entendu Idgie menacer Ligget de représailles, ce qui l'avait rendu plus furieux encore. Cette fichue bonne femme n'allait sûrement pas lui faire peur ni lui donner des ordres. Tant pis pour son chat.

Quelques semaines plus tard, vers trois heures du matin, armé d'un couteau et d'une batte de baseball, Ligget se faufilait silencieusement dans l'allée derrière le café. Il longea lentement le jardin, le poulailler, et reconnut bientôt le gros chat blanc d'Idgie, endormi sur le perron au clair de lune. Il murmura : « Viens donc ici, petit minou… »

Quand les poules se mirent à glousser, Idgie se redressa et s'assit dans son lit. Comme elles continuaient, elle se leva, tira légèrement le rideau à la fenêtre et aperçut Arvel dans l'allée. Sur la pointe des pieds, elle gagna la porte du fond, près de laquelle elle gardait son fusil calibre 20 chargé. Elle s'en empara et attendit que Ligget se trouve à environ cinq mètres du café. Alors elle ouvrit la porte d'un coup de pied et cria : « Dégage, salopard ! » Puis Idgie compta jusqu'à trois et pressa sur la détente. Le coup de feu retentit, Ruth se réveilla en hurlant, Buddy commença à pleurer, et tous les chiens de la ville aboyèrent en même temps. Une belle pagaille s'ensuivit. Les lumières s'allumèrent dans chaque maison, les gens sortirent sur leur perron en pyjama et chemise de nuit, en se demandant ce qui se passait.

Le matin venu, alors que le soleil pointait ses premiers rayons, le shérif Grady Kilgore se gara derrière le café, à l'intérieur duquel l'attendaient Ruth et Idgie. Craignant qu'il l'arrête et la conduise au poste, celle-ci avait pris le temps de s'habiller. Buddy, effrayé, se cramponnait à sa jambe et Ruth avait les larmes aux yeux.

À peine Grady était-il entré qu'Idgie lui posa la question :

— Est-ce que... je l'ai tué ?

Le shérif s'assit à leur table et releva son chapeau.

— Pas tué, non.

— Le ciel soit loué, fit Ruth, soulagée.

— Mais il est encore à l'hôpital. Quand je l'ai vu, les infirmières lui retiraient la chevrotine avec des pincettes. Bon sang, tu as visé quel endroit, Idgie ?

— Ses fesses, pourquoi ?

— Ah. Faut croire qu'il a dû se retourner, car ce n'est pas vraiment là que tu l'as touché.

— Et je l'ai touché où ?

Grady s'esclaffa.

— Voyons... Pour parler vulgairement, je ne pense pas qu'il puisse fricoter avec les dames avant un moment. Ni même jamais, compte tenu de son état. Offre-moi une tasse de café, si tu veux bien. Une goutte de lait, pas de sucre.

— Il va porter plainte ?

— Il voulait, mais je lui ai expliqué qu'il ne valait mieux pas, répondit Kilgore.

Ruth lui servit son café.

— Merci. Je lui ai fait comprendre qu'il avait intérêt à rentrer tranquillement chez lui et à ne plus mettre les pieds à Whistle Stop, car je ne serais pas en mesure d'assurer sa sécurité.

— Et qu'a-t-il répondu ? demanda Idgie.

— Que tu étais folle à lier et que, pour le bien de la communauté, tu serais mieux derrière les barreaux.

— Et toi, tu en penses quoi ?

— Je suis d'accord avec lui.

À cet instant, le chat blanc sauta sur la table et commencer à laper le café du shérif. Grady déplaça sa tasse et commenta :

— Toi, le minou, tu as eu de la chance. Parce que, si Ligget était arrivé à ses fins, on ne te verrait plus.

Il termina son café et se leva.

— Bien. Je vais rédiger mon procès-verbal... Il sera question de coups de feu involontaires...

— Merci, Grady, dit Ruth.

— De rien.

Arrivé à la porte, le shérif ajouta :

— Idgie, j'aimerais que tu me rendes service, à l'occasion.

— Bien sûr, Grady, ce que tu voudras.

— Si tu as un jour l'intention de me tirer dessus, avertis-moi avant, que je me tourne dans le bon sens.

Grady Kilgore connaissait Idgie depuis sa plus tendre enfance et lui parlait presque tous les jours. Depuis qu'il était shérif, il mangeait plus souvent au café que chez lui, ce qui convenait très bien à son épouse, que la cuisine ne passionnait guère. Visiblement, Idgie avait eu peur, ce matin, d'encourir une peine de prison. Grady s'en félicitait. Elle était parfois vraiment casse-cou, impulsive, et cela pouvait se retourner contre elle. Ruth l'avait un jour quittée, car elle ne supportait plus de la voir revenir ivre de l'Amicale. Si Idgie n'apprenait pas à se contrôler, elle risquait de commettre d'autres actes inconsidérés qui lui vaudraient de sérieux ennuis, et elle ne s'en sortirait pas aussi aisément. Cela étant, il n'était pas question de laisser Ligget porter plainte contre elle. Selon Grady, il l'avait bien cherché – ce qu'il n'avait pas dit devant Idgie, pour ne pas l'encourager à se servir encore de son fusil. Cependant, un type qui s'en prenait à un pauvre chat borgne ne méritait pas autre chose. Du haut de son mètre quatre-vingt-dix, Grady n'avait pas l'air facile, mais il avait du cœur.

Arvel Ligget ne remit jamais les pieds à Whistle Stop. Il craignait trop le shérif Kilgore. Il se jura toutefois que, s'il croisait Idgie ailleurs, il lui ferait payer cher sa chevrotine.

À bord de l'Amtrak

VOITURE 6, SIÈGES 11 ET 12

Se découvrant une petite faim, Bud et Billy s'étaient rendus au wagon-bar, revenant chacun muni d'un sandwich jambon-fromage sous cellophane. Bud, qui n'avait pas pris le train depuis bien longtemps, avait trouvé le snack-bar minuscule. Rien à voir avec les élégants et spacieux wagons-restaurants d'antan. Sans rien dire, il s'était contenté d'acheter un sandwich avec un Coca.

Il racontait maintenant à Billy dans quelles circonstances il avait perdu un bras, et pourquoi sa tante Idgie l'avait surnommé Stump[1].

— C'était vraiment dur au début. J'étais très abattu. Selon elle, il valait mieux que je prenne les devants et que je l'accepte, car un jour quelqu'un, forcément, me traiterait de manchot. Elle a même organisé l'enterrement de mon bras, se rappela Bud en riant. Et en grande pompe, encore ! Alors j'ai gardé ce surnom un moment, jusqu'à ce que ma

1. Moignon.

mère décide qu'elle en avait assez. Maman était une dame très comme il faut. Tout le contraire d'Idgie, l'irrévérence incarnée, toujours prête à faire l'imbécile et à raconter des blagues. Les gens recherchaient sa compagnie et ils n'étaient pas déçus.

Le train avait parcouru la moitié du chemin entre Atlanta et Birmingham, et Billy commençait à avoir une idée assez précise du Whistle Stop Café...

— Vous avez quand même dû vous amuser, quand vous étiez petit, là-bas.

— Oh oui. Je connaissais tous les cheminots, puisqu'ils venaient y prendre leur petit déjeuner. Toute la ville mangeait au café, d'ailleurs. Mais on recevait aussi des voyageurs, qui en avaient entendu parler, et on ne savait jamais qui allait passer la porte, le lendemain. J'ai rencontré pas mal de personnages intéressants, là-bas. Même une sacrée marionnette, un beau jour.

— Une marionnette ?

Bud sourit.

— Ah, c'est une longue histoire.

— Je suis tout ouïe, dit Billy en mordant dans son sandwich.

Whistle Stop, Alabama

1937

Par un après-midi lourd et humide du mois d'août, une Packard vert foncé se gara lentement devant le café. Elle était dotée à l'arrière d'une pancarte en carton qui portait l'inscription : THE OATMAN FAMILY SINGERS TRAVELING FOR JESUS[1]. Une grosse femme s'extirpa de la banquette arrière, ouvrit la porte-moustiquaire du café, entra et déclara d'une voix forte :

— Je m'appelle Minnie Oatman et je viens goûter vos fameux beignets de tomates vertes. Je ne me trompe pas d'endroit, au moins ?

Ruth resta sans voix devant cette personne aussi large que la porte. En revanche, Idgie la reconnut tout de suite, car elle avait vu la photo de Minnie à Gate City, sur une affiche collée à un poteau télégraphique.

— C'est le bon endroit, madame Oatman, assura-t-elle. Installez-vous.

1. « La famille Oatman chante l'Évangile sur les routes ».

— Parfait ! Avec mes gars, on chantait des cantiques à Gate City et j'ai dit à Ferris, mon mari : « Je ne quitte pas l'Alabama sans goûter leurs beignets. »

Minnie se dandina jusqu'au comptoir et considéra les tabourets d'un air sceptique.

— Tu me feras payer double, ma jolie. Parce que, pour m'asseoir, il m'en faut au moins deux.

Joignant le geste à la parole, elle rapprocha deux tabourets l'un de l'autre et prit place.

— Comment t'appelles-tu, ma jolie ? demanda-t-elle à Idgie.

— Idgie, lui annonça celle-ci. Et je vous présente Ruth.

— Ravie de faire votre connaissance. Mes gars roupillent dans la voiture. Ils dorment souvent sans manger, mais pas moi. J'aimerais une assiette de beignets de tomates avec un thé glacé.

Sipsey se pencha par-dessus la porte à double battant de la cuisine pour jeter un coup d'œil sur la nouvelle arrivante. Minnie l'aperçut.

— Bonjour, lui dit-elle. Êtes-vous Sipsey Peavey ?

— C'est bien moi.

— La meilleure cuisinière de l'Alabama, à ce qu'il paraît ?

— À ce qu'il paraît, répéta Sipsey en riant.

Tandis que Minnie commandait la moitié d'une tarte à la noix de coco et une autre douzaine de beignets à emporter, Buddy

Threadgoode, qui revenait de l'école, traversa la grande salle du café en direction de sa chambre. Idgie le retint par le col de la chemise.

— Attends, je voudrais te présenter quelqu'un. Buddy, voici Mme Oatman. Toute sa famille chante des gospels, et ils sont très célèbres.

Buddy ouvrit de grands yeux. Il n'avait jamais vu de femme aussi grosse.

— Salut, petit homme, fit Minnie.

Elle le regarda mieux et demanda :

— Qu'as-tu fait de ton bras, mon chéri ?

— Un accident, madame Oatman, expliqua Ruth.

Minnie prit un air triste.

— Ah, le pauvre gars… Dieu donne et Dieu reprend. Quel âge as-tu, gamin ?

— Sept ans, répondit Buddy d'une voix timide.

— Sept ans ! Quel grand monsieur ! J'ai un ami dehors qui aimerait faire ta connaissance.

Minnie se tourna vers Idgie.

— La belle, va donc réveiller Floyd dans la voiture et insiste pour qu'il rapplique avec Chester. J'ai quelqu'un à leur présenter.

Un instant plus tard, un homme aux cheveux ébouriffés entra en tenant à son bras une poupée de ventriloque en bois. Elle avait des lèvres rouges, des taches de rousseur, une perruque blonde, et portait un habit de cow-boy rouge avec un chapeau rouge.

C'était Chester, la seule marionnette au monde capable de réciter et de chanter les Saintes Écritures.

— Dis bonjour à Buddy, le pria Minnie.

S'animant soudain, Chester regarda Buddy, haussa les sourcils, cligna des paupières et s'exclama :

— Salut, Buddy ! Comment ça va ?

Buddy, bouche bée, n'avait encore jamais rien vu de tel.

— Ça va, fit-il d'une petite voix.

— Et quel âge as-tu ?

— Sept ans.

— Tiens, tiens, moi aussi ! Tu veux être mon copain ?

— Oui.

— Bravo ! Tope là !

Chester tendit sa menotte en bois à Buddy, qui la serra.

— Hé, Chester, proposa Minnie, si tu chantais une chanson à Buddy ?

— Bien sûr, Minnie, accepta gaiement la marionnette, qui demanda à Floyd : Qu'est-ce que je lui chante ?

Floyd haussa les épaules et répondit :

— Comme tu veux. *Ridin' the Range for Jesus*, par exemple, ou *When It's Roundup Time up Yonder*[1].

Chester regarda Buddy.

— Laquelle tu préfères ?

— Hm... *Roundup Time* ?

---

1. « Nous prenons la route avec le Christ » et « Quand le Seigneur rassemble son troupeau dans le ciel ».

— Bonne idée, Buddy, c'est aussi une de celles que je préfère, approuva Minnie, qui alla s'asseoir devant le vieux piano droit dans un coin de la salle.

Elle commença à jouer pendant que Chester chantait en iodlant.

Les habitants de Whistle Stop avaient appris que la célèbre chanteuse Minnie Oatman était en ville, et le café se remplissait à vue d'œil. Opal Butts et plusieurs dames, en bigoudis et filet à cheveux, étaient arrivées les premières depuis le salon de coiffure voisin.

Tout le monde applaudit quand Chester termina sa chanson. Une voix s'éleva au fond de la salle :

— Madame Oatman, vous en chantez une autre ?

Minnie remarqua la foule qu'elle avait attirée.

— Bien sûr ! dit-elle avant d'entonner à pleins poumons sa célèbre version de *Can't Wait to Get to Heaven*[1].

Les habitants firent ensuite la queue pour qu'elle leur signe des autographes. Soudain, Ferris Oatman, son mari, apparut à la porte.

— Minnie, il faudrait se dépêcher. Nous sommes attendus à Pine Mountain à cinq heures.

Quand la troupe quitta la ville, Buddy était tout à la fois dérouté et impressionné par ces soudaines apparitions.

1. « J'ai hâte d'aller au paradis ».

— Tante Idgie, lui demanda-t-il. C'est un vrai petit garçon, Chester ?

— Évidemment, il t'a parlé et il a chanté pour toi.

— Oui, mais il est vraiment petit. Pourquoi est-il aussi petit ?

— C'est comme ça, Buddy, les gens ne sont pas tous pareils. Il y en a qui ont deux bras, et certains, un seulement. Il y a des gros, des maigres et... quelques-uns, comme moi, qui sont intelligents.

Idgie se tourna vers Ruth.

— D'autres, un petit peu moins...

Ruth attrapa un biscuit qu'elle lui lança à la figure et qu'Idgie évita en riant. Ruth attendit qu'elle lui tourne le dos. Elle en lança un second qui rebondit sur le crâne d'Idgie.

— Hé ! fit celle-ci en se massant la tête.

— Quoi ? sourit Ruth en feignant de ne pas comprendre.

— Tu arrêtes de me prendre pour cible ?

Ruth fit un clin d'œil à Buddy.

— Cible ? Quelle cible ?

— Buddy t'a vue.

— Rien vu du tout, assura-t-il.

Idgie leur tira la langue à tous deux et s'en alla à la cuisine.

Le soir, tandis que Ruth le couchait, Buddy lui demanda :

— Maman, il était gentil, Chester. Tu crois qu'il m'aime bien ?

— Bien sûr, mon chéri. Il t'a même donné sa photo avec sa signature.

— C'est vrai. Tu crois qu'il m'écrira et que je pourrai lui répondre ?

Pendant que Buddy s'endormait, la marionnette, rangée dans sa valise, avait repris la route pour la Géorgie. Elle ne se doutait pas qu'elle avait tant impressionné ce petit garçon, ni que, une fois de temps en temps, Buddy recevrait une carte postale depuis l'un des nombreux endroits où chantait la troupe, avec quelques mots au dos :

Salut Buddy ! Ton copain, Chester.

LA GAZETTE DE WEEMS

(Bulletin hebdomadaire de Whistle Stop, Alabama)

17 août 1937

Une visite surprise

Notre petite ville a reçu quelques célébrités de passage ! Sans vouloir me vanter, j'ai donné un coup de pouce au destin. Mais nous en verrons d'autres, j'en suis certaine.

La semaine dernière, Wilbur et moi sommes allés à Gate City assister au spectacle des chanteurs de la famille Oatman. Pour un spectacle, c'en est un ! Quel talent ! Comme le dit *Gospel Magazine* : « Si vous aimez les groupes vocaux, vous en aurez pour votre argent. » À la fin, nous avons fait la queue pour acheter la photo et le 78 tours. Pendant que Minnie Oatman me signait un autographe, je lui ai conseillé, tant qu'elle était dans la région, de venir goûter les fameux beignets de Sipsey au café. Je me doutais bien qu'elle aimait la bonne chère, mais j'étais moins sûre que, pour notre plus grand plaisir, elle suivrait mon conseil. Elle était là, le lendemain !

Notre vente de charité a rencontré un franc succès, samedi dernier, et le révérend Scroggins était content. Quatre-vingt-deux dollars de recette. Nous avions disposé nos tables et nos tréteaux dans le jardin de ma voisine, Ninny Threadgoode. C'était l'occasion de se débarrasser de tout un bric-à-brac (quoiqu'il y eût de fort jolis objets). Pour l'occasion, nous avions aussi cousu des dessus-de-lit en patchwork, et préparé tartes et gâteaux. Tout ce qui se mangeait est parti. Mon cher Wilbur, qui était censé nous aider, s'est endormi sur sa chaise, comme d'habitude. Opal Butts, jamais en reste d'une plaisanterie, a placé devant lui un petit écriteau, marqué « Faites une offre ». Une veuve de Gate City a proposé cinq dollars… Nous avons expliqué à cette chère dame qu'en fait, il n'était pas à vendre.

À propos de plaisanterie, quelqu'un disait au café, l'autre jour : « Quand on ne veut pas payer de pension alimentaire, il ne faut pas se marier. Ou alors il faut le rester ! »

… Dot Weems…

À bord de l'Amtrak

Un cadeau

Bud et Billy avaient terminé leurs sandwichs et continuaient de parler.

— Si je puis vous poser la question, monsieur : comment avez-vous surmonté l'épreuve ? Perdre un bras, ce n'est pas rien.

Bud sourit.

— Je n'en menais pas large au début. Ça, oui, je me suis apitoyé sur mon sort, pensant qu'il ne m'arriverait rien de bon dans la vie, que ce n'était plus la peine de tenter quoi que ce soit. J'étais parti pour devenir un crétin. Mais cela n'a pas duré. Et cette histoire-là mérite d'être racontée.

— On vous a posé un bras artificiel ?

— Mieux que ça. Je suis resté dans cet état environ un an, et après c'était fini. Je m'en souviens bien. Aux alentours de Noël, tout le monde en ville savait quel cadeau on allait me faire. Tout le monde sauf moi. Je sentais bien qu'on préparait quelque chose. Ma copine Naughty Bird[1] me taquinait : « Le père Noël a

1. « Vilain oiseau ».

pensé à toi », me glissait-elle à l'oreille, et elle s'en allait à cloche-pied. C'était pareil avec les autres : « Nous, on est au courant, pas toi... » J'ai essayé de les faire parler, sans résultat. Tous bouche cousue et j'étais dépité, parce que je savais très bien ce que je voulais. J'en avais tellement envie que je ne voulais pas le dire. J'avais peur qu'on ne me le donne pas et de montrer ma déception.

» À l'époque, je croyais encore au père Noël, alors je lui ai écrit une lettre au pôle Nord, que j'ai confiée en mains propres à Dot Weems, la postière, pour être sûr qu'elle partirait à temps.

Bud sourit à nouveau.

— Je l'ignorais, naturellement, mais j'ai appris plus tard que Dot lisait toutes les lettres adressées au père Noël, pour pouvoir dire aux parents ce que souhaitaient leurs enfants. Donc maman et Idgie étaient informées dès le départ.

Les Noëls du Whistle Stop Café

1937

Dès la première année, Idgie et Ruth décidèrent de ne pas fermer le jour de Noël et d'inviter toute la ville à un repas gratuit.

Le matin de Noël 1937, quand Ruth ouvrit le café, elle constata, étonnée, qu'il y avait foule dehors. Presque tout Whistle Stop était là, mais aussi quelques inconnus venus profiter de l'aubaine. Tous furent les bienvenus : hommes, femmes, enfants, vagabonds des trains de marchandises, même les chiens et les chats.

Chaque année par la suite, elles commençaient à cuisiner le 23 décembre. C'était préférable. Fêter Noël au café était déjà une tradition. Pendant la Grande Dépression, les cadeaux que Ruth et Idgie enveloppaient elles-mêmes et plaçaient sous l'arbre étaient les seuls que les enfants les plus pauvres auraient de toute l'année. Et elles ne lésinaient pas sur la nourriture ! Big George, le fils de Sipsey, s'assurait qu'il ne manquerait rien pour le barbecue. Quelques jours auparavant, les copains chasseurs d'Idgie lui fournissaient des dindes sauvages et des airelles pour la farce. Ce n'était pas tout ! Les filles préparaient du poulet rôti, des côtelettes de porc, de la purée avec de la sauce au jus de viande, des raviolis au bouillon, des petits pains maison, du pain de maïs, des biscuits et au moins dix desserts différents. Pour beaucoup, les cheminots qui logeaient à Whistle Stop étaient de vieux garçons qui n'avaient pas d'autre endroit où aller pour les fêtes. Le café leur tenait lieu de seconde maison et ils apportaient à Idgie des bouteilles de bourbon du Tennessee, soixante-quinze ans d'âge, qu'elle servait dans des tasses en carton pour que le révérend Scroggins ne s'aperçoive de rien. Évidemment, il n'était pas dupe, d'autant moins que certains forçaient la dose au point de tomber de leur tabouret.

Ce jour de 1937, toute la ville était aux anges. Toute la ville sauf Buddy, qui avait perdu son bras. Doué pour le sport, il avait rêvé de devenir un grand lanceur de baseball ou une star du foot. La plupart du temps, Buddy se claquemurait dans sa chambre et, ce qui ne lui était jamais arrivé, avait parfois des accès de colère. Ce Noël-là, lorsqu'il avait piqué une crise devant tante Ninny et oncle Cleo, Idgie avait compris qu'il était bien plus perturbé qu'elle n'aurait cru.

Son amie Eva Bates tenait avec son père le bar de l'Amicale, près de la rivière Warrior, où l'on buvait, jouait et dansait. Idgie avait soudain eu une idée. Eva élevait une dizaine de chiens dans son jardin, et c'est à une petite chienne en particulier que pensait Idgie. Le problème était qu'elle avait promis à Ruth de ne plus venir à l'Amicale, et donc elle prenait un risque en y emmenant Buddy. Cela en valait la peine, mais il fallait qu'il se taise. Elle l'installa dans sa voiture et lui expliqua :

— Écoute, je veux qu'on aille ensemble quelque part, mais tu ne dois pas le répéter, parce que…

— Je sais. Sinon, tu vas avoir des ennuis, c'est ça ?

— Exactement.

— Tu me promets de le garder pour toi ?

— Promis.

— Parole de scout ?

— Parole.

Idgie démarra, prit la direction de la rivière et s'arrêta finalement devant une maison en bois. Elle laissa Buddy dans la voiture, monta les quelques marches du perron et s'adressa à une femme aux cheveux orange vif. Au bout d'un moment, il remarqua la petite chienne à trois pattes qui courait et sautait dans le jardin avec les autres. Comme Idgie l'avait espéré, la chienne suscita une vive réaction. Elle ne semblait pas se rendre compte qu'il lui manquait une patte. Inconsciente de son handicap, elle paraissait même très heureuse. Buddy descendit et appela l'animal, qui se rapprocha de la clôture. Il se pencha pour le caresser, et la chienne se mit à lui lécher la main sans pouvoir s'arrêter.

Quand Idgie remonta dans la voiture, Buddy lui dit :

— Tante Idgie, il me plaît bien, ce petit chien blanc, là-bas. Il n'a que trois pattes, mais il est vraiment mignon, tu ne trouves pas ?

Idgie se tourna vers le jardin et répondit :

— Si. C'est le plus mignon de tous.

Elle fit un signe à Eva et redémarra.

Eva Bates était un personnage célèbre de la région, comme son père, Big Jack Bates, le patron de l'Amicale des Pêcheurs de Wagon Wheel. Derrière le bâtiment principal, plusieurs cabanes de rondins, dotées de petites vérandas protégées par des moustiquaires, recevaient – c'était notoire – certains couples à certaines heures. Big Jack, bouilleur de cru occasionnel, tenait tripot dans l'arrière-salle de l'Amicale, où les parties de poker aux mises élevées pouvaient mal se terminer. Selon la rumeur, deux hommes y avaient été assassinés, l'un parce qu'il trichait, l'autre pour n'avoir pas honoré une dette. C'était un endroit dangereux à tous égards, où Idgie avait accompagné son frère depuis qu'elle avait eu huit ans. À douze, elle jouait déjà au poker dans l'arrière-salle et elle excellait à ce jeu.

Lorsque, quelques années auparavant, Ruth avait quitté Whistle Stop pour se marier à Valdosta avec Frank Bennett, Idgie était devenue incontrôlable. Elle avait passé l'essentiel de son temps à l'Amicale, en compagnie d'Eva et de Jack. Elle se moquait bien que les gens comme il faut la regardent d'un sale œil, ou que, dans ses sermons, le révérend Scroggins condamne « ce lieu de perdition et de débauche, près de la rivière, qui corrompt notre jeunesse ». Eva et Big Jack étaient ses amis, ils s'appréciaient mutuellement.

Puis Ruth avait rompu avec son mari et elle était revenue habiter à Whistle Stop. Idgie, elle et son petit Buddy s'étaient installés dans l'appartement derrière le café. Pendant trois ans, Idgie avait filé en douce, le soir, pour aller boire et jouer près de la rivière, pendant que Ruth s'inquiétait toute la nuit et ne parvenait plus à dormir. Un matin, Idgie était rentrée soûle une fois de plus, avec un œil au beurre noir. Elle s'était battue avec un autre joueur de poker. Le lendemain, Ruthie était partie avec Buddy.

— Je t'aime, Idgie, lui avait-elle dit. Mais je ne peux pas vivre comme ça, à me demander si un jour je ne te reverrai plus parce qu'un imbécile t'aura tiré dessus.

Ruth n'avait réintégré l'appartement qu'en faisant promettre à Idgie, sur la Bible, qu'elle ne remettrait plus les pieds à l'Amicale.

Un an plus tard

Whistle Stop, Alabama

4 décembre 1938

Penché au-dessus de la table, Buddy junior rédigeait soigneusement sa lettre, d'un air sérieux et très déterminé.

Cher Père Noël,

Je m'appelle Buddy Threadgoode et j'habite derrière le Whistle Stop Café, dans l'Alabama. J'ai huit ans et j'ai été très sage. Tu peux demander à Ruth, ma maman, si c'est pas vrai. Cette année, il y a une seule chose dont j'ai envie. Je ne sais pas si tu existes vraiment, mais je serais tellement heureux d'avoir un chien. Maman dit que ce n'est pas une bonne idée dans un restaurant, mais tante Idgie pense que ce n'est pas gênant, parce qu'on a déjà plein d'animaux dans le jardin. Alors, s'il te plaît, je t'en prie, apporte-moi un petit chien. Je promets d'y faire bien attention et de l'aimer toujours.

Ton ami,
Buddy Threadgoode junior

Whistle Stop, Alabama

25 décembre 1938

La fête était presque terminée au Whistle Stop Café. Les invités, repus, avaient apprécié la bonne cuisine, les cadeaux étaient tous ouverts, le père Noël était reparti au pôle Nord et Buddy essayait de ne pas pleurer. Peggy Hadley avait eu la poupée qu'elle voulait, et Jessie Ray Scroggins sa carabine à air comprimé. Buddy avait reçu beaucoup de vêtements neufs, ainsi qu'un chapeau de cow-boy rouge, mais pas la seule chose qu'il désirait vraiment.

À la fin de la journée, après avoir chanté des cantiques, Dot Weems referma le couvercle du vieux piano, mais personne n'avait envie de rentrer chez soi.

Idgie, qui s'était absentée un moment, revint au café, chercha Buddy du regard et lui dit :

— Hé, petit gars, tu sais quoi ? Le père Noël est repassé avec un paquet qu'il a oublié de te donner. Je te l'apporte ?

Buddy leva les yeux vers elle.

— Oh oui, s'te plaît !

Il ne s'en rendait pas compte, mais tout le monde l'observait. Bien sûr, on s'était donné le mot.

Idgie alla chercher un grand carton blanc qu'elle posa sur le sol avant de l'ouvrir. Aussitôt la petite chienne à trois pattes bondit au-dehors, ravie d'être enfin libérée. Elle tourna un instant autour du carton, puis courut droit vers Buddy, se mit à sauter devant lui et lui lécha le visage.

À l'évidence fou de joie, Buddy bafouilla devant sa tante :

— Idgie ! C'est celle qu'on avait vue près de la rivière ! Elle me reconnaît !

Ruth se tourna vers Idgie et la dévisagea, mais Idgie fit comme si de rien n'était.

Dans la soirée, quand tous les invités furent repartis, Ruth observa :

— Idgie, tu as raconté partout que tu l'as trouvé par hasard, ce chien ?

— C'est vrai.

— Ça n'était pas plutôt dans le jardin d'Eva Bates ?

— Peut-être, je ne sais plus.

Ruth connaissait bien Idgie. Quand celle-ci avait oublié une chose, on pouvait raisonnablement penser qu'elle en était l'auteur.

Entre les deux femmes, la situation était claire : Ruth ne supportait plus qu'Idgie passe ses soirées à boire et jouer à l'Amicale. En d'autres circonstances, elle aurait été furieuse d'apprendre qu'Idgie avait emmené Buddy chez Eva. Mais voyant celui-ci rayonner de bonheur, elle ne pouvait se mettre en colère. Pas ce soir.

Le lendemain matin, Eva Bates, l'esprit embrumé par les excès de la veille, décrocha son téléphone à Wagon Wheel.

— Allô, madame Bates, Ruth Jamison à l'appareil, la maman de Buddy.

— La... ah, euh, oui.

— Je vous appelle pour vous remercier. C'est vraiment gentil de votre part, de lui avoir donné ce petit chien. Il est heureux comme un roi.

Eva était étonnée et ravie. Elle n'avait jamais rencontré Ruth, mais savait presque tout d'elle.

— Pas de problème, m'dame Jamison ! répondit joyeusement Eva. Des chiens, j'en ai une tripotée. J'ai compris de suite quand il a vu le toutou à trois pattes, le petit, dans le jardin. Ça m'a mis la punaise à l'oreille. Eh bien oui, qu'ils ont pas tout l'équipement qu'il faut, ces deux-là. Alors j'ai dit à Idgie qu'elle pouvait le prendre pour le gamin, si elle voulait.

En raccrochant, Ruth avait une meilleure opinion d'Eva. Certes, elle avait une drôle de façon de s'exprimer, mais un cœur d'or, manifestement.

LA GAZETTE
DE WEEMS
(Bulletin hebdomadaire
de Whistle Stop, Alabama)

28 décembre 1938

Que du bonheur !

Encore une année d'écoulée, et quelle année ! Sipsey et Big George se sont surpassés, le jour de Noël. Franchement, comment arrivent-ils à faire autant de bonnes choses dans cette petite cuisine ? Voilà qui me dépasse. Ils n'ont pas arrêté du matin au soir. J'ai compté au moins vingt-trois dindes, et plus encore de tartes et de gâteaux. Idgie et Ruth nous ont drôlement gâtés. Vous serez sûrement d'accord, Noël ne serait plus Noël si on le fêtait ailleurs. Je me demande où les filles trouvent en plus le temps d'emballer les cadeaux et de décorer le café avec soin. J'aime particulièrement ces boules rouges qu'Idgie a suspendues sous la tête du cerf, derrière le comptoir !

Alors, merci pour la bonne chère et ces Noëls toujours merveilleux ! Bien sûr, il n'y a pas de vrai Noël sans la visite de celui qui porte son nom.

Il est temps de penser aux bonnes résolutions du nouvel an. Évidemment, je reprends les mêmes chaque année et je ne m'y tiens jamais. D'abord, perdre un peu de poids... J'espère avoir plus de chance, cette fois-ci. La seule que je n'oublie pas, c'est de remercier le ciel pour tout ce qui nous arrive de bien. Comme disait le révérend Scroggins, dimanche dernier : « Savoir être heureux, c'est savoir remercier. » Et je suis heureuse de vivre dans un pays libre comme le nôtre. En lisant les journaux, je constate avec tristesse que tant de gens dans ce bas monde souffrent d'une chose ou d'une autre. Whistle Stop n'est qu'une petite ville, mais au moins nous sommes libres et avons largement de quoi manger.

Une bonne nouvelle, pour finir : Buddy Threadgoode a retrouvé le sourire et, mon Dieu, que ça fait plaisir ! Il méritait bien la petite chienne qu'il a reçue pour Noël. Buddy est tout heureux et elle va lui changer la vie.

Quant à Wilbur, il s'est pris une boule de bowling sur le pied, qui lui a cassé deux orteils. Voilà pourquoi il boite, si vous vous posiez la question.

... Dot Weems...

P.-S. Je crois qu'il va neiger demain. Encore un cadeau du ciel !

Whistle Stop, Alabama

29 décembre 1938

Cher Père Noël,

Je t'écris pour te remercier de m'avoir apporté ma petite chienne, que j'ai appelée Lady. Excuse-moi de ne pas avoir cru en toi, je vois bien que tu existes et tu as toute ma reconnaissance. C'était ce chien-là dont j'avais envie, plus que n'importe quel autre. Oui, il lui manque une patte, et ça m'est bien égal. Moi, j'ai perdu un bras, ce qui m'ennuyait beaucoup, mais je n'y fais plus attention. Lady ne se plaint jamais, et moi non plus. On s'amuse bien ensemble. Je peux lui lancer un ballon, un bout de bois, et elle me les rapporte !

Je n'aurai besoin de rien l'année prochaine. Encore merci !

Ton ami pour toujours,

Buddy Threadgoode junior

P.-S. Dis-moi si je peux faire quelque chose pour toi.

À bord de l'Amtrak

Sièges 11 et 12

— Donc, ce soir-là, comme je n'avais pas eu ce que je voulais, je décide de ne plus croire au père Noël. Et voilà qu'au dernier moment, tante Idgie m'apporte le petit chien dont je rêvais. La vie n'est pas toujours drôle, et j'ai tendance à penser que les animaux sont un cadeau que nous fait le bon Dieu pour nous aider à traverser les épreuves. En tout cas, Lady m'a fait cet effet-là.

— C'était quelle race de chien ?

— Un croisement de terriers, sans doute. Un de ces bâtards sympathiques. Je n'ai jamais été aussi heureux qu'en la voyant sortir de son carton. Sauf peut-être le jour où ma fille est née. J'adorais cette petite chienne. Elle dormait sur mon lit, on mangeait aux mêmes heures, on ne se quittait pas un instant. C'était ma copine. Quand quelque chose m'ennuyait, elle le savait. Elle se mettait à courir en aboyant, elle faisait l'imbécile pour me dérider. Avec elle, impossible de verser dans la tristesse. Elle était toujours contente à mes côtés et elle m'a tenu compagnie jusqu'au bout. La pauvre, le jour où elle est morte, elle remuait encore la queue en me regardant. J'étais catastrophé quand on l'a enterrée et je ne m'en suis jamais vraiment remis. Le chagrin reste, mais elle m'a procuré tant de joies. C'est d'ailleurs un peu ça, l'amour : des joies et du chagrin.

Billy poussa un soupir.

— Je sais, oui. Ma fiancée vient de me quitter.

— Non ? Un beau gars comme vous… Et pourquoi ?

— Eh bien, elle est assez politisée… Selon elle, j'abuserais de mon « privilège de mâle blanc[1] »… Elle se sent opprimée.

— Que lui avez-vous fait ?

— Je lui ai demandé de changer de métier.

— Quel est son métier ?

— Sapeur-pompier.

— Pardon ?

— Pompier, sauf que c'est une femme. Je trouve que c'est bien trop dangereux, et ce n'est pas son avis. Alors on s'est séparés. Enfin, elle est partie.

— Ah, ce n'est pas facile, je vous comprends. Mais il faut voir l'autre côté des choses. Ma fille Ruthie a renoncé à travailler quand elle s'est mariée, et elle le regrette aujourd'hui.

— Vraiment ?

---

1. Notion féministe et antiraciste apparue à la fin des années 1980.

— Vraiment. C'est sûrement difficile pour vous dans l'immédiat, mais si ça lui plaît d'éteindre les feux, et que vous l'aimez...

— Ça oui, dit tristement Billy.

— Alors il est sans doute préférable d'accepter la situation.

— Vous croyez ?

— Je crois. Vous voulez que votre femme soit heureuse. Si je puis me permettre, j'aimerais bien la rencontrer. Je ne connais pas de femme pompier.

— Elle est du genre costaud, déclara Billy avec un regard fier. Elle me porte sur ses épaules.

— Sans blague ?

— Absolument. Elle est capable de me hisser sur une épaule et de courir cent mètres sans me lâcher.

— Ouh là !

— Oui.

— Eh, Billy, on ne sait jamais. Ça vous sera peut-être utile, un de ces jours.

Le retour

À mesure que le train approchait de Birmingham, Bud montrait des signes d'impatience.

— Puis-je vous demander un service ? dit-il à Billy. Vous voudriez changer de place avec moi ? J'aimerais être près de la fenêtre quand on passe à Whistle Stop.

— Bien sûr, pas de souci.

Ils permutèrent et Bud regarda attentivement l'endroit où sa ville aurait dû se trouver, mais il ne vit rien, pas même le panneau du passage à niveau. Il était très déçu. Bon, peut-être aurait-il plus de chance dans l'autre sens, cet après-midi.

Le train entra dans Birmingham, puis s'arrêta dans une gare d'Amtrak, quelque part dans le centre-ville. La vieille gare de Birmingham, avec sa belle verrière suspendue à vingt-trois mètres au-dessus des quais, avait certainement disparu. Bud descendit avec Billy et ils se dirigèrent vers la petite salle d'attente.

— J'ai été ravi de discuter avec vous, monsieur Threadgoode, assura le jeune homme.

— Pareillement, Billy. Bon courage pour la suite de vos études et bonne chance avec votre amie.

— Merci, et merci également pour vos conseils. Je viens de lui envoyer un texto, j'espère qu'elle répondra.

Ils se quittèrent. Bud s'assit et consulta sa montre. Il avait une heure à tuer avant de monter dans le train du retour. À condition de se dépêcher, il pouvait tenter le coup. Aussitôt, il sortit de la gare et, par chance, un taxi déposait un client. Bud lui fit signe. Il monta, lut l'écriteau avec le nom du conducteur et lui dit :

— Bonjour, Pete.

— Bonjour, monsieur, où dois-je vous emmener ?

— Le problème, c'est que je n'ai pas d'adresse précise, répondit Bud. C'est une petite ville qui s'appelle Whistle Stop.

L'homme composa le nom sur son GPS et étudia son écran.

— Je ne vois pas, fit-il.

— Regardez autour de Gate City. Whistle Stop se trouve à côté.

— Ça ne figure pas sur la carte.

— Ah bon ? Mince. Écoutez, j'ai encore bonne mémoire et c'est à douze minutes à l'est de Birmingham. Mais, avec toutes ces nouvelles autoroutes, j'ai peur de me perdre un peu. Le mieux, c'est de suivre la voie ferrée vers l'est, je reconnaîtrai la route quand on y sera. C'est la même dans les deux sens.

Buddy regardait par la fenêtre pendant qu'ils traversaient la ville.

— Mon Dieu, comme ça a changé, ici. Ma tante Idgie nous emmenait au cinéma, quand on était mômes. Je n'en vois plus un seul.

— Non. La plupart ont été démolis, il y a déjà longtemps.

Un instant plus tard, alors qu'ils approchaient de la voie ferrée, le chauffeur s'inquiéta :

— Vous vous repérez ?

— Pas encore, non. Mais c'est quelque part par là.

Le conducteur parcourut encore quelques kilomètres et, au bout d'un quart d'heure, demanda à Bud :

— Je continue ?

— Non, mais j'ai une idée. Garez-vous ici et je vais essayer de m'orienter à pied. Laissez le moteur allumé et si, dans les cinq minutes, je ne me reconnais toujours pas, on rentrera.

Visiblement, le vieil homme était contrarié, et Pete désolé pour lui. Il éteignit son moteur : autant lui laisser un peu de temps.

Bud descendit de voiture et se mit à marcher. Il avait fait l'aller et retour Whistle Stop-Atlanta des centaines de fois, et aujourd'hui ces lieux lui paraissaient totalement étrangers. Il longea quelques bâtisses en brique à moitié effondrées, qui ne lui rappelaient rien. Il aperçut à distance un vieux panneau en bois, brisé, tombé à terre. Peut-être allait-il lui rafraîchir la mémoire, l'aider à se repérer ? Bud s'écarta de la voie ferrée pour le regarder de plus près. Il portait l'inscription ÉPICERIE, mais sans indication de lieu. Un autre bout du panneau avait atterri trois mètres plus loin. Bud le retourna avec le pied. Rien d'écrit sur celui-là. Il partit en quête d'un troisième morceau, mais en vain. À ce stade, il s'était tellement enfoncé dans les bois qu'il eut du mal à regagner la voie ferrée. Et, lorsqu'il la retrouva, il ne savait plus par où il était arrivé. Il se rendit compte qu'il était complètement perdu. Il ne manquait plus qu'il tombe et qu'il se brise le fémur, ici au milieu de nulle part. Que se passerait-il ensuite, Dieu seul le savait. Si Bud avait eu son téléphone sur lui, il aurait au moins pu appeler quelqu'un. À présent, il n'y avait rien d'autre à faire que de retourner au taxi, dans ce qui lui semblait être la bonne direction, en espérant qu'il ne se trompe pas.

Pete, le chauffeur, pensa que le vieil homme était arrivé où il voulait. Ce dernier lui avait parlé de cinq minutes, trois quarts d'heure s'étaient écoulés et il n'était pas revenu. Pete n'allait pas rester là sans rien faire jusqu'au soir, il ralluma le moteur et reprit la route de Birmingham.

De son côté, Bud continuait à marcher. Une heure avait passé. Toujours pas de Whistle Stop, rien que des bois de chaque côté. Il consulta sa montre. Aïe aïe, cette fois, il était dans le pétrin. Le train pour Atlanta était reparti sans lui. Bud finit par s'arrêter et, au milieu des voies, se mit à crier : « Au secours ! Au secours ! Aidez-moi ! » Il resta immobile un petit moment, mais personne ne répondit. Mieux valait s'écarter des rails pour ne pas risquer un accident, une fois la nuit tombée. Il regarda autour de lui. Il y avait une clairière à droite, en contrebas. Tant qu'il faisait jour, il se dirigea prudemment vers celle-ci, mais le remblai était en pente raide et Bud trébucha, glissa, pour finir sa course sur son derrière. Il se releva, s'épousseta, choisit un gros arbre en marge de la clairière et s'assit sur les feuilles amassées en dessous.

Bud était bien avancé. Il n'y avait plus qu'à attendre le matin en espérant qu'à Briarwood, personne ne remarquerait son absence et n'appellerait Ruthie.

« Je me suis mis dans de beaux draps, se dit-il. Mais où avais-je la tête ? C'est affreux. Je ne suis même pas capable de retrouver l'endroit où j'ai grandi. »

La nuit tomba peu à peu. Par chance, elle n'était pas totalement noire. Une belle lune éclairait le ciel. Cependant il commençait à faire froid. Bud parvenait à lire l'heure en tournant sa montre vers la lumière. Oh là. Vingt et une heures quatorze. Elle serait longue, cette nuit. Brusquement, une chouette hulula au-dessus de lui.

Sur toutes les chaînes

Après le coup de téléphone de M. Merris, Ruthie avait appelé la police et parlé à une personne du service des personnes recherchées. Celle-ci lui avait assuré que l'on contactait tous les hôpitaux et qu'on la rappellerait dès qu'on aurait réussi à localiser son père ou obtenu quelque information que ce soit.

Ruthie avait passé toute sa soirée à faire les cent pas et à attendre. Faute de nouvelles, elle s'était laissée emporter par son imagination. Avait-il été renversé par une voiture ? Quelqu'un l'avait-il agressé ? Était-il blessé, en train de perdre son sang, abandonné de tous ? Au fil des heures, elle avait exploré une centaine de scénarios.

À six heures du matin, comme Bud n'avait toujours pas donné signe de vie, la police avait étendu l'avis de recherche dans tout le sud-ouest des États-Unis et fourni sa photographie.

Bizarrement, une serveuse de la Waffle House à Atlanta fut la première à se manifester.

Dénommée Jasmine Squibb, elle affirma avoir vu l'homme dont il était question, la veille au matin. Il lui aurait confié qu'il avait l'intention de prendre le train jusqu'à Birmingham et de revenir le soir même. Elle ajouta qu'il avait mangé deux œufs au bacon et lui avait donné un généreux pourboire.

Aussitôt l'information fut relayée à la police de Birmingham, qui lança une alerte sur la chaîne de télévision locale WBRC-TV, photo incluse, et sur toutes les stations de radio, avec ce message : « Personne âgée à risque, Buddy Threadgoode junior, domicilié à Atlanta, aurait pris un train pour Birmingham. Porte éventuellement une prothèse de bras. Toute personne disposant d'informations est priée de contacter le commissariat le plus proche. »

Heureusement, Pete, le chauffeur de taxi, reconnut Buddy sur la photo et se précipita sur son téléphone. « J'ai chargé ce passager, hier, à la gare, dit-il aux autorités. Je l'ai déposé près de la voie de chemin de fer, au-delà de l'ancienne route Montgomery. Il cherchait un endroit du nom de Whistle Stop. Il s'est mis à marcher vers l'est, le long de la voie ferrée. Je l'ai attendu presque une heure et, comme il n'est pas revenu, j'ai pensé qu'il avait trouvé. Le pauvre, je regrette de l'avoir laissé là-bas. »

Quelques minutes plus tard, quatre infirmiers dans une ambulance se dirigèrent vers le lieu indiqué, puis se séparèrent en deux groupes pour suivre les rails dans les deux sens.

— Monsieur Threadgoode ! Buddy Threadgoode ! criaient-ils à l'aide d'un mégaphone.

Au bout d'une demi-heure, l'un des deux groupes entendit une voix appeler :

— Ohé ! Ohé ! Je suis là !

À quelque distance, les infirmiers aperçurent un vieil homme, assis sous un arbre, qui agitait un bras à leur intention. Il avait retiré l'autre pour dormir.

— Content de vous voir, les gars, leur dit-il lorsqu'ils approchèrent. J'ai bien cru mourir de froid.

Bud essaya de se lever, mais il était si raide qu'ils durent l'épauler pour le faire tenir sur ses deux jambes. En un rien de temps, ils remontèrent la colline avec lui, l'allongèrent dans l'ambulance, enveloppé d'une couverture, et l'emmenèrent à l'hôpital.

Un des officiers de garde au siège de la police apprit que le vieux bonhomme tentait de retrouver une petite ville, dénommée Whistle Stop. Le soir venu, il confia à son épouse :

— Une chance qu'il n'y soit pas arrivé.

— Pourquoi ?

— Parce qu'il n'y a plus rien, là-bas. C'est une décharge, envahie par les mauvaises herbes.

Dans les embouteillages

Atlanta, Géorgie

Quand le téléphone sonna enfin, à neuf heures huit le lendemain matin, Ruthie, à bout de nerfs, faillit s'évanouir.

C'était un homme qui l'appelait depuis le commissariat de police.

— Madame Caldwell, j'ai de bonnes nouvelles pour vous. Nous avons retrouvé votre père et il n'a rien.

— Dieu soit loué ! Où était-il ?

— Eh bien, euh… Je vous lis mon rapport, qui vient d'arriver. Voilà, il s'était égaré près d'une voie ferrée.

— Quelle voie ferrée ?

— Cela n'est pas précisé. À proximité de Birmingham, en Alabama.

Ruthie était stupéfaite.

— Birmingham ? Que faisait-il en Alabama ?

— Aucune idée. Il faudra le lui demander. Je n'ai que ça pour l'instant. On l'a emmené à l'hôpital U.A.B.[1] de Birmingham.

1. Centre hospitalier universitaire.

— Il est blessé ?

— Je ne pense pas. Ils le gardent simplement en observation.

— Merci, monsieur. Merci mille fois.

— Je vous en prie, madame. Ravi de vous être utile.

Ruthie voulait revoir son père aussi vite que possible et ne perdit pas de temps. Elle réserva une place dans le prochain avion pour Birmingham, qui décollait à dix heures cinquante-cinq. Elle se maquilla en quatrième vitesse, saisit son sac et courut à sa voiture.

Sur la route de l'aéroport, elle dépassa sciemment la vitesse autorisée et, tout en conduisant, chercha un numéro sur son téléphone portable.

— Hôpital U.A.B. Quel service demandez-vous ?

— Je ne sais pas. Mon père, James Bud Threadgoode, est en observation chez vous. Je suis sa fille, dans les embouteillages à Atlanta, et j'aimerais qu'on me dise comment il va.

— Une seconde, je vous prie.

Une tonalité, puis plus rien.

— Oh non, on m'a coupée, maugréa Ruthie.

Elle appuyait sur la touche « rappeler » lorsqu'un homme, dans la file voisine, agita son index en signe de reproche, puis redressa le majeur, beaucoup moins poliment. Ruthie oublia sa courtoisie habituelle et fit le même geste à son intention, en criant :

— Mon père est à l'hôpital en Alabama, idiot !

Le type prit de la vitesse et la dépassa.

Soudain une autre voix retentit :

— Hôpital U.A.B. Quel service demandez-vous ?

Ruthie improvisa :

— L'unité d'observation, si ça s'appelle comme ça ?

— Ne quittez pas.

Au bout d'un instant, une femme répondit :

— Ici Terry, au poste des infirmières.

— Ah... Très bien, bonjour. Je vous appelle au sujet de Bud Threadgoode. Je suis sa fille, Ruthie Caldwell, et je voudrais avoir de ses nouvelles. Je suis encore à Atlanta et je vais prendre l'avion.

— Une seconde, chère madame.

L'infirmière ne fut pas longue.

— Madame Caldwell ? J'ai jeté un coup d'œil sur sa fiche et son état est stable.

— Merci beaucoup. Pouvez-vous lui dire que j'arrive aussi vite que possible, s'il vous plaît ?

— Bien sûr. N'ayez crainte, il ne s'échappera pas.

Pendant que Ruthie se garait à l'aéroport, le mot « stable » lui tournait dans la tête.

« Stable, stable... OK, j'aime mieux ça que l'inverse », se dit-elle. Rassérénée, elle se dirigea vers son terminal.

L'infirmière Terry était une femme joviale et bien en chair. Elle entra dans la chambre de Bud et déclara :

— Votre fille vient de téléphoner depuis Atlanta. Je suis chargée de vous annoncer sa visite.

— Comment sait-elle que je suis ici ?

— Vous êtes passé à la télé, cher ami, on ne parlait que de vous...

Bud, déshydraté, était sous perfusion. Il hocha la tête.

— Certes... Elle était en colère ?

— Non, plutôt inquiète. On peut la comprendre, tout de même.

Terry vérifia que l'intraveineuse était bien en place et sourit.

— Vieux polisson que vous êtes, à mettre les voiles comme ça. Vous avez de la chance qu'on vous ait retrouvé entier.

Elle l'observa plus attentivement et ajouta :

— Enfin, presque.

Le vol d'Atlanta à Birmingham ne durait que cinquante-cinq minutes. Quand le voyant « attachez vos ceintures » s'éteignit, Ruthie se leva pour aller aux toilettes. Horrifiée, elle découvrit devant le miroir à quoi elle ressemblait. Trop pressée de filer à l'aéroport, elle ne s'était maquillé qu'un œil. Pas étonnant que les gens la regardaient d'un drôle d'air.

À Birmingham

Lorsque sa fille entra dans sa chambre d'hôpital, Bud jeta d'un air penaud :

— Aïe aïe. J'ai fait l'andouille, hein ? Pardonne-moi, ma chérie.

— Comment vas-tu, papa ? J'étais rongée par l'inquiétude.

— Ça va. J'ai surtout honte de m'être égaré et d'avoir causé tant de problèmes.

— Tu es sûr de ne pas être blessé ?

— Juste quelques égratignures et j'ai dû me froisser un muscle en glissant sur le dos.

— Tu n'as pas très bonne mine, tu es vraiment sûr que ça va ? insista Ruthie.

— Oui, oui.

Il avait toujours été son père, un grand homme solide et beau. Soudain, pour la première fois, elle remarqua à quel point il avait vieilli. Il paraissait tout petit dans ce lit blanc.

— Franchement, à quoi ça rime d'aller tout seul à Birmingham et de suivre les voies ferrées par un froid glacial ?

— Je voulais revoir Whistle Stop. À l'évidence, je ne sais même plus où c'est.

— Une chance qu'on t'ait retrouvé. Un avis de recherche a été lancé en Géorgie et en Alabama. Toutes les chaînes de télévision ont diffusé ta photo.

— Je suis navré, Ruthie. Tu as raison d'être en colère.

— Je ne suis pas en colère, mais... pourquoi ne m'as-tu pas appelée pour me dire où tu étais ?

— J'ai oublié d'emporter mon téléphone.

Ruthie poussa un long soupir.

— Tu n'es pas un peu fou ? Qu'est-ce que je vais faire de toi, maintenant ?

— C'est que... il y a autre chose.

— Comment ça, autre chose ?

— Assieds-toi, il vaut mieux.

Elle s'assit et attendit.

— Promets-moi de ne pas hurler.

— Je promets. Alors ?

— J'ai perdu mon bras.

— Comment ça ? Perdu où ?

— Je l'ai retiré là-bas, parce qu'il me gênait pour dormir. Ensuite, quand les secouristes sont arrivés, j'étais tellement content de les voir que je n'y ai plus pensé.

— Enfin, papa !

— J'arriverai peut-être à le retrouver, si je savais où c'était. Il faudrait que j'y retourne pour le chercher.

— Certainement pas. Tu ne vas pas recommencer à traîner dans les bois. N'en parlons plus. Ce bras, on peut le remplacer, mais toi, on ne te remplacera pas. Te rends-tu compte que tu as risqué une pneumonie, que tu aurais pu te fracturer le crâne en tombant ?

— À la fin, je n'avais plus qu'une idée en tête : qu'on me vienne en aide.

Bud s'aperçut alors d'une chose étrange.

— Qu'est-ce qu'il a, ton œil ?

— Rien. Et pourquoi es-tu parti sans prévenir ? Sans dire où tu allais ?

— Pour n'embêter personne. J'ai cru qu'on ne s'apercevrait de rien. Et mon plan a échoué.

— En effet. Mais tu as eu de la chance, assure le médecin. Tu t'es un peu déshydraté, plus une légère hypothermie, mais rien de grave.

— Je ne me porte pas si mal, donc. Quand va-t-on me libérer ?

— Dans quelques jours, m'a appris Terry. Il faut vérifier que ta tension est normale et surveiller les électrolytes.

— Flûte. Je suis vraiment désolé, ma chérie. Je ne voulais surtout pas t'alarmer et c'est le contraire qui s'est produit.

— N'en rajoute pas. L'important est que tu n'agonises pas dans un fossé quelque part.

Doucement, Ruthie dégagea les cheveux collés sur le front de Bud, puis elle prit sa main.

— Je n'ai qu'un père. Je t'aime et je veux que tu restes avec moi le plus longtemps possible.

— Oui, ma jolie.

Elle sourit.

— Désormais, tu es privé de sortie. Terminé, les voyages délirants !

Bud hocha la tête et leva trois doigts.

— Parole de scout.

Il y avait un bon moment que le portable de Ruthie vibrait dans son sac. Elle se décida à l'en sortir pour voir qui l'appelait sans arrêt. C'était Carolyn à Washington.

— Excuse-moi, papa, il vaut mieux que je réponde.

Elle se retira dans le couloir pour parler à sa fille. Ruthie espérait que celle-ci lui faisait seulement un petit bonjour. Raté – elle était dans tous ses états.

— Maman ! Où es-tu ? Grand-mère a téléphoné pour dire que grand-père est devenu fou, qu'il s'est échappé de Briarwood et qu'il a passé la nuit sous un arbre à Birmingham !

— Non, ma fille. Il n'est pas devenu fou. Il est parti en promenade et il s'est perdu, voilà tout.

— Mais où es-tu ? Tu as filé sans explication, paraît-il.

— Carolyn, calme-toi. Je suis avec lui à l'hôpital de Birmingham.

— À l'hôpital ? Que fait-il à l'hôpital ?

— Il est un peu déshydraté et on le garde en observation pendant quelques jours.

— Oh ! Tu as besoin de moi ? Tu veux que je vienne ? Je peux prendre l'avion demain matin, sans doute, mais il faut que je sois rentrée le soir. On reçoit douze personnes à dîner, avec le patron de Brian et sa femme. Impossible d'annuler au dernier moment.

— Merci, mais non, tu n'as pas besoin de venir. On n'en a pas pour longtemps, de toute façon. Occupe-toi de tes invités et je te rappelle quand on sera de retour, d'accord ?

— Bon, très bien... Je suis contente qu'il n'ait rien. Mais franchement, il y a quelque chose qui ne tourne pas rond chez lui, non ? Enfin, quitter la maison de retraite comme ça, c'est gênant pour grand-mère, quand même ! C'était dans le journal, à ce que j'ai compris ! Après tout le mal qu'elle s'est donné pour lui trouver une place à Briarwood.

— Il faut que je raccroche, ma chérie. J'embrasse papa pour toi.

Ruthie sourit en revenant dans la chambre.

— Carolyn voulait prendre de tes nouvelles. Elle t'embrasse et te souhaite un prompt rétablissement.

— Tu lui as appris où j'étais ?

— Non, cette chère Martha Lee s'en est chargée. Elle s'est empressée de l'appeler pour lui raconter que tu avais passé la nuit sous un arbre.

— Flûte. J'aurais préféré qu'elle se taise.

Terry, l'infirmière, entra alors dans la chambre.

— Je vous présente ma fille, Ruthie, lui dit Bud.

Terry hocha la tête.

— On se connaît. Je lui ai parlé au téléphone et, maintenant qu'elle est là, j'espère que vous allez vous tenir un peu mieux. Sait-elle que vous vous êtes fait passer pour John Rockefeller en arrivant ?

— Papa, c'est vrai ?

— Je pensais qu'on veillerait mieux sur moi. Malheureusement, ça ne l'a pas empêché de me planter des aiguilles partout. Un vampire, cette fille. Prends garde, Ruthie, elle va te trouer la peau, à toi aussi.

À l'évidence, Bud serait vite rétabli. Il avait déjà réussi son opération de charme auprès du personnel.

Dans l'après-midi, Ruthie appela un taxi qui la conduisit à un hôtel voisin. Épuisée, elle avait besoin d'un bon bain chaud et d'une petite sieste. Dans sa hâte de partir, elle n'avait rien emporté que son sac à main et n'avait pas de vêtements de rechange. Elle monta en vitesse dans sa chambre, puis se rendit dans la petite boutique de la réception pour acheter une brosse à dents et un tube de dentifrice. Elle s'occuperait du reste plus tard.

Bud bénissait sa fille de ne pas lui avoir reproché d'avoir perdu son bras. Ruthie s'était appliquée à lui choisir ce qu'il y avait de mieux. Il aurait bien voulu essayer de le retrouver, mais, quand bien même lui aurait-on permis de retourner dans la forêt, il n'avait qu'une chance sur un million d'y parvenir.

Ce qu'il ignorait aussi, c'est que le chêne sous lequel il avait laissé sa prothèse ne lui était pas totalement inconnu. À l'époque, l'arbre n'avait pas encore atteint sa taille définitive, et Bud, âgé de six ans, n'était pas bien grand. C'était l'arbre aux abeilles, dans lequel sa tante Idgie avait prélevé un pot de miel sous ses yeux. Un chêne qui, d'ailleurs, lui réserverait encore des surprises.

Une âme sœur

BIRMINGHAM, ALABAMA

Evelyn et Ed, son mari, menaient comme on dit la belle vie. Ils étaient propriétaires d'une maison spacieuse, de quatre belles voitures et d'un luxueux camping-car. Quand Ed décéda en 2011, Evelyn préféra revendre ses concessions automobiles et prendre sa retraite. Pour s'occuper, elle se mit à jouer au bridge et continua de gérer le portefeuille immobilier qu'elle s'était constitué au fil des ans. À la vérité, surtout, elle s'ennuyait.

Ce matin-là, elle buvait son café à la cuisine en regardant les nouvelles régionales à la télévision quand un avis de recherche apparut au bas de l'écran.

Un homme de quatre-vingt-quatre ans, James Buddy Threadgoode, était porté disparu. On l'avait vu pour la dernière fois à Atlanta, d'où il se rendait, pensait-on, à Birmingham. « Blanc, un mètre quatre-vingts, yeux bleus et cheveux blancs, portant parfois un bras artificiel, vêtu d'une veste en laine à carreaux. »

Le nom, d'abord, attira l'attention d'Evelyn, puis, lorsqu'elle lut la description, elle fut sûre que c'était lui. Combien de Buddy Threadgoode à qui il manquait un bras pouvaient-il exister ? C'était, à l'évidence, le petit garçon qu'avaient élevé Ruth et Idgie. Celui dont l'amie d'Evelyn, Ninny Threadgoode, lui avait si souvent parlé.

Aussitôt elle contacta son copain Harry, un journaliste de la chaîne locale, pour lui demander où en étaient les recherches. Elle discuta un instant avec lui et, avant de raccrocher, le pria de la rappeler le cas échéant, lorsqu'on aurait retrouvé M. Threadgoode – ce qu'elle espérait vivement. Ah, si seulement elle pouvait le rencontrer !

Elle ne le connaissait pas, mais c'était tout comme. Ninny lui avait raconté tant d'histoires à propos de Whistle Stop et du café. Evelyn se rappelait que Buddy avait épousé sa petite amie de toujours et qu'ils avaient eu une fille. Ils s'étaient installés dans une autre ville, elle ne savait plus où. Mais elle détenait une chose qu'elle avait toujours souhaité leur donner, et que leur fille serait certainement ravie de posséder. Une chose qu'elle conservait depuis des années. Lorsque Ninny avait disparu, elle avait laissé à Evelyn une boîte à chaussures remplie de menus et de recettes du café, ainsi que de vieilles photos de celui-ci, d'Idgie, de Ruth et du petit Buddy. Ce serait tout de même une bonne idée de les restituer à la famille.

Vers deux heures de l'après-midi, Harry rappela depuis les bureaux de la chaîne pour apprendre à Evelyn que Bud Threadgoode avait été retrouvé, sain et sauf, et qu'on le gardait en observation à l'hôpital U.A.B.

Ravie, Evelyn téléphona immédiatement à celui-ci. Par chance, Terry, qui était de service, lui répondit.

— Bonjour, c'est Evelyn Couch à l'appareil. Je me demandais si quelqu'un pouvait me donner des nouvelles de M. Threadgoode ?

— Evelyn Couch... celle qui faisait de la publicité pour les Cadillac ?

— C'est bien moi.

— Ça alors ! Je vous ai vue si souvent à la télévision ! Comment allez-vous ?

— Très bien, merci. Dites-moi, Terry, je ne voudrais pas déranger, mais j'aimerais entrer en contact avec sa fille et...

— Vous n'avez pas de chance, elle vient juste de partir.

— Elle est à Birmingham ?

— Elle a pris l'avion ce matin même. Elle s'appelle Ruthie Caldwell et j'ai son téléphone, le voulez-vous ?

— Oui, avec plaisir. Je vous revaudrai ça.

— Non, il n'y a pas de quoi. Elle était fatiguée et elle fait sûrement la sieste, alors ne l'appelez pas tout de suite.

— Entendu, Terry, j'attendrai un petit peu.

Se réveillant vers seize heures trente, Ruthie pensa à commander un taxi pour revenir à l'hôpital. Mais ils avaient son numéro de portable et on l'aurait prévenue en cas de besoin. Du coup, elle se demanda quoi faire. Elle était seule dans une chambre d'hôtel franchement laide et ne connaissait personne dans cette ville. En jetant un coup d'œil par la fenêtre, elle s'aperçut que la nuit tombait. Elle décida quand même de téléphoner à l'U.A.B, mais on lui apprit que son père dormait. Pour se changer les idées, elle alluma la télévision. Elle regardait une rediffusion de « Shark Tank[1] » quand le téléphone sonna.

— Bonjour, madame Caldwell, Evelyn Couch à l'appareil. Nous ne nous connaissons pas, mais j'étais très proche d'une personne qui était, je crois, la tante de votre père.

— Ah bon ?

— Oui. Ninny Threadgoode.

— Bien sûr, notre tante Ninny.

— Mariée à votre oncle Cleo, et ils ont eu un fils, qui s'appelait Albert.

— Absolument. Papa parle d'eux tout le temps.

— Oh, juste ciel, je suis contente qu'on m'ait donné votre numéro. Écoutez, c'est une longue histoire, mais Ninny Threadgoode a joué un rôle important dans ma vie et, à l'occasion, j'aimerais le dire à votre père. Cela serait-il possible ?

— Pourquoi pas ?

1. Émission de téléréalité sur le monde de l'entreprise.

— On m'a appris, à l'hôpital, qu'il se remettait bien. Vous devez être soulagée. Je suppose que vous avez eu peur.

— Et comment !

— Je ne voudrais pas vous importuner, et je comprends que le moment est mal choisi, mais si vous revenez un jour ou l'autre à Birmingham, avec votre papa, appelez-moi. J'aimerais vous confier une chose qui vous fera sûrement plaisir.

— Vous êtes très aimable. Montez-vous parfois à Atlanta ?

— Pas souvent, c'est devenu si grand. La dernière fois, je m'y suis perdue pendant trois heures. Enfin, combien y a-t-il de Peachtree Streets[1], là-bas ? Mais bon, je ne me déclare pas vaincue...

— Je sais, c'est assez déroutant, admit Ruthie en riant.

— Cela étant, je suis contente que votre père aille bien.

— Merci. Le médecin pense le libérer d'ici un jour ou deux.

— Vous êtes ici toute seule ?

— Oui.

— Pas d'amis en ville ?

— Pas vraiment, non.

— Écoutez, je vous rendrais volontiers service, donc n'hésitez pas. Je ne suis pas très loin. Vous n'avez besoin de rien ? Il me suffit d'un coup de voiture. Où allez-vous dîner, ce soir ?

---

1. Peachtree Street : « rue du Pêcher » (il y en aurait soixante et onze).

— Oh là, je n'en ai aucune idée. Je me ferai peut-être porter un repas.

— Non, non. Je viens vous chercher et je vous emmène dans un endroit agréable.

— Ce serait très gentil. Mais franchement, j'ai l'air d'un épouvantail. Je suis partie sans ma trousse de maquillage et j'ai les cheveux dans tous les sens.

Evelyn éclata de rire.

— Si ce n'est qu'un problème de maquillage, pas d'inquiétude. J'en ai pour dix. Tout ce que vous pouvez imaginer. Êtes-vous motorisée ?

— Je devrais sans doute louer un véhicule, le temps de mon séjour.

— Ne gaspillez pas votre argent. J'en ai plusieurs, je vous en prête un avec plaisir. Ou mieux encore, laissez-moi vous conduire.

— Je ne voudrais pas m'imposer.

— Pas le moins du monde. Je suis à la retraite, libre comme l'air. Il me manque seulement quelque chose à faire, et avec qui le faire. Mes amies restent toujours enfermées et ne savent que jouer au bridge.

Ruthie ignorait tout de cette femme, mais c'était un cadeau de la providence. S'aventurer au hasard dans une ville inconnue ne la tentait guère. De plus, elle avait faim. Elle avait complètement oublié de déjeuner !

Une demi-heure plus tard, Ruthie entendit frapper à sa porte et l'ouvrit. Devant elle se dressait une dame sympathique aux cheveux gris, rondelette, qui tenait dans une main une pochette de produits de maquillage en plastique transparent, et dans l'autre un grand flacon de crème de soin – le tout estampillé Mary Kay, naturellement.

— Bonjour, Ruthie. C'est moi, Evelyn, lui dit-elle.

Ruthie, qui n'avait jamais vu cette femme, était si heureuse de découvrir son visage chaleureux qu'elle eut aussitôt envie de la prendre dans ses bras et de la serrer contre elle.

Elles échangèrent quelques propos, puis Ruthie alla à la salle de bains appliquer les excellents produits de beauté qu'avait apportés Evelyn. Elle se rendit compte que, par certains côtés, cette femme lui rappelait sa mère. Son accent, peut-être, toujours est-il qu'il était très réconfortant de rencontrer une personne aussi aimable et qui avait, semblait-il, la tête sur les épaules. Le genre de compagnie qui lui avait longtemps manqué. Elle avait oublié le plaisir que l'on avait à être simplement soi-même en face de quelqu'un d'autre.

Evelyn l'emmena dans un bon restaurant bien fréquenté. Ruthie but deux verres de vin en mangeant et, sans être ivre, se sentit assez détendue pour se confier sans réserve à cette parfaite inconnue qui, dès lors, sut presque tout d'elle et de sa vie à Atlanta. Evelyn était d'ailleurs en mesure de comprendre certains points.

— J'avais, moi aussi, une belle-mère pénible, admit-elle. Mais votre Martha Lee, ça a vraiment l'air d'être un cas.

À la fin de la soirée, Ruthie tenta de régler l'addition, mais Evelyn ne voulut rien entendre.

— Non, non. À Birmingham, vous êtes et vous restez mon invitée.

Peine perdue, de toute façon : le garçon refusa de prendre la carte de Ruthie.

— Navré, expliqua l'homme en souriant, les désirs de Mme Couch sont des ordres.

— D'accord, dit Ruthie, mais quand vous viendrez à Atlanta, ce sera mon tour.

Evelyn n'avait eu aucun a priori, cependant elle avait tout de suite éprouvé de l'empathie pour cette femme plus jeune qu'elle. Elle avait vu jadis une photo de sa grand-mère, Ruth Jamison, et la ressemblance l'avait étonnée. Un beau visage, de grands yeux bruns, une silhouette mince et une personnalité engageante.

En discutant, elle avait rapidement compris que Ruthie avait terriblement besoin d'une amie, de quelqu'un à qui parler. Elle avait quelque chose d'une âme en peine, découragée.

Puis, lorsque Evelyn rentra chez elle, une idée lui traversa l'esprit. Si elle s'était sentie aussi proche de Ruthie, c'est parce qu'elle lui rappelait une certaine Evelyn... celle qu'elle avait été avant de rencontrer Ninny.

Evelyn Couch

BIRMINGHAM, ALABAMA

Le lendemain à l'hôpital, Ruthie entra dans la chambre et embrassa son père.

— Papa, lui dit-elle, voici quelqu'un qui a très envie de te voir. Evelyn était copine avec ta tante Ninny.

Bud se redressa dans son lit et regarda la nouvelle venue d'un air étonné.

— Avec ma tante ?

Evelyn se rapprocha et tendit la main à Bud.

— Bonjour, monsieur Threadgoode, je m'appelle Evelyn Couch et je suis enchantée de vous rencontrer.

— Pareillement. Navré de ne pouvoir me lever pour vous accueillir comme il faudrait. Mais vous avez piqué ma curiosité. Vous paraissez bien jeune pour avoir été l'amie de Ninny.

— Ah, c'est une longue histoire. Ma belle-mère résidait dans la même maison de retraite qu'elle, ici à Birmingham. Nous nous sommes rapprochées et, peu à peu, nous sommes devenues intimes.

— Eh bien, en voilà une surprise. Et une bonne !

— J'adorais Ninny. Vous savez, j'ai presque l'impression de vous connaître déjà. Ninny m'a tant parlé de vous, de votre maman et d'Idgie Threadgoode.

— Ah bon ?

— Oh oui, de votre enfance et du Whistle Stop Café.

— De mon enfance ?

— Papa, les coupa Ruthie, Evelyn est très sympa. Hier soir, elle m'a emmenée dîner dans un excellent restaurant et, aujourd'hui, elle me propose de m'héberger dans son petit pavillon, à côté de la piscine.

— Formidable. Mais dites-moi, comment êtes-vous entrées en contact ?

— Un pur hasard, répondit Evelyn en souriant. Figurez-vous que je regardais la télévision, hier matin, quand j'ai vu votre nom avec l'avis de recherche. J'ai compris que c'était vous, alors j'ai téléphoné à un ami journaliste, qui travaille pour cette chaîne, et je lui ai demandé de me rappeler quand on vous aurait retrouvé.

— Ensuite, ajouta Ruthie, elle a appris que tu étais ici et Terry, à l'hôpital, lui a donné mon numéro de portable. C'est comme ça qu'elle m'a joint à l'hôtel.

— Eh bien, le monde est petit ! s'exclama Bud. C'est très aimable à vous de prendre soin de ma fille, Evelyn.

— Monsieur Threadgoode, tout le plaisir est pour moi. Vous n'avez pas idée de ce que votre tante Ninny m'a apporté. Elle a changé ma vie et c'est un bonheur de faire connaissance avec sa famille. Elle était vraiment adorable.

— C'est vrai, fit Bud en riant. Elle était aussi très drôle et ne s'en rendait pas compte. Ce qu'on s'est amusés avec elle ! Elle ne vous a jamais raconté que les merles savaient ce qu'elle disait au téléphone, parce qu'ils se posaient sur les fils pour écouter les communications ?

— Si ! s'esclaffa Evelyn.

— Elle vous a aussi parlé de son fils, Albert ?

— Bien sûr.

— Il a toujours été un peu bizarre, mais elle s'en est occupée jusqu'au bout. Je regrette de ne pas avoir beaucoup vu Ninny, les dernières années. Nous habitions dans le Maryland quand elle a disparu.

— J'étais en Californie, à l'époque, se rappela Evelyn. Quand je l'ai appris, elle était déjà enterrée.

— Paix à son âme. Elle était la gentillesse même.

— Et elle serait contente de savoir que nous faisons connaissance après toutes ces années.

— La vie est parfois bizarre, hein, Ruthie ? remarqua Bud. Si je ne m'étais pas perdu, nous n'aurions pas rencontré Evelyn.

C'était bientôt l'heure du déjeuner. Les deux femmes promirent à Bud de revenir le lendemain. Il était ravi. Evelyn lui donnait l'impression de retrouver une vieille amie. Quelqu'un avec qui se souvenir du bon vieux temps.

Evelyn se tourna vers Ruthie dans le couloir de l'hôpital.

— Votre papa est un monsieur très charmant, lui dit-elle. Un amour, vraiment. Merci mille fois de me l'avoir présenté.

— Je suis sûre qu'il est enchanté. Ça lui remonte le moral d'évoquer le café. Mais prenez garde : si vous lui reparlez de son enfance à Whistle Stop, il deviendra intarissable.

Elles s'arrêtèrent au poste des infirmières, discutèrent un instant avec Terry et quittèrent l'hôpital.

En remontant dans la Cadillac rose d'Evelyn, celle-ci déclara :

— Bien. Nous allons chercher vos petites affaires à l'hôtel, puis faire quelques courses et on rentre. À quatre heures, je vous ai réservé quelqu'un pour deux heures de massage.

Le visage de Ruthie s'éclaira.

— Deux heures ?

— Oui. Ensuite, le dîner et au lit. J'ai pensé qu'après cette épreuve que vous avez traversée, vous aviez besoin d'être un peu chouchoutée.

Le sourire aux lèvres, Ruthie s'adossa au gros fauteuil blanc de la voiture.

— Oh, Evelyn ! Pourquoi ne vous ai-je pas rencontrée des années plus tôt ? Vous savez y faire, vous !

De découverte en découverte

Evelyn habitait une jolie maison en pierre blanche, aux volets verts, qui bordait un grand terrain de golf.

— Ed y jouait souvent, expliqua-t-elle en montrant celui-ci.

En pierre lui aussi, le pavillon du jardin donnait sur une piscine et comportait, en sus des deux chambres, une salle de bains spacieuse, un jacuzzi, un sauna et une salle de massage. Ruthie était impressionnée.

— Ça n'est pas mieux que votre chambre à l'hôtel ? lui demanda Evelyn.

— Certainement, admit Ruthie.

— Alors mettez-vous à l'aise, faites une petite sieste, si vous voulez, et Sonia sera là à quatre heures pour votre massage.

— Je ne saurais jamais vous remercier assez.

Dans l'après-midi, Sonia lui fit sans doute le meilleur massage de sa vie. Encore allongée sur la table, Ruthie l'interrogea :

— J'ai remarqué qu'il y a partout des produits Mary Kay, ici. Evelyn doit vraiment les apprécier.

— Bien sûr. Elle en vendait, pendant un temps.

— Ah bon ?

— Avant d'être concessionnaire automobile.

— Concessionnaire ?

— Elle ne vous l'a pas dit ? Evelyn dirigeait plusieurs concessions, dans tout l'Alabama. Elle concevait elle-même ses spots publicitaires, d'ailleurs.

Ruthie commençait à comprendre que la vie de sa nouvelle amie comportait bien des facettes, et qu'elle était loin de toutes les connaître. Elle s'était étonnée que, à l'hôpital, Terry lui demande un autographe...

Le soir, Evelyn lui montra le portrait de Ninny qu'elle conservait, encadré, sur son bureau, puis la boîte à chaussures que Ninny lui avait laissée à la maison de retraite. Ruthie ouvrit l'enveloppe contenant les photos et les étudia chacune longuement. Comme il était étrange de redécouvrir sa grand-mère Ruth. Un cliché datait de l'époque où, âgée d'environ vingt-deux ans, Ruth était venue pour la première fois à Whistle Stop enseigner le catéchisme pendant l'été. Elle avait habité dans la vieille maison des Threadgoode. Vêtue d'une robe blanche, elle levait les yeux vers une autre personne, perchée sur un savonnier dans le jardin. On ne distinguait de cette personne que ses pieds nus.

Selon Ninny, ces pieds étaient ceux d'Idgie, qui avait alors quinze ou seize ans.

La photo suivante avait été prise cinq ans plus tard, quand Ruth avait quitté son mari pour revenir vivre à Whistle Stop. Devant le café récemment ouvert, elle tenait dans ses bras un beau petit bébé – Ruthie savait que c'était son père. Idgie, une jeune femme mince et grande, aux cheveux blonds, courts et bouclés, souriait derrière Ruth en montrant l'enseigne du café, tout juste posée. Les deux femmes paraissaient bien jeunes pour tenir un restaurant.

Ruthie regrettait de ne pas avoir connu sa grand-mère. Elle lui aurait posé tant de questions. Pourquoi avait-elle abandonné son mari pour s'installer en Alabama ? Peggy lui avait dit qu'il n'existait aucune photo de cet homme. Bud paraissait tout ignorer de lui et ne s'en souciait guère. Ruthie aurait cependant aimé en avoir au moins une. Si Bud tenait de lui, il avait dû être joli garçon.

Un esprit curieux

DÉCEMBRE 1940

Buddy avait un esprit vif et curieux, cela n'avait échappé à personne. Forcément, Idgie craignait qu'un beau jour, il s'interroge sur sa vraie famille, et ce qui devait arriver arriva.

Ce jour-là, elle l'avait emmené aux grands magasins Loveman à Birmingham pour lui acheter une paire de chaussures et, sur le chemin du retour, de façon très inattendue, il s'était tourné vers elle pour lui demander :

— Tante Idgie, tu l'as connu, mon père ?

Elle s'était éclairci la voix et elle avait sorti une Lucky Strike du paquet qu'elle portait dans sa poche de chemise.

— J'ai dû le croiser une fois ou deux, pourquoi ?

Il avait alors posé la question qu'elle souhaitait éviter.

— Pourquoi il ne vient jamais me voir ?

— Passe-moi la boîte d'allumettes, s'il te plaît. Eh bien, je ne sais pas, mon chéri. Qu'en pense ta maman ?

— Elle n'en parle pas souvent. Elle ne doit pas l'aimer beaucoup.

Idgie avait espéré qu'il change de sujet, mais non.

— Tu crois qu'il viendra quand même, une fois ?

Idgie l'avait regardé.

— Ça te ferait plaisir ?

— Sans doute... Peut-être... C'est mon anniversaire, la semaine prochaine. Il pourrait m'appeler ou m'envoyer un cadeau ?

— Oui, il pourrait.

Ils passaient sur le viaduc de l'Arc-en-Ciel, un peu plus tard, lorsqu'il avait posé une autre question :

— Où est-ce qu'il habite, tante Idgie ?

— Qui ça ?

— Mon père.

— Oh, je n'en sais rien non plus, répondit-elle.

C'est elle qui avait changé de sujet.

— Au fait, Buddy, tu as l'âge, maintenant, d'apprendre à tirer au fusil. Avec Cleo et d'autres amis, on fait une partie de chasse, ce week-end. Tu veux nous accompagner ?

Les yeux du petit garçon s'étaient éclairés.

— Tu crois que maman serait d'accord ?

— Je devrais pouvoir arranger ça. Alors, ça te dit ?

— Bien sûr.

Idgie détestait mentir à Buddy, mais elle n'avait pas le courage de lui avouer la vérité.

Frank Bennett, son père, était un ivrogne qui battait sa femme. Après avoir épousé Ruth, il l'avait frappée tant de fois que M'ma et P'pa Threadgoode avaient finalement envoyé Idgie, Big George et Julian la chercher en Géorgie. Il fallait la sortir de ce pétrin avant que, lors d'un nouvel accès de rage éthylique, il la tue pour de bon. Buddy n'avait pas besoin d'apprendre cela. Moins il en savait, mieux cela vaudrait.

Au grand soulagement d'Idgie, il ne posa plus de question à ce sujet, même après le décès de sa mère. À mesure que les années passèrent, sans nouvelles de lui, Buddy considéra tout simplement les Threadgoode comme sa vraie famille, et cela en resta là.

Une nouvelle amie

Le lendemain, pendant que Ruthie allait chez l'esthéticienne pour un soin du visage, Evelyn rendit visite à Bud à l'hôpital pour lui parler de Ninny.

— Vous savez, Bud… Je peux vous appeler Bud ?

— Oui, comme tous mes amis.

— Eh bien, voyez-vous, c'est curieux comme une seule personne est capable de changer votre vie. Quand j'ai rencontré Ninny, je traversais une sale période. J'étais abattue, je broyais du noir. Je l'avoue avec regret, mais j'ai même songé à en finir. Dire que j'aurais raté tant de belles occasions, si j'avais commis cette bêtise…

— Moi, par exemple.

Evelyn sourit.

— Entre autres, oui. Bien sûr, avec le recul, je comprends que j'étais simplement dépressive. Et donc, je ne suis pas très croyante, mais il me semble que Ninny était une sorte d'ange que l'on m'a envoyé afin de m'aider à voir le bout du tunnel. Vous allez me prendre pour une folle, cependant je ne serais pas étonnée qu'elle ait tiré les ficelles, de là-haut, pour que nous fassions connaissance, Ruthie, vous et moi.

— Non, je ne vous prends pas pour une folle. Je pense même que certaines femmes, ou certains hommes, même lorsqu'ils ne sont plus là, continuent de nous assister quand nous en avons besoin.

— Vraiment ?

— Absolument. Il m'est arrivé une chose que je n'ai jamais racontée à personne, alors écoutez-moi. Fermez d'abord la porte. Il ne faudrait pas que Terry nous entende, sinon elle risque de nous transférer dans l'aile psychiatrique.

Evelyn s'exécuta puis se rassit.

— En 1989, poursuivit Bud, quand tante Idgie est morte, ç'a été un vrai choc pour moi. Je l'ai ramenée en Alabama pour l'enterrer dans la concession familiale, comme elle en avait fait le vœu. Le lendemain, avant de partir, je suis retourné au cimetière pour un dernier au revoir. J'étais devant sa tombe et je pleurais toutes les larmes de mon corps. Je n'avais plus de mère, et je venais de perdre ma tante Idgie. Elles étaient ma famille, et moi, un orphelin de soixante ans. Et à cet instant précis, figurez-vous qu'une abeille s'engouffre dans ma jambe de pantalon, la remonte et me plante son dard dans la fesse.

— Non ?

— Si. Elle m'a fait un mal de chien, cette abeille ! Le temps de reprendre mes esprits, et une idée s'est imposée. C'était Idgie qui l'avait envoyée me piquer. Elle voulait me faire savoir qu'elle n'était pas à plaindre et que je ne devais plus m'apitoyer sur mon sort. Du coup, je me suis assis sur sa tombe et j'ai ri si fort que j'ai dû m'allonger dans l'herbe. Je ne pouvais plus m'arrêter. Je suis resté une bonne demi-heure au cimetière, à me rouler par terre, en riant comme un fou. Quelqu'un aurait été là, c'est exactement ce qu'il aurait pensé : un fou ! Mais pour moi, c'était clairement tante Idgie qui me jouait ce tour. Le plus bizarre, c'est que je n'ai plus éprouvé de chagrin après cette journée. Elle m'a manqué, bien sûr, mais j'avais le sentiment qu'elle n'était pas malheureuse.

» Alors, ce que je veux dire, c'est qu'il est très possible que Ninny soit pour quelque chose dans le fait que nous nous connaissons. Et, entre nous, Ruthie aurait bien besoin d'une amie en ce moment. Elle a vécu une période difficile après la perte de son mari et, par-dessus le marché, je lui ai causé du souci avec mon escapade. J'espère que vous garderez le contact et que vous lui donnerez un coup de fil, de temps en temps.

LA GAZETTE DE WEEMS

(Bulletin hebdomadaire de Whistle Stop, Alabama)

1947

Nous avons notre star du football !

De bonnes nouvelles, cette semaine ! Nous sommes si fiers de notre Buddy Threadgoode, qui a mené l'équipe de football de Whistle Stop en tête du championnat d'État. Il a été élu quarterback de l'année par tous les lycées de l'Alabama. Bud remercie sa tante Idgie, qui lui a appris à faire des passes avec le ballon dès l'âge de sept ans. À ce qu'on dit, il intégrera Georgia Tech l'année prochaine.

Dans un autre registre : bien que seulement quelques mois aient passé, nous sommes encore tous affligés par la perte de notre chère Ruth Jamison. Comme il est triste de ne plus la voir nous accueillir chaque jour au café avec son merveilleux sourire. Idgie et Buddy vous remercient pour vos dons généreux. Notre amie Grace, à la Humane Society[1], rapporte qu'il y en a tellement eu en son nom qu'ils ont construit une nouvelle salle, au fond, pour recueillir les chats et les ratons laveurs. L'ancienne commençait à être trop petite. Connaissant Ruth, je suis sûre qu'elle aurait été ravie.

... Dot Weems...

1. Équivalent de la SPA.

Whistle Stop, Alabama

1955

Idgie s'était armée de courage après la mort de Ruth. Il lui revenait d'élever le petit Buddy et elle avait eu besoin d'être forte. Elle aurait bien fermé le café, mais c'était impossible car c'était son gagne-pain. Solennellement, elle avait promis à Ruth de veiller à ce que, quoi qu'il arrive, Buddy poursuive des études à l'université.

Le décès de sa mère, dans le courant de sa dernière année de lycée, avait été un choc terrible pour Bud. Les choses s'étaient un peu arrangées, l'automne suivant, lorsqu'il avait quitté Whistle Stop pour partir à la fac, où il s'était fait de nouveaux amis. Le dépaysement l'avait aidé à surmonter l'épreuve. En revanche, Idgie n'y parvenait pas.

Chaque soir après la fermeture, elle prenait sous le comptoir une bouteille de whisky, montait dans sa voiture et roulait toute la nuit, dévalant à cent vingt à l'heure les petites routes sombres de campagne. La radio à fond, complètement soûle, elle chantait n'importe quoi à pleins poumons.

La vitesse, le bruit et l'alcool endormaient la douleur, mais pendant quelques heures seulement. Quand Idgie rentrait à l'aube, il lui fallait affronter une nouvelle journée sans Ruth – une nouvelle journée à haïr ce Dieu qui l'avait emportée.

Lorsque Buddy termina ses études, elle eut le sentiment d'avoir tenu sa promesse. Et maintenant ? Ses copains cheminots étaient partis, la ville commençait à s'éteindre, tout le monde s'en allait ou se préparait à le faire. Sa grande sœur Leona lui avait écrit pour lui demander s'il ne faudrait pas vendre la vieille maison des Threadgoode, puisqu'elle n'était plus habitée. Idgie n'avait plus vraiment de raison de rester. Au contraire, tout l'incitait à lever le camp. Le café, notamment, et les souvenirs qu'il renfermait. De plus, elle venait de passer une nuit au poste à Gate City, pour excès de vitesse et conduite en état d'ivresse. Il valait mieux plier bagage avant de se tuer au volant ou, pire, de risquer de tuer quelqu'un d'autre. Le shérif Grady, qui était l'ami d'Idgie, avait appelé son frère Julian en Floride, et lui avait expliqué que tout le monde s'inquiétait pour elle. Elle n'était plus elle-même. Il lui avait dit : « Il faut agir vite. La prochaine fois, je n'arriverai peut-être pas à la sortir du trou. Surtout si elle a encore donné un coup de poing au flic qui voulait l'arrêter. » Julian avait aussitôt téléphoné à sa sœur pour lui ordonner de le rejoindre sans tarder, faute de quoi il viendrait la chercher.

Une semaine plus tard, lorsque Idgie, garée devant sa maison, était descendue de voiture, Julian n'en croyait pas ses yeux. Elle avait mauvaise mine, la peau sur les os, elle puait le whisky et le tabac. Deux fois, elle avait trébuché avant d'entrer chez lui. Le lendemain matin, après plusieurs tasses de café, elle avait encore les mains qui tremblaient. Blanche comme un cachet d'aspirine, elle avait le front couvert de sueur, mais au moins elle commençait à dessoûler. Julian n'y était pas allé par quatre chemins :

— Grady m'a appelé. Un de ses copains de Gate City affirme qu'il t'a vue rouler à tombeau ouvert, il y a quelques jours, à quatre heures du matin sur une petite route. Tu n'es pas un peu dingue de boire comme une folle et de risquer ta vie ?

— Bah, en finir comme ça ou autrement…

— Enfin, Idgie ! Je sais que tu as perdu ta meilleure amie, mais ce n'est pas une raison pour te conduire comme une imbécile et finir tes nuits au poste. Tu as quoi à la place du cerveau, du sable ?

Elle l'avait regardé un long moment.

— Ruth était bien plus que ma meilleure amie, Julian.

Il avait hoché la tête, cependant l'affirmation l'avait surpris.

— Oui, je sais. Mais ce n'est pas en t'envoyant dans le décor que tu risques d'arranger la situation. Nous perdons tous quelqu'un, un jour ou l'autre, Idgie, c'est la vie. Cela n'arrive pas qu'à toi, il y en a des millions dans ton cas. Je suis ton frère et, moi aussi, je t'aime beaucoup. Tu es ma petite sœur et je tiens à toi. Et il y a une chose que tu devrais comprendre. Ruthie aurait honte de ton comportement. Bien sûr qu'elle te manque, elle nous manque à tous, mais est-ce vraiment une façon d'honorer sa mémoire ? Et puis, si tu ne t'intéresses plus ni à toi ni à moi, pense au moins à Buddy. Tu es la seule famille qu'il lui reste. Tu crois qu'il a envie de voir arriver une ivrogne, le jour de son mariage ? Alors tu vas arrêter tes âneries, maintenant, tu m'entends !

Elle avait entendu. Julian avait raison : Ruth, qui était restée digne jusqu'au bout, aurait eu honte d'elle.

Le soir même, Idgie se retrouvait assise à côté de son frère dans une réunion des Alcooliques anonymes. Elle en devint membre et commença à se métamorphoser. Une « marraine » accepta de la guider pendant les douze étapes et Idgie se conforma à ses exigences. C'était une vieille dame du coin, sévère, qui ne lui passait rien. Exactement ce qu'il fallait à Idgie, d'un naturel rebelle et têtu. En quelques semaines, elle rencontra un grand nombre de personnes dans le même état qu'elle, des gens qui revenaient de l'enfer et, de nouveau, regardaient vers l'avenir.

Elle s'aperçut qu'elle aimait assister aux réunions et lier des relations avec les autres membres. C'était comme intégrer une petite communauté. Pas exactement Whistle Stop, non, mais une sorte de foyer.

Il lui fallut un peu de temps et elle retrouva un sens à son existence. Pas cette confiance innée qu'elle avait eue dans la vie, petite fille, mais cela s'en rapprochait.

Après plusieurs années d'abstinence, elle aussi servit de marraine à de nouveaux arrivants, jeunes et moins jeunes. Lorsqu'on passait devant sa cabane, au bord de la route, quelqu'un était toujours assis près d'elle, en pleine conversation. Bien sûr, Ruth lui manquait encore, mais au moins Idgie ne risquait plus de causer un accident. Elle n'avait plus le temps. Sa boutique et ses ruches la gardaient occupée et, ainsi qu'elle le disait : « Je fais ma part, comme tout le monde. »

Une visite inattendue

Dans l'après-midi, Ruth et Evelyn venaient de sortir de l'hôpital quand Terry, l'infirmière, frappa à la porte de la chambre de Bud.

— Salut, superstar, lui dit-elle, vous avez d'autres visiteurs.

Levant les yeux, Bud reconnut Billy Hornbeck, son compagnon de voyage, qui entrait avec une jeune femme.

— Billy ! Quelle bonne surprise ! Comment allez-vous ?

— Très bien, et vous ?

— En pleine forme. Comment savez-vous que je suis ici ?

— C'était dans le journal… J'espère ne pas vous déranger. J'avais envie de prendre de vos nouvelles. Vous auriez dû me dire que vous alliez à Whistle Stop, je vous y aurais conduit avec plaisir.

— Je ne le savais pas moi-même, avoua Bud en riant, avant d'être arrivé à Birmingham.

Non seulement je n'ai pas retrouvé où c'était, mais en plus j'ai perdu ma prothèse dans les bois.

— Je vois ça. Par bonheur, vous ne vous êtes pas blessé.

— Une chance, oui. C'est gentil de vous inquiéter de ma petite santé.

— Non, c'est tout naturel. Bud, je voulais aussi vous présenter ma fiancée, Geena.

La jeune femme s'avança vers le lit et prit la main de Bud qu'elle serra vigoureusement.

— Ravie de vous rencontrer.

— Enchanté, madame.

Bud dévisagea le jeune homme.

— C'est elle qui est sapeur-pompier ?

— C'est bien elle, assura Billy en regardant fièrement sa fiancée.

— Je ne sais si l'on peut dire à un sapeur-pompier qu'elle est jolie, mais vous l'êtes.

— Merci, monsieur.

Ils discutaient depuis un moment quand Terry refit irruption dans la chambre.

— Navrée de vous déranger, jeunes gens, mais ce monsieur a rendez-vous chez le kiné, annonça-t-elle.

— Pas de problème, nous allions partir, déclara Billy.

— Il faut que je lui obéisse, expliqua Bud, sinon elle me donne la fessée. Merci encore pour votre visite. Ravi de vous connaître, Geena.

— Pareillement. Et vraiment désolée pour votre bras, dit la jeune femme.

Dans le couloir, Billy repassa la tête par la porte et ajouta :

— Le mariage est maintenu !

Avec deux doigts, Bud lui fit le V de la victoire.

— Bien joué, mon garçon !

Il se tourna vers Terry et lui demanda :

— Ça n'est pas beau, l'amour ?

— Je n'en sais rien, je suis mariée.

Retour à Briarwood

Le lendemain matin, Ruthie et Evelyn vinrent chercher Bud à l'hôpital vers huit heures. Ruthie ouvrit son placard pour en sortir ses vêtements et, consternée, découvrit sa veste à carreaux élimée, accrochée à un cintre.

— Papa, ne me dis pas que tu portes encore cette vieille nippe ! Tu m'avais promis de t'en débarrasser.

— Ah bon ? Je ne me souviens pas.

— Et regarde-moi ce pantalon ! Il était quasiment neuf. Maintenant il y a des taches d'herbe partout et on n'arrivera pas à les enlever.

Terry installa Bud dans un fauteuil et le poussa jusqu'au rez-de-chaussée, pendant que Ruthie remplissait les papiers et qu'Evelyn approchait la voiture des doubles portes. L'infirmière aida ensuite Bud à monter dans la Cadillac et déclara :

— Faites attention à vous, sinon je vous retrouve à Atlanta et, cette fois-ci, je vous donne une vraie fessée.

— D'accord, répondit Bud, mais conseillez à votre mari de mieux veiller sur vous, sinon je reviens et je vous emmène.

Lorsqu'il fut correctement installé, et la portière refermée, Ruthie se tourna vers Terry.

— Merci infiniment de l'avoir si bien soigné, lui dit-elle. Vous avez été formidable.

— Oh, ça ne m'a pas demandé trop d'efforts. C'est un vrai chou, votre papa.

À l'aéroport, tandis qu'elle regardait leur avion décoller, Evelyn se rendit compte qu'ils allaient lui manquer. Elle avait seulement passé quelques jours en leur compagnie, mais elle se réjouissait d'avoir enfin rencontré quelqu'un qui avait connu tante Ninny.

Après avoir atterri à Atlanta, Ruthie demanda à un employé du parking d'aller chercher sa voiture et demanda à son père :

— Papa, tu es sûr de ne pas vouloir rentrer avec moi ? Tu n'es pas obligé de revenir à la maison de retraite, si tu n'as pas envie.

— Non, ma chérie. Je ne veux pas décevoir ta belle-mère. Et puis j'ai mes habitudes à Briarwood, maintenant. En tout cas, je prendrai mes médicaments. Et il faudra que je m'excuse auprès de M. Merris.

— Ça me semble la chose à faire, oui.

Lorsqu'ils s'arrêtèrent à Briarwood, M. Merris les attendait devant la porte, avec une fleur à la boutonnière et un sourire forcé aux lèvres.

— Eh bien, revoilà notre vagabond. Soyez le bienvenu, monsieur Threadgoode.

— Merci. Écoutez... je vous présente mes excuses pour ce petit contretemps. J'ai un peu...

Il ne termina pas sa phrase, car Hattie, qui aimait bien Bud, les rejoignit à l'entrée.

— Ah, monsieur Threadgoode ! Il paraît que vous aimez les voyages en train, ces jours-ci ! Vous allez me raconter tout ça. Allons, venez, votre chambre est prête.

Elle le tirait d'embarras. Pendant ce temps, Ruthie était restée dans sa voiture au cas où il y aurait un problème. Voyant son père sourire en lui faisant un petit signe, elle ralluma le moteur, rassurée, et s'éloigna.

Elle traversa la ville pour rentrer chez elle. Arrivée devant la grande grille en fer forgé de Caldwell Circle, elle composa le code et s'engagea dans l'allée. Ruthie n'avait emporté que son sac à main, et elle revenait avec la valise que lui avait prêtée Evelyn, pleine de cosmétiques Mary Kay, en sus de quelques vêtements neufs, achetés à Birmingham.

Lorsqu'elle passa devant la maison de sa belle-mère, celle-ci ouvrit sa porte, la regarda, puis rentra et referma derrière elle.

À peine Ruthie avait-elle ouvert sa propre porte que le téléphone sonna.

— Ah, vous êtes finalement de retour, dit Martha Lee sans préambule.

— Oui, je suis restée là-bas un peu plus longtemps que prévu.

— Et votre père ? Vous l'avez raccompagné ?

— Je viens de le déposer à la maison de retraite.

— Vous comprenez ce que sa conduite a de fâcheux, non seulement pour Briarwood Manor, mais pour moi-même ?

Ruthie leva les yeux au ciel en réprimant un soupir.

— Je n'en doute pas. Il vous prie de l'excuser et il affirme que cela ne se reproduira pas.

— Je l'espère. Savez-vous qu'en partant précipitamment, sans rien dire à personne, vous avez laissé un feu de votre cuisinière allumé sous une casserole ? Heureusement que j'ai demandé à Ramon de faire un tour chez vous, sinon tout Caldwell Circle risquait un incendie.

— Navrée, cela m'aura échappé.

« Merci au comité d'accueil », pensa Ruthie en raccrochant.

Elle n'eut pas le temps de monter à l'étage que le téléphone sonnait de nouveau.

— À propos, vous feriez bien d'appeler Carolyn tout de suite pour lui dire que vous êtes rentrés. L'attitude de votre père l'a contrariée au plus haut point.

— Je m'en occuperai. Merci.

Mais pas dans l'immédiat. Ruthie se doutait qu'elle aurait encore droit à un sermon. Sa fille et Martha Lee étaient toujours sur la même longueur d'onde.

Jessie Ray Scroggins

1978

Jessie Ray Scroggins était l'un des nombreux enfants de Whistle Stop qu'Idgie entassait dans sa voiture, chaque samedi, pour les emmener au cinéma. Un gamin turbulent qui embêtait tout le monde, se bagarrait sur la banquette arrière et jetait du pop-corn sur les spectateurs dans la salle. Mais Idgie l'aimait bien.

Être le fils d'un pasteur n'avait rien d'aisé, surtout dans une petite ville comme la leur. C'était plus difficile encore si le pasteur en question était le révérend Robert Scroggins, qui officiait dans l'église baptiste de Whistle Stop où, dans la salle de réunion, un panneau indiquait : « Boire, fumer, danser et fréquenter ceux qui le font n'est pas pour nous ».

Jessie Ray était arrivé au monde en se tortillant comme un ver et n'avait jamais arrêté depuis. Il débordait de vitalité. Dès qu'il avait tenu sur ses deux jambes, il n'avait pas marché, mais couru. Lorsqu'il avait atteint l'âge de cinq ans, il fallait lui ouvrir la porte, chaque matin, et le laisser galoper dans le jardin, faute de quoi il cassait tout autour de lui. Bobby, son frère aîné, avait eu lui aussi un goût prononcé pour l'alcool, mais cela n'avait pas duré. Bobby avait fait des études de droit et il était devenu un brillant avocat. En revanche, Jessie Ray allait se battre plus longtemps contre ses démons.

Un vieux vagabond surnommé Smokey Lonesome[1], qui traînait souvent au café, lui avait servi son premier verre d'alcool quand il avait dix ans. Il avait aimé ça tout de suite. Pas le goût, mais la sensation qu'il en retirait. Et plus il buvait, mieux il se sentait. À dix-huit ans, il avait déjà envoyé trois voitures à la casse et séjourné cinq fois dans la prison de Birmingham.

Chaque fois, Idgie était allée payer la caution pour le libérer. Elle était la seule personne à Whistle Stop qu'il pouvait appeler sans qu'elle rapporte les faits à son père.

Quand Jessie Ray s'était engagé dans l'armée, le révérend avait espéré qu'on ferait de lui un homme. Cependant, à son retour de Corée, où il avait vu de nombreux camarades mourir au champ de bataille, son état s'était encore dégradé. Malgré tous ses efforts, il continuait à boire. Jessie Ray était conscient de décevoir ses parents, son épouse, ses amis, mais voilà : quelque chose en lui renonçait à la vie.

1. « Le solitaire à la cigarette ».

Un soir d'ivresse prononcée, se croyant définitivement perdu, il avait appelé Idgie en Floride et, lui parlant pendant presque deux heures, il avait manifesté son intention de mettre fin à ses jours. De cette conversation, il ne se rappelait que la dernière phrase d'Idgie : « Ramène-toi ici, Jessie Ray, ou je viens te chercher par la peau des fesses. »

Son père avait déjà tout essayé. Peut-être – peut-être seulement – Idgie arriverait-elle à le faire changer. Elle était leur dernier recours. Le lendemain, le révérend avait conduit son fils à Kissimmee, lui avait ouvert la portière et était reparti. Et, le surlendemain, Jessie Ray se trouvait assis à une réunion des Alcooliques anonymes, entre Idgie et son frère Julian.

Il avait eu plusieurs rechutes et cela avait pris du temps. Mais, peu à peu, Jessie Ray avait fini par se comprendre un peu mieux. Depuis aussi longtemps qu'il se souvenait, il s'était toujours senti mal dans sa peau. La bouteille avait été son seul réconfort. Un « remontant », on appelait ça. Au bout de six mois d'abstinence, en forme et bronzé au soleil de Floride, où il avait récolté les oranges, Idgie le renvoya chez lui retrouver femme et enfants. C'était un autre homme.

La sobriété était un monde nouveau, avec de merveilleux aspects, mais quelques revers aussi, surtout quand Jessie Ray décida de se faire retirer le tatouage « La vie est un combat perdu » qu'il avait sur le torse. Une opération pénible qu'il n'oublierait pas de sitôt. Plus douloureuse encore fut la disparition de son père, car il ne put lui dire à quel point il regrettait tout le mal qu'il avait causé.

Quelques années plus tard, espérant profiter utilement des années qu'il lui restait, Jessie Ray devint pasteur comme son père et reprit sa charge dans une église de Birmingham.

Il ne plut pas tout de suite aux plus âgés des fidèles, habitués à la tradition biblique. D'autres se rappelaient ses errements et lui reprochaient ses sermons embrouillés. Mais en persévérant, Jessie Ray repéra plusieurs versets de la Bible qu'il inséra aux moments opportuns, et tout rentra dans l'ordre.

Son père avait été un baptiste pur sucre, alors que Jessie Ray ne préférait pas s'attacher à une confession en particulier.

La nouvelle se répandit que ses prêches étaient constructifs, pleins de bon sens, et bientôt il n'y eut pas assez de place dans sa petite église pour accueillir tout le monde, de sorte qu'il devait célébrer trois offices, à huit, neuf et onze heures.

Quand le grand supermarché Piggly Wiggly du vieux centre commercial Eastwood ferma ses portes, Jessie Ray saisit l'occasion et loua l'espace libéré. En trois ans, il le transforma en immense église, capable de rassembler cinq mille personnes. Et son office du dimanche rencontra un tel succès qu'il fut retransmis en direct sur WBRC-TV, juste après l'émission de Country Boy Eddie[1].

1. Émission de musique country du dimanche matin (Alabama).

Sain et sauf

BIRMINGHAM, ALABAMA

1982

Au téléphone, Opal Butts et sa grande amie Gladys Kilgore parlaient, comme elles en avaient l'habitude, de leur bonne vieille bande de Whistle Stop. Gladys était stupéfaite.

— Jessie Ray, pasteur ? C'est une blague ? Grady a dû l'arrêter au moins vingt fois pour état d'ivresse.

— Si, si. Quand son père a disparu, Jessie Ray a réussi à se faire consacrer pasteur et à récupérer sa paroisse. Au départ, les fidèles étaient un peu réticents, compte tenu de son casier judiciaire et tout ça, mais, avec le temps, il a plu à beaucoup d'autres. Tellement même qu'un beau jour, il n'y avait plus assez de sièges dans sa petite église pour accueillir tout le monde. Aujourd'hui, il prêche dans l'ancien bâtiment du Piggly Wiggly, à deux pas de chez moi.

— Tu me fais marcher !

— Pas du tout. J'y vais tous les dimanches. Ça fait un peu drôle de prier à l'endroit où j'achetais mes légumes, mais c'est un très bon pasteur, Gladys. Il trouve toujours le bon mot, prodigue de bons conseils, qui aident à vivre au jour le jour, et on se sent bien en repartant.

Gladys était encore sidérée en raccrochant. « Jessie Ray Scroggins ? Pasteur dans un Piggly Wiggly désaffecté ? » Après tout, cela pouvait être vrai. De telles histoires ne s'inventent pas.

Sobre depuis son retour de Floride, Jessie Ray avait littéralement changé de vie. Sa femme et ses enfants lui renouvelaient leur amour, son église était florissante, cependant, même après une longue période d'abstinence, on n'est jamais à l'abri d'une rechute.

Bizarrement assis dans un bar du quartier, il se rendit soudain compte qu'il était soûl et qu'il ferait mieux de rentrer chez lui au plus vite. Farfouillant dans sa poche, il mit la main sur ses clés de voiture et trébucha jusqu'à celle-ci, garée devant l'entrée. À quelques centaines de mètres de son domicile, même ivre comme il l'était, il sentit cette drôle de bosse sur laquelle il roula. Un ralentisseur, sans doute.

Le lendemain, la police frappait à sa porte et l'arrêtait pour homicide avec délit de fuite. En réalité, la « drôle de bosse » était un garçon de dix ans qu'il avait renversé et tué. Tandis que les agents lui passaient les menottes et l'entraînaient vers leur véhicule, Jessie Ray appela sa femme à la rescousse. « Au secours ! À l'aide ! » criait-il.

Baigné de sueur, le cœur battant, il se réveilla brusquement, s'assit dans son lit et, haletant, comprit qu'il venait de rêver. À voix basse, il répéta plusieurs fois : « Un cauchemar… Un cauchemar… Mais je n'ai rien bu ! Merci, mon Dieu ! Merci, Idgie, ce n'était qu'un mauvais rêve. »

En vitesse, il repoussa les couvertures, bondit hors du lit et courut à la cuisine prendre son épouse dans ses bras. Il était toujours sobre. Il n'avait pas écrasé de petit garçon. On ne l'emmènerait pas en prison.

Evelyn et Ruthie

Lors d'un premier contact, on se promet souvent de se revoir et on oublie. Evelyn et Ruthie, elles, n'oublièrent pas. Après s'être rencontrées à Birmingham où elles rendirent ensemble visite à Bud à l'hôpital, elles s'appelèrent au téléphone presque chaque jour. Ruthie revint quelquefois en Alabama passer le week-end avec Evelyn, et celle-ci prit souvent la route de Pine Mountain en Géorgie, à proximité d'Atlanta, pour déjeuner avec Ruthie. Comme de vieilles amies, elles finirent par tout se raconter.

Aujourd'hui, Ruthie parlait à Evelyn de sa fille Carolyn.

— Bien sûr que je l'aime, mais nous n'avons jamais été très proches. Certainement pas autant que je l'aurais souhaité. Elle est… eh bien, un peu superficielle. L'influence déplorable de Martha Lee, sans doute. Je reconnais que je suis déçue. J'ai fait des efforts, pourtant. Mais, quand nous nous retrouvons, elle ne parle que des robes qu'elle a portées à telle ou telle réception, ou des gens importants qu'on lui y a présentés.

» Brian, son mari, est très sympa, mais ils ne font rien d'autre à Washington que courir les mondanités. J'espère que leur mariage tiendra le coup, parce que, si Carolyn doit un jour être confrontée à la vie réelle, il y aura de quoi s'inquiéter. En revanche, mon fils Richard est très différent de sa sœur. Il a toujours eu une personnalité bien à lui. Quand il était petit et que je lui demandais ce qu'il souhaitait faire plus tard, il répondait : "Je ne sais pas, maman. La seule chose, c'est que je ne veux pas être malheureux."

— Ça, c'est intelligent. J'aurais aimé être comme lui. À son âge, je savais surtout ce que les autres voulaient *me* voir faire, dit Evelyn. Mes deux enfants, eux, avaient une idée précise de ce qu'ils désiraient et ils l'ont obtenu. Quant à moi, il a fallu que je rencontre Ninny pour me mettre à travailler, et j'avais déjà quarante-huit ans. Et vous, Ruthie, vous pensiez à quoi ?

— Vous allez rire si je vous le dis. C'est tellement bête.

— Mais non, je ne rirai pas.

— Eh bien, j'étais assez timide quand j'étais jeune fille. Et il y avait ce restaurant à Baltimore, où nous allions pour les grandes occasions. Lorsqu'on arrivait, une très belle femme, très chaleureuse, nous accueillait à la porte et nous accompagnait à une table.

— Comme un majordome, quoi ?

— Oui, on emploie peut-être un autre mot pour une femme. Toujours est-il qu'à l'époque, je trouvais ça merveilleux, comme métier. Être chaque soir bien habillée, savoir recevoir les clients, les mettre à l'aise. C'est idiot, hein ?

— Pas du tout. Moi, quand j'avais seize ans, je voulais devenir religieuse et je ne suis même pas catholique, se rappela Evelyn.

— Dieu du ciel ! Dans ce cas, j'aurais une sœur Evelyn devant moi ou, vous connaissant, la papesse Evelyn Ire !

Fairhope, Alabama

Noël 1997

De : DotWeems@hotmail.com

Salut la troupe !

J'espère que mon dernier e-mail est arrivé à bon port. Je ne suis toujours pas sûre que ça marche si bien, ce système. Évidemment, il faut toujours que j'appuie sur la mauvaise touche. À mon âge, toutes ces nouveautés me dépassent un peu.

Alors donc, une année de plus s'est écoulée et nous sommes toujours bien vivants. En forme, même. La grande nouvelle, c'est que nous avons eu la visite d'Opal Butts, il y a quelques mois. En route pour la Floride, elle est passée nous dire bonjour, pour notre plus grand plaisir. Elle est toujours aussi jolie ! Vous rappelez-vous qu'elle était notre Miss Whistle Stop en 1927, et qu'elle nous a représentés au concours de beauté Miss Alabama, la même année ? Nous étions tous allés l'encourager et je crois encore, à ce jour, qu'on lui a volé la victoire. Combien avez-vous connu de filles capables de faire des claquettes et de jouer des cuillères en même temps ? Peu importe qui était la gagnante, Opal restera notre Miss à nous.

À propos de beauté, elles ne vous manquent pas, nos bonnes vieilles vedettes de cinéma ? L'autre jour, on a revu *Confidences sur l'oreiller* sur Classic Movies. Ce qu'on a rigolé ! On a eu droit aussi à une série avec Ginger Rogers et Fred Astaire. On n'en fait plus, des comme ça. Je n'y mets pas de la mauvaise volonté, mais les stars d'aujourd'hui ne m'intéressent pas beaucoup. Je ne retiens pas leurs noms et elles se ressemblent toutes. Je ne suis sans doute pas la seule dans ce cas. Quand j'étais petite, ma mère ne jurait que par un certain Rudolph Valentino, la coqueluche du muet. Je me souviens de lui avoir demandé : « Qui c'est, ça ? » Voyez ce que je veux dire ?

En mai, il a fallu que j'emmène Wilbur aux urgences. Ce vieux nigaud était en train de donner à manger aux mouettes sur la jetée. Il leur tendait des crackers du bout des doigts, et l'une d'elles lui a mordu le nez à la place. Évidemment, il n'était pas beau à voir avec son pansement au milieu de la figure, mais enfin, ça s'est bien arrangé.

À propos de choses inattendues, j'ai eu une drôle de surprise chez le médecin, cette année. Son assistante a pris mon poids, puis ma taille, et elle m'indique que je mesure un mètre soixante. « Mais non, je lui ai dit, c'est un mètre soixante-deux, ça ne peut pas avoir changé ! » Alors elle a recommencé et elle avait raison. Bon sang, j'ai rapetissé ! Pas étonnant que mes pantalons soient trop longs. Au secours, je suis trop petite ! À ce rythme-là, je serai naine dans dix ans.

Allez, une note optimiste : saviez-vous que, si à soixante-quinze ans on est encore vivant, on a une chance supérieure à la moyenne de tenir jusqu'à quatre-vingt-dix ? Alors, continuons ! À la vitesse où progresse la médecine, et avec toutes ces prothèses qu'on peut nous mettre, nous serons bientôt éternels. Maintenant, cela en vaut-il la peine, c'est une autre question. Vous me donnerez votre avis.

Bien, ce sera tout pour cette fournée. Il paraît que cela n'est plus politiquement correct de souhaiter un joyeux Noël, mais je le fais quand même !

Bises à tous.

Votre fidèle plume,
Dot

Opal Butts

BIRMINGHAM, ALABAMA

1972

Opal avait trois sœurs, Ruby, Pearl et la cadette, Garnet. À l'évidence, leur mère avait eu un penchant pour les pierres précieuses[1]. Dès l'âge de dix-huit ans, Opal avait su qu'elle serait coiffeuse. Après avoir épousé Julian Threadgoode, elle avait transformé sa cuisine en minisalon. Une des raisons, sans doute, pour lesquelles ils avaient divorcé. Chaque fois qu'il rentrait chez lui, il trouvait au moins trois femmes dans la cuisine, et deux autres qui attendaient leur tour en bavardant dans la salle à manger. Pendant tout le week-end, des clientes entraient et sortaient constamment, ce qui le rendait fou. Finalement, il avait lancé un ultimatum à son épouse : c'était lui ou la coiffure. Opal avait choisi la seconde. Julian s'était installé en Floride, et elle avait ouvert un vrai salon à deux pas du café, qui ne désemplissait pas.

---

1. *Ruby, pearl, garnet* : rubis, perle, grenat.

En 1954, alors que Whistle Stop perdait ses habitants, elle avait dû fermer boutique et s'établir à Birmingham, où elle avait trouvé un travail dans un autre salon, au rez-de-chaussée d'un hôtel du centre-ville. Cela n'avait rien à voir. Elle avait jadis connu toutes ses clientes, alors que celles d'aujourd'hui ne venaient qu'une fois, à l'improviste. Et on ne lui demandait plus guère de permanentes.

De plus, elle avait été élue présidente du syndicat de copropriété de sa résidence, une fonction particulièrement stressante. Au point qu'elle s'était commandé un T-shirt avec l'inscription EMPÊCHEZ-MOI DE ME REPRÉSENTER. Son principal problème découlait du fait que les anciens occupants s'en allaient, remplacés par de jeunes célibataires qui adoraient faire la fête. L'été était arrivé et, chaque week-end, ils organisaient un barbecue autour de la piscine, passaient de la musique à plein volume, et auprès de qui allait-on se plaindre ? Opal, évidemment, qui en avait assez d'être réveillée la nuit, de se pencher à sa fenêtre pour demander aux joyeux drilles de baisser le son et de parler moins fort. S'ils obtempéraient de bonne grâce, cela ne durait qu'une heure, après quoi ils recommençaient. Elle était parfois obligée d'appeler la police pour obtenir le calme.

Le bruit n'était pas tout. Certes, ils s'amusaient innocemment, ces jeunes, mais toutes sortes de gens se joignaient à eux. Des gens qui sortaient de nulle part. Les résidents âgés s'inquiétaient que certains de ces inconnus viennent les cambrioler, et leurs craintes étaient justifiées. Les braquages et les vols à la portière étaient fréquents depuis un moment.

Un soir de la semaine passée, Opal avait travaillé tard. Un groupe d'excentriques à moitié soûles, fêtant l'enterrement de vie de jeune fille d'une amie, lui avait demandé de teindre leurs cheveux en rose, pour les assortir à leurs robes. Opal n'avait pas quitté le salon avant dix heures du soir.

Elle avait fermé la boutique et se dirigeait vers sa voiture lorsqu'elle avait remarqué un type, vêtu d'un long manteau, qui paraissait la suivre. Le parking était presque vide et, se rendant compte qu'elle était seule, Opal pressa le pas. Le type en fit autant derrière elle. À l'évidence, il ne lui voulait rien de bon. Seigneur, il allait l'agresser, lui voler sa voiture ou pire. En tout cas, il fallait réfléchir vite.

Arrivée à hauteur de son véhicule, elle glissa lentement une main dans son étui à ciseaux et brosses, en retira un fer à friser, se retourna brusquement et le braqua sur l'inconnu. D'une voix aussi grave et sonore que possible, elle le menaça :

— Un pas de plus, connard, et je tire.

Ce qui dut produire son effet, puisque l'homme recula et s'enfuit. En le regardant s'éloigner, elle se faisait penser à John

Wayne, ce qui n'était pas du tout désagréable. Ce salopard n'allait pas lui piquer ses pourboires, ni aujourd'hui ni demain. Elle travaillait assez dur pour les gagner.

Joyeux anniversaire, Bud !

ATLANTA, GÉORGIE

Pour fêter les quatre-vingt-cinq ans de son père, Ruthie invita Evelyn à dîner à Atlanta. Elle ne dit rien à Bud pour lui faire la surprise. Evelyn était ravie. Bud lui était très sympathique, et ce serait l'occasion d'évoquer le bon vieux temps à Whistle Stop. C'était comme retrouver tante Ninny.

Cet après-midi-là, Ruthie alla la chercher à l'aéroport, puis, lorsqu'elles entrèrent dans Caldwell Circle, Ruthie lui suggéra :

— Jette un coup d'œil à la grande maison, là. Y a-t-il quelqu'un derrière une fenêtre ?

— Pas pour l'instant, non.

— Regarde mieux.

Quand elles descendirent de voiture, une main poussa un rideau à l'étage et un visage apparut derrière la vitre.

— La voilà. À peine une seconde de retard, dit Ruthie avec un bref sourire.

Elle fit signe à Martha Lee, qui s'éloigna vite de la fenêtre.

— Qui est-ce ? demanda Evelyn.

— Ma belle-mère.

— Oh, je savais qu'elle n'habitait pas loin, mais tout de même pas aussi près. Tu l'as tout le temps sur le dos, alors ?

— Devant, derrière et de tous les côtés.

Ruthie ouvrit sa porte, elles entrèrent dans le vestibule et Ruthie s'arrêta devant le téléphone fixe, posé sur un guéridon.

— Une seconde, Evelyn.

Aussitôt le téléphone sonna. Ruthie hocha la tête et décrocha.

— Bonjour, Martha.

— Je vois qu'on a de la visite.

— En effet.

De sa main libre, Ruthie leva cinq doigts l'un après l'autre.

— Quelqu'un que je connais ? demanda sa belle-mère.

— Je ne crois pas, répondit Ruthie en souriant à Evelyn. C'est une de mes vieilles amies en Alabama.

— Ah, bon. Eh bien, je vous souhaite une bonne journée, conclut Martha Lee, qui raccrocha.

Ruthie leva les yeux au ciel.

— Désolée pour ce contretemps. Maintenant, mets-toi à l'aise, fais comme chez toi, dit-elle à Evelyn.

Celle-ci posa son sac de voyage, passa dans le salon, puis dans la salle à manger.

— Mais c'est très joli, chez toi, remarqua-t-elle. Ce jaune clair, sur les murs, est charmant. Il s'accorde parfaitement avec la couleur des fauteuils et des tapis. Tu as engagé un décorateur ?

— Non, non, je m'en suis occupée moi-même.

— Toute seule ?

— Mais oui. Il a quand même fallu que je me batte contre ma belle-mère pour qu'elle retire ses meubles antiques et poussiéreux, mais, Dieu merci, j'ai fini par avoir le dessus.

— Eh bien, bravo ! Moi, j'ai payé une ribambelle d'architectes d'intérieur.

— Je reconnais que ça a pris du temps. J'ai dû remplacer le papier peint et repenser entièrement l'éclairage.

— Le résultat est formidable. Tu as un certain talent, je trouve.

— Merci, Evelyn.

— Tu dois beaucoup recevoir.

— Pas vraiment, non. Brooks et moi invitions souvent nos amis, autrefois, mais ce sont pour l'ensemble des couples mariés, alors maintenant que je suis seule, ça n'est plus la même chose. Pourtant, c'était sympa, ces soirées.

Le soir venu, Ruthie déposa Evelyn au restaurant avant d'aller chercher son père à Briarwood. Bud avait pensé qu'ils dîneraient en tête à tête. Lorsqu'il entra dans le restaurant et découvrit Evelyn assise à une table, son regard s'éclaira.

— Ah, mais qui est là ! s'exclama-t-il. Ma copine Evelyn, quelle bonne surprise !

Ce fut une joyeuse soirée, pendant laquelle, comme prévu, ils évoquèrent le bon vieux temps.

— Evelyn, Ninny vous a-t-elle parlé du jour où tante Idgie a donné un coup de fusil au type qui voulait tuer son chat ?

— Oui.

— Et de celui où, avec ma mère, elles ont jeté tout le ravitaillement d'un train de l'État aux métayers dans la misère ?

— Oui, elle m'a raconté cette histoire aussi. Mais je veux bien l'entendre encore une fois.

Ruthie la connaissait par cœur, mais elle l'écouta avec plaisir. Elle était contente de voir son père si heureux.

Quand elles le raccompagnèrent à la maison de retraite, il se tourna vers Evelyn.

— Merci d'être venue pour mon anniversaire, lui dit-il. On recommence, l'année prochaine !

— Bien sûr. J'ai déjà coché la date dans mon agenda.

Il descendit de voiture et salua les deux femmes avec la main, devant la porte d'entrée.

Ruthie avait les larmes aux yeux en lui rendant son salut.

— Il est tellement seul que ça me brise le cœur, confia-t-elle à Evelyn. Mais il est courageux, ne se plaint jamais, se débrouille toujours pour être de bonne humeur. N'empêche, il a la nostalgie de son enfance à Whistle Stop, c'est pour ça qu'il a essayé d'y retourner.

— J'ai bien vu. Son visage s'illumine lorsqu'on aborde le sujet.

— Malheureusement, il n'y a plus rien là-bas. Et ça, je ne peux rien y faire.

— Triste, oui. Mais n'oublie pas, Ruthie, qu'il a la chance de t'avoir. Comme il le répète souvent, il ne pouvait avoir de fille plus merveilleuse que toi. Le gâteau que tu lui as commandé ce soir était superbe.

— Plutôt chouette, oui. Sauf les bougies... J'ai cru que le pauvre serveur n'arriverait pas à les allumer toutes.

— Bud a réussi à les souffler jusqu'à la dernière. Je me demande s'il a fait un vœu.

— D'en souffler une de plus, l'année prochaine, peut-être ?

— Dans ce cas, il se réalisera.

En effet, Bud avait fait un vœu, mais qui ne le concernait pas. Il avait souhaité que Ruthie rencontre un nouveau compagnon.

Dot Weems

FAIRHOPE, ALABAMA

Janvier 1988

À l'heure qu'il est, vous devez tous savoir que Big George est décédé. Alberta, sa fille, qui est chef de cuisine à Birmingham, nous a appelés pour annoncer la triste nouvelle. Il nous manquera. C'était le roi du barbecue et il s'en est servi jusqu'à la fin de sa vie, dit-elle.

Passons à quelque chose de plus gai. Wilbur et moi avons réveillonné au Club des Élans et j'ai gagné vingt-cinq dollars au loto. Une façon plutôt agréable de commencer la nouvelle année. Sauf que Wilbur a encore fait des siennes, et que j'additionne les cheveux blancs... Voilà l'histoire :

Les enfants de nos voisins ont reçu un énorme trampoline pour Noël, qu'ils ont installé dans leur jardin. Le lendemain matin, pendant que je lavais la vaisselle du petit déjeuner, j'ai jeté un coup d'œil à la fenêtre et qu'est-ce que je vois ? Mon Wilbur, en train de voltiger à deux mètres de hauteur ! Inutile de vous dire que le sang m'est monté à la tête. J'ai tout laissé en plan et j'ai couru dehors pour le prier de remettre pied à terre. Les hommes ! Non, ils ne grandissent jamais. Ce vieux nigaud risquait de se rompre les os. Paraît-il qu'il s'amusait beaucoup sur cette chose, eh bien pas moi ! Je serais veuve aujourd'hui si je n'étais pas intervenue. Franchement, je me demande ce qu'il va inventer, la prochaine fois. Enfin, voilà, il est invivable et je ne peux pas vivre sans lui. Mais ce n'est pas une raison pour frôler la crise cardiaque, tous les quatre matins. Donc, d'ici à l'année prochaine, ne prenez pas de risques inconsidérés. La vie est déjà assez courte et n'oubliez pas qu'il est toujours plus tard qu'on ne croit.

Votre fidèle plume,
Dot

Une aimable proposition

Ruthie était descendue à Birmingham retrouver Evelyn dans le même restaurant où elles avaient lié connaissance, environ un an plus tôt. Après avoir passé commande, Evelyn lui demanda des nouvelles de Bud.

— Il va comme d'habitude. Il me parle souvent de toi. Il est content qu'on soit copines.

— Moi aussi, dit Evelyn, qui eut soudain une idée et appela le serveur. Monsieur, pourriez-vous nous apporter une bonne bouteille de champagne, s'il vous plaît ?

— Du champagne ? s'étonna Ruthie. Il y a quelque chose à fêter ?

— Peut-être bien...

Le serveur revint avec la bouteille et remplit leurs verres.

— Ruthie, j'ai une proposition à te faire, déclara Evelyn.

— Oh ?

— Tu sais que je suis fille unique.

— Tu me l'as dit. Moi aussi.

— Et depuis ma plus tendre enfance, j'ai toujours eu envie d'avoir une sœur.

— De même.

— Alors... Ruthie Threadgoode, veux-tu être ma petite sœur ? Celle que je n'ai jamais eue.

Ruthie avait soudain les larmes aux yeux.

— Bien sûr. Et toi, Evelyn Couch, veux-tu être ma grande sœur ?

— Sans hésitation.

Evelyn leva son verre.

— Parfait. À la santé de ma nouvelle petite sœur.

À son tour, Ruthie leva le sien et ajouta :

— À la grande sœur de mes rêves.

Elles trinquèrent et, aussi émues l'une que l'autre, commencèrent à pleurer toutes les deux. Puis se mirent à rire presque aussitôt, pour essayer de masquer leur émotion.

Le serveur les entendit et, alerté, se précipita à leur table.

— Un problème, mesdames ?

— Non, tout va bien, répondit Evelyn qui, d'un geste maladroit, fit tomber son verre et renversa son champagne sur ses genoux.

Les deux femmes rirent encore plus fort, au point que les clients des autres tables se tournèrent tous vers elles.

Evelyn s'en aperçut.

— Hum, murmura-t-elle, on ferait mieux de se calmer, sinon ils vont nous apporter l'addition.

Ruthie reprit son sérieux et approuva :

— OK, frangine.

Mais, au bout d'un instant, elles repartirent d'un rire incontrôlable.

À la cuisine, le serveur les observait derrière le petit hublot qui donnait sur la salle.

— Ouh là, fit-il remarquer au chef, Mme Couch a une bonne descente, ce soir.

— Tant mieux, assura le chef. Qui dit bien boire dit bon pourboire.

Il avait raison. Evelyn laissa un billet de cent dollars, qui dépassait largement les attentes du garçon.

Moins une

WHISTLE STOP, ALABAMA

10 août 1935

Comme chaque été, le révérend Scroggins et le personnel de l'église baptiste s'étaient rendus à un séminaire d'études bibliques à Columbus, en Géorgie, le temps d'un week-end. Ruth, qui les accompagnait pour aider à servir les repas, avait emmené Buddy avec elle. En leur absence, Idgie avait demandé à Big George de préparer la barque pour pêcher le poisson-chat dans la rivière. Contrairement à Ruth, tous deux adoraient ça.

Ils étaient partis tôt le matin avec le matériel de pêche, un fusil et les deux sandwichs au bacon que Sipsey avait préparés pour chacun. Au bout d'une heure, ils avaient déjà six poissons-chats dans leur seau et Big George ramait lentement près de la rive, à un endroit où il était sûr d'en trouver d'autres, en train de se prélasser dans la vase.

Tandis qu'ils passaient sous une branche d'un grand arbre, ils entendirent soudain un bruit sourd en même temps qu'une secousse agitait la barque. Quelque chose de lourd était tombé, qu'Idgie ne voyait pas encore.

— Pas un geste, miss Idgie, dit Big George qui, doucement, s'emparait du fusil. Ne bougez pas d'un pouce !

Baissant la tête vers l'endroit qu'il regardait, elle aperçut au dernier moment l'énorme mocassin d'eau qui, la gueule ouverte, était prêt à la mordre. Aussitôt, Big George pressa la détente. La balle foudroya le serpent et fit un trou béant dans la coque, au travers de laquelle il disparut. Comme la barque coulait rapidement, Big George et Idgie durent nager jusqu'à la rive et se hisser à terre.

Big George avait détruit leur embarcation, mais sauvé la vie d'Idgie. Le mocassin d'eau est un serpent venimeux dont la morsure peut être mortelle. Si l'animal avait réussi à planter ses crochets dans une jambe d'Idgie, Big George n'aurait pas eu le temps de l'emmener à l'hôpital pour la faire soigner.

Ils étaient tous deux trempés en revenant vers leurs véhicules.

— De toute façon, je ne l'aimais pas beaucoup, cette vieille barque, dit Idgie.

— Tant mieux, fit Big George en riant, parce qu'elle est au fond de la rivière, maintenant. Avec tous les poissons qu'on a pêchés…

— C'est vrai. Je suis contente que tu saches bien tirer, quand même. N'importe qui d'autre m'aurait sectionné le pied.

— J'ai fait attention.

— Dis donc, il était vraiment gros, ce mocassin, hein ?

— Dans les trois kilos, oui.

La plupart des gens auraient perdu leurs moyens face à un serpent de cette taille. Heureusement, Big George n'avait pas peur des reptiles. Ce n'était pas le premier qu'il croisait sur son chemin. Il n'avait d'ailleurs pas peur de grand-chose. Un jour, il avait sauté dans un enclos à cochons pour secourir un gamin de trois ans qui y était tombé par accident. Un cochon mécontent peut devenir très agressif : Big George portait encore quelques cicatrices sur les bras pour le prouver.

Ils s'essuyèrent sommairement avec de vieux torchons, puis Big George monta dans sa camionnette et Idgie dans sa voiture. Avant de démarrer à sa suite, elle retira la bouteille de whisky qu'elle avait cachée sous son siège et en but plusieurs gorgées. Idgie était en état de choc : il s'en était fallu d'un cheveu. La vie était décidément imprévisible ; d'un instant à l'autre, tout pouvait s'arrêter.

Quand Ruth l'avait quittée, quelques années plus tôt, elle lui avait promis à son retour, sur la Bible, de ne plus jamais remettre les pieds à l'Amicale des Pêcheurs de Wagon Wheel. Mais Ruth était absente et ne rentrait de Columbus que le lendemain. Idgie n'avait aucune envie de suivre Big George jusqu'à Whistle Stop. L'Amicale se trouvait juste un peu plus loin, sur la même route. Il suffirait de ne boire qu'un verre. Un verre seulement, cela ne portait pas à conséquence ?

L'Amicale des Pêcheurs était un long bâtiment de bois, au perron décoré d'une guirlande d'ampoules bleues. On y était accueilli par une forte odeur de whisky, de bière rance, des rires et de la musique à plein volume. Idgie adorait cette atmosphère.

Un bac et de la litière

ATLANTA, GÉORGIE

2015

Ruthie lisait le journal du matin au petit déjeuner quand le téléphone sonna. Elle se demanda qui pouvait bien l'appeler aussi tôt. C'était son père, qui paraissait très animé.

— Salut, Ruthie. Tu ne devineras jamais ! J'ai un chat.

— Comment ?

— Un beau chat tigré roux. À poil long. Il me regarde, assis sur la table, pendant que je te parle.

— Un vrai chat ?

Bud s'esclaffa.

— Bien sûr que c'est un vrai.

— Qui te l'a donné ?

— Personne. Je me promenais dans le parc quand il est sorti des bois. Il m'a suivi jusqu'à ma chambre, j'ai ouvert la porte et il est entré avec moi.

— Enfin, papa, il doit appartenir à quelqu'un.

— J'ai vérifié. Il ne porte pas de collier et il est un peu hirsute, quand même. Non, c'est un chat errant, je suis sûr. Le pauvre, il mourait de faim. Il a mangé presque un poulet entier, hier soir. Incroyable, non ?

— Oui, mais tu n'as pas le droit de le garder à Briarwood.

— Je sais, mais ça ne fait rien. J'ai un chat, maintenant. S'il te plaît, ma chérie, quand tu viendras tout à l'heure, pourrais-tu m'apporter des boîtes pour lui, ainsi qu'un bac et de la litière ?

— Mais enfin, tu ne peux pas le garder, je te dis !

— Il est plutôt intelligent, comme chat. Je lui ai donné un nom : Virgil. À vue de nez, il doit faire dans les neuf kilos. Sans doute un croisé de maine coon[1]. C'est gourmand, ça ! Alors apporte-moi des croquettes aussi.

Ruthie raccrocha en se demandant comment réagir. Il n'était pas question que son père conserve cet animal. Pour commencer, Bud était trop âgé. Que ferait-on du chat quand il ne serait plus là ? Ensuite, il y avait le règlement. Bud savait très bien que les animaux de compagnie étaient exclus à Briarwood. Enfin, et c'était peut-être le plus important, il était susceptible de trébucher dessus en se levant au milieu de la nuit et de se… Le téléphone sonna de nouveau. C'était encore lui.

— Ruthie, tant que tu y seras, trouve-moi une brosse à chat. Il a besoin d'un bon coup de brosse, ce matou.

---

1. Chat américain à poil mi-long.

— Papa, écoute...

— Je t'embrasse, ciao.

Aïe aïe. Quelle attitude adopter ? Si Ruthie n'achetait pas de litière, le chat allait faire des saletés dans la chambre de son père. Et, tel qu'elle le connaissait, il convaincrait quelqu'un d'autre de lui procurer ce qu'il voulait. Le mieux était peut-être de se prêter au jeu un jour ou deux en espérant que personne ne s'aperçoive de rien. S'il s'agissait vraiment d'un chat errant, il ne tarderait pas à reprendre sa liberté.

Finalement, le vrai problème était de savoir comment apporter le bac et la litière à Briarwood sans se faire remarquer.

Par chance, après être passée chez Pet Smart, Ruthie réussit à entrer par une porte latérale de la maison de retraite et ne croisa personne. Arrivée chez son père, elle se précipita à l'intérieur dès qu'il ouvrit. Bud était ravi.

— Oh, merci, ma chérie. C'est vraiment très gentil.

Ruthie regarda autour d'elle.

— Où est le chat ?

— Il dort dans la chambre à coucher. Tu veux le voir ?

Elle l'accompagna dans l'autre pièce et aperçut une énorme masse de poils roux étendue sur le lit.

— Bon Dieu, papa, mais il a la taille d'un puma !

— Je sais. Formidable, hein ? Et il est adorable, Ruthie, il n'y a qu'à le caresser et il ronronne comme un chaton.

Bud le souleva.

— Tiens, prends-le, dit-il à sa fille. N'aie pas peur, il ne mord pas.

— Non, merci.

À peine eut-il rempli le bac de litière à la cuisine que Virgil sauta dans celui-ci, se mit à gratter et fit ses besoins. Pendant ce temps, Bud lui remplit une assiette qu'il posa à terre. L'animal n'en laissa pas une miette et se lissa les moustaches sous l'œil satisfait de son nouveau maître.

— Il n'est pas beau, mon chat ?

— Si, très beau. Seulement, il faudrait qu'on parle, maintenant.

Ils revinrent au salon, où les suivit Virgil, qui sauta sur les genoux de Bud et se mit à observer Ruthie.

— Tu vois comme il est mignon ?

— Très mignon, papa. Mais il ne peut pas rester ici. Si tu crois vraiment que c'est un chat abandonné, je peux l'emmener au refuge de Buckhead où je suis sûre que quelqu'un voudra l'adopter.

— Inutile. Je l'ai déjà adopté, et il le sait. Pas vrai, minou ?

Virgil leva la tête vers Bud et lui fit les yeux doux. À l'évidence, ce chat-là n'avait aucunement l'intention de reprendre sa liberté.

— Et puis, je ne peux pas m'en séparer. Tu te rappelles, Ruthie, tous ces gens qui passaient à la clinique pour me dire : « Docteur, il y a ce chien ou ce chat que j'ai trouvé devant ma porte et il ne veut plus s'en aller. Que dois-je faire ? » Je leur répondais : « Gardez-le.

Il vous a choisi. Les animaux sont plus intelligents qu'on ne croit. Sans vous en rendre compte, vous aviez sûrement envie d'un copain à quatre pattes. »

— Mais, papa, c'est une maison de retraite ici, il y a un règlement.

— Ça ne dérange pas Virgil. Il doit avoir douze ans, ce qui, en années-chat, correspond à mon âge. Donc il est bon pour la retraite. De toute façon, on a discuté un bon moment, hier soir, et il m'a dit : « Mon vieux Bud, on a besoin d'un endroit plus spacieux pour vivre, toi et moi. »

— Tu lui as répondu ?

— Que j'étais de son avis, forcément. Nous n'avons pas assez d'espace. Je vais demander qu'on nous installe dans un trois-pièces au rez-de-chaussée. Les chats aiment regarder par la fenêtre.

— Papa, tu tiens vraiment à ce qu'on te mette à la porte ?

Bud parut surpris.

— Pas du tout. Il nous faut un peu de place, c'est tout. N'est-ce pas, minou ? Ah, j'oubliais. Apporte-nous un griffoir, la prochaine fois. Et Virgil aimerait bien un arbre à chat aussi, quand on aura une pièce de plus.

Le chat bondit à terre et, d'un pas nonchalant, vint se frotter contre la jambe de Ruthie.

Bud était enchanté.

— Tu vois, Ruthie, il t'a adoptée, toi aussi.

Elle poussa un soupir et tendit le bras pour caresser Virgil.

— Quelle taille, l'arbre à chat ? demanda-t-elle.

— Oh, le plus grand possible.

En repartant chez elle, Ruthie se posa la question de savoir comment faire pour que le griffoir et l'arbre à chat échappent à la vigilance de M. Merris. Pauvre vieux Bud, il était vraiment fou de son Virgil. Elle aurait dû simplement le lui prendre et l'apporter à la Humane Society. Mais son père était si content. Et le chat si sympa. Oh là là, tout cela allait sans doute mal finir.

Avis d'expulsion

ATLANTA, GÉORGIE

Cette fille ne trompait personne. Grâce aux caméras de surveillance, M. Merris avait bien vu que Mme Caldwell tentait de cacher un arbre à chat sous son manteau. Il s'était attendu à quelque chose de ce genre. Plusieurs résidents avaient rapporté que des miaulements étouffés provenaient de l'appartement de M. Threadgoode.

S'il n'avait pas eu si peur de vexer Martha Lee, Merris aurait renvoyé Threadgoode des mois plus tôt, lorsqu'il avait disparu et attiré l'attention des médias. Et maintenant, ce pied de nez éhonté au règlement intérieur de la maison. « Cela n'est pas acceptable, marmonna-t-il. Le règlement, c'est le règlement. » Briarwood était grâce à lui un établissement bien géré et M. Threadgoode dépassait les bornes. Il fallait prendre les mesures qui s'imposent, avant que les autres résidents fassent des réclamations. « Je garderai la situation en main, quelles que soient les conséquences », conclut Merris.

Et si Martha Lee l'appelait pour se plaindre, il lui expliquerait que les services de l'hygiène ne lui avaient pas laissé le choix : Threadgoode devait être exclu.

Le tiroir à chaussettes

Bien sûr que le téléphone allait sonner, cependant Ruthie ne pouvait deviner quand. Elle répondit et, comme prévu, c'était évidemment M. Merris.

— Bonjour, madame Caldwell, comment allez-vous ?

— Très bien, et vous ?

— Bien aussi, je vous remercie. Je vous appelle à propos d'un petit problème, dit Merris.

— Ah bon ? fit-elle, le laissant venir au fait.

— Vous n'ignorez pas que le règlement interdit la présence d'animaux à Briarwood.

— Je sais, oui.

— Mais saviez-vous que votre père a recueilli un chat dans son appartement ?

Ruthie ne pouvait pas mentir. Deux semaines auparavant, elle avait apporté en douce le bac, la litière, les boîtes, etc.

— Euh…

— Dans ce cas, je vous l'apprends. Et malheureusement, une des femmes de ménage, qui n'était pas au courant, a ouvert un tiroir dans lequel le chat s'était caché. Il lui a sauté dessus et l'a violemment agressée.

— Ah bon ?

— Dans ces circonstances, vous comprendrez que, à notre grand regret, je vais devoir le faire évacuer.

— Qui ça, mon père ?

— Non, le chat. Si vous ne vous en occupez pas vous-même, le personnel s'en chargera et le portera là où votre père trouvera bon de l'emmener.

— Monsieur Merris, laissez-moi lui parler d'abord, s'il vous plaît. Nous aviserons ensuite.

De son côté, Bud attendait le coup de fil de sa fille. Il décrocha et entra aussitôt dans le vif du sujet.

— D'abord, Ruthie, de quel droit cette femme a-t-elle ouvert mon tiroir à chaussettes ? Ce qu'il contient ne la regarde pas. Évidemment, Virgil l'a prise pour un voleur. Il ne s'est pas laissé faire.

— Pourquoi était-il dans ce tiroir ?

— Pour dormir. C'est celui dans lequel il fait la sieste, la journée.

— Merris dit qu'il l'a sauvagement agressée.

— Bon Dieu, non ! J'ai tout vu. Virgil ne l'a même pas égratignée. Cette fille veut attirer l'attention sur elle, c'est tout.

— Peut-être, mais Merris a l'intention de le mettre dehors. On est bien avancés, hein ?

— Je réfléchis à une chose.

— Il ne vaudrait pas mieux que je l'emporte, ce chat ?

— Non, non... Pas tout de suite. Je te rappelle.

Ruthie se désolait en raccrochant. Son père avait eu l'air très mécontent. Bien sûr, il lui était toujours possible de recueillir Virgil chez elle, mais cela poserait de nouveaux problèmes. Martha Lee était allergique aux poils d'animaux, elle risquait un choc anaphylactique qui pouvait conduire à la mort. Dans ce cas, elle ne passerait plus la porte.

À y mieux penser, Ruthie se dit que l'idée n'était pas si mauvaise que ça.

Insoumission

L'après-midi suivant, en revenant de déjeuner, tous les résidents de Briarwood Manor trouvèrent un billet sous leur porte avec l'invitation suivante :

Mesdames et messieurs
Votre présence sera appréciée
lors d'une réunion importante
ce soir à l'auditorium
20 heures

Intrigués, ils se demandèrent de quoi il s'agissait. Après le dîner, ils gagnèrent lentement l'auditorium, où ils eurent la surprise de trouver Bud Threadgoode, assis sur l'estrade à côté d'une petite table, sur laquelle était posé un panier de transport pour animaux. Certains, au premier rang, purent distinguer dans celui-ci quelques belles touffes de poils roux.

Une fois que tout le monde fut installé, y compris M. Merris qu'on avait appelé chez lui au dernier moment pour l'informer de la réunion, Bud se leva.

— Mesdames et messieurs, bonsoir et merci d'être venus, leur dit-il. Vous devez être curieux de savoir pourquoi j'ai souhaité votre présence. Eh bien, il s'agit de réfléchir ensemble au litige qui oppose M. Virgil à l'établissement Briarwood Manor.

Bud tapota sur le panier et poursuivit.

— M. Virgil m'a prié d'intervenir en son nom, du fait qu'il comprend très bien l'anglais, mais ne le parle pas. Le problème est le suivant : il y a deux jours, M. Virgil a reçu un avis d'expulsion avec ordre d'évacuer les lieux dans un délai de soixante-douze heures, car il aurait violé l'article 246 du règlement de notre établissement, qui stipule : « Il est strictement interdit de nourrir et d'héberger un animal, quel qu'il soit, à l'intérieur de la résidence. » M. Virgil conteste vigoureusement la teneur de cet article, pour deux raisons principales. La première est que le droit à la propriété est un droit naturel, et la seconde, que l'article en question, institué en 1947, est aujourd'hui dépassé et paraît dénué de toute humanité.

» M. Virgil souhaite faire valoir qu'il est probablement le résident le plus calme de l'établissement, et aussi le plus propre. Il ne fume pas, ne boit pas, n'invite dans sa chambre aucune créature du sexe opposé, n'organise pas de fête ni de réception qui soit de nature à troubler la tranquillité de ses voisins. De plus, il estime que sa présence à Briarwood est bénéfique à tous. Pas plus tard que cette semaine, il a éliminé trois gros rongeurs, ce dont il veut bien fournir la preuve en soumettant leurs restes à votre approbation.

Bud souleva un petit sac en plastique, posé sur la table, et le reposa.

— Le même article interdit aux résidents de posséder ne serait-ce qu'un minuscule oiseau chanteur. M. Virgil et moi-même soutenons que, parmi tous les groupes d'âge, les séniors sont ceux qui profitent le plus d'un petit être bien vivant, qu'ils aiment et sur lequel ils puissent veiller. Il y en a tant, de ces animaux, à qui il manque un toit. Voilà pourquoi Virgil et moi sommes convaincus qu'il est temps de modifier cet article. Cela profiterait à toutes les parties concernées.

» Comme nous sommes actionnaires de la société Briarwood Manor, nous avons le pouvoir de le faire ensemble, à condition de réunir une majorité de votes. D'où ma question : combien parmi vous accepteraient que leur voisin héberge un petit animal, et combien seraient heureux qu'on leur donne un petit chat ?

Bud regarda la salle, dans laquelle plusieurs résidents levèrent la main simultanément. D'autres les imitèrent ensuite, peu à peu.

— Parfait, conclut-il, voyons maintenant de quelle façon…

Sans le laisser poursuivre, une dame debout au troisième rang demanda :

— Les lapins aussi, Bud ? Ça n'aboie pas et on peut leur apprendre la propreté.

Sa proposition suscita des murmures approbateurs.

Un homme au fond donna de la voix :

— Et les furets ? J'aime beaucoup les furets, moi !

M. Merris s'enfonçait dans son siège en gémissant. À la fin de la réunion, tandis que l'on attendait son tour devant l'estrade pour caresser Virgil, il ne se faisait plus d'illusions. Le surlendemain, quand le vote fut transmis au conseil d'administration, il était cuit.

De son côté, Bud savourait sa victoire.

— Mon bon Virgil, dit-il à celui-ci, je te félicite. Tu n'as pas l'air de t'en rendre compte, mais tu les as tous mis dans ta poche, sans même lever le petit doigt.

Au cours des mois suivants, cinq chatons et trois chats adultes trouvèrent refuge à Briarwood et un grand nombre de résidents se joignirent à la branche locale de la Humane Society pour soigner plusieurs chats, lapins et furets, en attente d'un foyer pour les recevoir. Ils recueillirent même un bébé chouette.

Et c'était plutôt agréable de longer les couloirs de la maison de retraite en entendant le joyeux gazouillement des oiseaux dans les chambres. Merris dut admettre que l'atmosphère était plus détendue, plus chaleureuse, chaque soir au repas. Les pensionnaires se montraient des photos de leurs nouveaux compagnons en racontant ce qu'ils avaient fait d'amusant ou d'inattendu dans la journée.

D'ailleurs, Merris lui-même se décida finalement à emmener Winnie, son teckel, au travail.

Un mois plus tard, Bud obtint le grand appartement qu'il désirait au rez-de-chaussée, doté d'une large fenêtre par laquelle Virgil pouvait regarder le parc.

— Tu sais, Ruthie, dit-il à sa fille, quand je reviens de promenade et que j'aperçois ces deux oreilles rousses qui m'attendent derrière la vitre, je respire le bonheur.

Le testament

Ruthie feuilletait un vieux *Veranda Magazine* en regrettant de n'avoir pas assez d'argent pour refaire son salon, quand son père l'appela.

— Bonjour, ma chérie.

— Quoi de neuf, aujourd'hui ?

— Eh bien, je vais modifier mon testament et il y a un point que je voudrais voir avec toi.

— Papa, je n'ai jamais envie de parler de ça. Ça me démoralise.

— Oui, bien sûr, mais écoute. Je n'ai pas d'inquiétude dans l'immédiat, seulement, s'il devait m'arriver quelque chose, il faut qu'on puisse s'occuper de Virgil.

— Ah.

— Donc, voilà ma question : est-ce que ça te dérangerait beaucoup si Lois en héritait ? Elle sait que je revois mon testament et elle m'a demandé le chat. Lois habite l'appartement en face, dans le couloir, et elle l'adore. Maintenant, si tu le veux pour toi, je lui dirai qu'il revient à ma fille.

— Non, non, ça va très bien. Laisse-le-lui, si elle y tient.

— Parfait. Virgil sera sans doute plus heureux de rester dans un endroit qu'il connaît. Et il aime bien Lois. Elle sera contente.

— C'était tout ?

— Non. Tu te rappelles que je te réservais une surprise, après ma mort ?

— Je n'ai pas oublié.

— Voilà, j'ai décidé de ne plus attendre et de t'en faire cadeau maintenant.

— De quoi s'agit-il ?

— Tu m'écoutes ?

— Oui.

— De la collection de grenouilles de ta mère. Tu as dû penser que je l'avais donnée quand on a déménagé, mais je l'avais conservée pour toi. Il y en a plus de deux cents. Je l'avais entreposée au garde-meuble et je vais te les faire envoyer. C'est une bonne surprise ?

— J'en reste sans voix.

En reposant son téléphone, Ruthie ressentit un léger soulagement. Bien sûr, s'il était arrivé un ennui à son père, elle se serait occupée de Virgil. Mais sans doute le chat se trouverait-il mieux chez Lois, la voisine. Tiens, mais qui était cette Lois ? se demanda-t-elle. Et comment savait-elle que Bud modifiait son testament ? Évidemment, c'était gentil de lui avoir gardé la collection de grenouilles. Ruthie regarda soudain la pièce autour d'elle. Où allait-elle les mettre ? Il y en avait plus de deux cents !

Hula-hoop

ATLANTA, GÉORGIE

Décembre 2015

Ruthie remonta dans sa voiture et se désinfecta aussitôt les mains avec le gel hydroalcoolique qu'elle conservait dans sa boîte à gants. Puis elle étudia sa coiffure dans le rétroviseur et poussa un soupir. Comme elle avait cru le remarquer, ses cheveux étaient plus courts d'un côté que de l'autre. Non seulement Tina avait raté sa coupe, mais, en plus, elle lui avait sûrement transmis la grippe. Juste avant Noël, pour ne rien arranger. Ruthie avait la tête sous le casque quand Tina, après l'avoir shampouinée et rincée, avait avoué être malade. Entre deux quintes de toux, elle avait lâché : « Désolée, j'ai la grippe, mais je suis venue travailler quand même. Je n'aime pas faire faux bond à mes clientes. » Ruthie avait passé l'heure suivante à retenir sa respiration.

De retour à Caldwell Circle, elle salua depuis l'allée les jardiniers de Martha Lee, qui ratissaient le jardin et disposaient des guirlandes sur les arbres.

En rentrant chez elle, elle s'aperçut que le voyant du répondeur clignotait et écouta le message qu'avait laissé sa fille. « Navrée, maman, je ne pourrai pas venir à Atlanta pour Noël. » Carolyn n'expliquait pas pourquoi. La raison importait peu, cependant Bud et Ruthie, une fois de plus, réveillonneraient tout seuls. Pour autant, fêter Thanksgiving chez Carolyn à Washington, l'année dernière, n'avait pas été une partie de plaisir. Chaque fois que Ruthie avait essayé d'aider à la cuisine, même de seulement faire la vaisselle, sa fille lui avait dit : « Non, maman, arrête. Va t'asseoir avec Martha Lee au salon et détends-toi. »

Richard avait choisi un tout autre chemin que sa sœur. Il n'avait pas voulu faire carrière dans les affaires, au grand dam de son père qui avait espéré le voir reprendre les rênes de l'entreprise familiale. Avec son amie Dotsie, il vivait de manière presque autonome, près d'une petite ville du sud de l'Oregon. Pas d'abonnement au gaz ou à l'électricité, ils étaient véganes, fous de vélo et faisaient pousser du chou frisé.

L'été dernier, quand Ruthie leur avait rendu visite dans leur fermette, elle avait cru mourir de faim. Richard et Dotsie étaient franchement adorables, mais elle ne raffolait pas du chou frisé. Au bout d'une semaine, elle aurait donné n'importe quoi pour un bon vieux cheeseburger.

Cela étant, ils paraissaient très heureux. Carolyn, qui appréciait Washington et ses mondanités, flottait carrément sur un nuage. Chacun à sa façon, les deux enfants de Ruthie aimaient la vie qu'ils menaient. Ruthie était la seule des trois à traverser une mauvaise passe.

Elle s'était récemment demandé si, par comparaison, ils ne renforçaient pas le sentiment de vide qu'elle éprouvait. Peut-être avait-elle besoin de sortir de ses murs, de ne pas subir le même milieu social, la même routine jusqu'à la fin de ses jours. Bon Dieu, elle qui avait abordé l'âge adulte, pleine d'espoirs et d'ambitions, comment avait-elle pu en arriver là ? Elle monta dans sa chambre à l'étage et se coucha en attendant les premiers effets de la grippe.

Quelques heures plus tard, elle allait se relever quand elle entendit le téléphone. Evelyn l'appelait depuis Birmingham.

— Salut. Je te dérange ?

— Je suis au lit et mal coiffée. Tu vas bien ?

— Je m'ennuie.

— Moi aussi. Comme un rat mort.

— Bon, il faut faire quelque chose. J'ai une idée à te proposer. Si tu descendais à Birmingham, ce week-end ?

— Avec plaisir. Mais pas un mot sur ma coiffure.

— Promis. Envoie-moi un SMS avec ton heure d'arrivée.

Ce coup de fil tombait à pic. À l'idée de changer de cadre, ne serait-ce qu'un week-end, Ruthie se sentait déjà beaucoup mieux. En compagnie d'Evelyn, elle ne voyait pas le temps passer. Qu'allait-elle lui proposer ? Un autre voyage ? Evelyn avait organisé le précédent. Au mois de mai, elle avait emmené Ruthie en croisière à Hawaï et c'était merveilleux. Sur le bateau, elles avaient pris des leçons de hula-hoop. Ruthie avait constaté que son amie, malgré ses quelques années de plus, démontrait une grande souplesse. Elle lui avait fait part de son étonnement.

— Je sais encore rouler des hanches ! avait dit Evelyn en riant.

Quel plaisir cela avait été d'oublier Caldwell Circle et Martha Lee. Un soir, alors qu'elles buvaient des piña coladas au bord de la piscine, Ruthie avait eu comme une révélation.

— Evelyn, je crois que tu es ma Ninny Threadgoode.

— Moi ?

— Je broyais du noir, pour changer, et soudain tu m'appelles, et me voilà au large sur un beau bateau et mes soucis ont disparu.

— Tant mieux. De plus, sans elle, je ne vous aurais jamais rencontrés, toi et ton père. Et Virgil non plus.

Evelyn leva son verre.

— À la santé de Ninny.

— D'accord ! À la tienne, Ninny, où que tu sois !

Elles avaient trinqué.

Quand, au même moment, l'orchestre hawaïen avait joué les premières notes de *Lovely Hula Hands*[1], Evelyn s'était tournée vers Ruth.

---

1. « Tes jolies mains qui dansent », Robert Alexander Anderson (1940). Le *hula* est une danse hawaïenne qui comporte beaucoup de mouvements de mains.

— M'accorderas-tu cette danse ?

— Mais oui. On ne vit qu'une fois, n'est-ce pas ?

— Peut-être deux, avec de la chance...

Tandis que, sur la piste, elles exécutaient les pas appris dans l'après-midi, un homme assis à une table proche avait chuchoté à son épouse :

— Regarde ces deux femmes, Erma. Elle a beaucoup de grâce, celle qui est un peu forte.

Jamais le temps

Kissimmee, Floride

1989

Idgie avait maintes fois promis de rendre visite à Bud et Peggy dans le Maryland, mais ne l'avait jamais fait. Après la mort de Julian, elle était seule à entretenir les orangeraies et à s'occuper de sa boutique de miel et fruits, ce qui ne lui laissait pas beaucoup de temps.

Elle avait même exercé des fonctions officielles. Pendant des années, elle avait écouté et conseillé ses voisins, qui avaient fini par l'appeler affectueusement « la patronne ». Jusqu'au jour où, évidemment, ils l'avaient élue maire – la première femme maire de Kissimmee. À l'époque, la chose n'était pas passée inaperçue, et le *Miami Herald* avait envoyé un de ses reporters pour l'interviewer. Idgie, facétieuse comme à son habitude, avait insisté pour qu'il la photographie avec deux vieilles chèvres de Julian, qu'elle lui avait présentées comme les doyennes du conseil municipal.

De leur côté, Bud et Peggy avaient souvent cherché une occasion d'aller la voir, mais le travail à la clinique les accaparait et, après la naissance de Ruthie, ils s'étaient surtout consacrés à celle-ci. Bud se reprocherait toujours d'avoir négligé Idgie. Elle l'avait élevé, elle avait financé ses études, elle l'avait soutenu toute sa vie. Peggy et lui avaient pensé à prendre leur retraite en Floride. Ils auraient racheté la maison de Julian ou une autre à côté. Ensemble, ils seraient allés à la pêche, ils auraient fait de longues promenades dans les bois et, comme à Whistle Stop, se seraient beaucoup amusés. Le destin en avait décidé autrement.

Lorsqu'elle tomba gravement malade, Idgie préféra ne pas les informer, car ils auraient tout laissé en plan pour descendre en Floride. Comme elle, ils avaient cru avoir le temps et ils s'étaient trompés. Idgie continua à tenir sa boutique jusqu'à ce que, perdant ses forces et son autonomie, elle fût placée dans une maison de santé à proximité de chez elle. Chaque jour, jusqu'à la fin, les visiteurs affluèrent dans sa chambre, amis et membres des AA.

Un beau matin, le médecin suggéra à Helen, l'aide-soignante qui veillait sur elle, que le moment était venu d'informer les parents d'Idgie qu'elle n'en avait plus pour très longtemps. Helen se réfugia dans la salle de bains et fondit en larmes. En quelques semaines à peine, elle s'était beaucoup attachée à la vieille femme. Après avoir pleuré tout son soûl, elle se ressaisit et entra dans la chambre d'Idgie.

Celle-ci l'accueillit avec un pâle sourire.

— Bonjour, ma belle, lui dit-elle, tandis que Helen mettait un peu d'ordre et arrangeait les fleurs dans les vases.

— Idgie, le médecin pense qu'il faut téléphoner à Bud pour lui apprendre où vous êtes.

Affolée, Idgie se redressa dans son lit avec difficulté.

— Non, non ! Promettez-moi de ne pas le faire !

— Vous ne croyez pas qu'il doit être mis au courant ?

— Bud est très occupé et il n'a pas besoin de courir pour me voir dans cet état. Je n'ai que la peau sur les os et il sera bouleversé. Vous me promettez de ne pas l'appeler ?

— Comme... vous voulez.

— Oui. De toute façon, je suis prête à frapper chez saint Pierre.

Idgie fit un clin d'œil à l'aide-soignante.

— À moins, bien sûr, qu'on m'envoie directement en enfer. Cela ne m'inquiète pas. Il ne pourra pas y faire plus chaud qu'au mois d'août en Floride.

Selon le personnel de la maison de santé, Idgie s'éteignit paisiblement. Helen finit par téléphoner à Bud et lui expliqua pourquoi elle ne l'avait pas fait plus tôt. Bien que très attristé, il comprit. Idgie voulait les épargner, elle comme lui. Son testament stipulait qu'il hériterait de tous ses biens, et donc ses sentiments à son égard n'avaient pas changé. Elle avait préféré s'éclipser sans un mot. Elle souhaitait seulement qu'on la ramène à Whistle

Stop pour être enterrée, sans cérémonie, près de Ruth et du reste de sa famille.

IMOGENE « IDGIE » THREADGOODE
1908-1989
SE REPOSE TRANQUILLEMENT...

Une autre proposition

Birmingham, Alabama

Ruthie arriva chez Evelyn à l'heure du déjeuner. Elles s'embrassèrent, prirent chacune de leurs nouvelles, et Ruthie ne put résister :

— Bon alors, quelle est cette idée dont tu voulais me parler ?

Evelyn sourit.

— J'y réfléchis depuis un petit moment.

— Mais encore ?

— J'ai pensé à nos situations respectives. Je suis veuve et toi aussi.

— Triste, mais vrai.

— Crois-tu que tu te marieras de nouveau, Ruthie ?

— Sans doute pas. Je ne retrouverai jamais personne qui ait les qualités de Brooks. Il n'y en avait qu'un comme lui. Et toi ?

— Non, je suis bien comme je suis. De plus, les hommes de mon âge cherchent des femmes plus jeunes, ou alors ils ont envie qu'on les materne.

— Il y a de ça.

— Alors, qu'allons-nous faire jusqu'à la fin de nos jours ?

Ruthie regarda son amie.

— En voilà une question. Je n'en sais strictement rien.

— Tiens, tiens. D'où ma petite idée. Finis ton thé et en voiture !

En route, Evelyn affichait un grand sourire qui ne fit qu'attiser la curiosité de Ruthie. Celle-ci ne connaissait pas encore assez Birmingham pour deviner où elles se dirigeaient. Elles avaient quitté le centre-ville et bifurquaient souvent.

— Où m'emmènes-tu ? On ne retourne pas en Géorgie, quand même ?

Evelyn écoutait la voix de son GPS, qui lui indiquait la direction à suivre. Elle tourna soudain à gauche et s'engagea dans une étroite route non goudronnée, apparemment assez longue. Elle s'arrêta finalement près d'une voie de chemin de fer et coupa le moteur.

— Nous sommes arrivées, annonça-t-elle.

Ruthie regarda autour d'elle. Il n'y avait rien à voir, sinon des amas de détritus et quelques vieilles bâtisses, couvertes de vigne vierge.

— Ça, je m'en doutais, mais où ?

— Descends que je te montre.

Ruthie obéit et Evelyn déclara :

— Bienvenue à Whistle Stop !

— Hein ? Tu plaisantes ? C'est ça, Whistle Stop ? Oh, mon Dieu ! Tu es sûre ?

— Certaine. Je viens de racheter les lieux.

— Non ?

— Si, je suis la nouvelle propriétaire.

Ruthie regarda à nouveau les ordures et les mauvaises herbes.

— Mais pour quoi faire ?

— Eh bien, nous cherchions justement quelque chose à faire, toi et moi. Alors nous allons rouvrir le Whistle Stop Café, et peut-être même restaurer toute la ville. Il ne serait pas content, Bud ?

— Oh, il serait ravi ! Mais comment allons-nous procéder ? Tout tombe en ruine ou presque.

— Facile. J'ai embauché un maître d'œuvre, qui va récupérer les plans à l'office d'urbanisme du comté. On restaurera les bâtiments qui peuvent l'être, et on reconstruira les autres à l'aide des plans originaux.

— Vraiment ?

— Mais oui. Alors qu'en penses-tu ? On va bien s'amuser. C'est un projet d'envergure, mais on devrait y arriver.

— Enfin, Evelyn, cela demande beaucoup d'argent !

Celle-ci balaya la remarque d'un revers de la main.

— Bah, de l'argent, j'en ai. Mieux vaut l'investir dans quelque chose d'utile plutôt que le laisser dormir à la banque.

— Tu es sûre de toi ?

— Absolument. Et avec tes talents de décoratrice, tu sauras redonner à l'ensemble l'aspect qu'il avait autrefois, en plus propre, plus joli.

— Tu crois que j'en suis capable ?

— Je n'en doute pas une seconde. Pour l'instant, on est au milieu de nulle part, mais lorsqu'on aura réaménagé les voies d'accès, on attirera du monde. D'ici quelques années, on aura toute une ville, avec des maisons et des appartements neufs.

Ruthie regardait son amie avec de grands yeux.

— Evelyn, tu ne cesseras jamais de m'étonner.

— Évidemment, il va falloir que tu t'installes à Birmingham, au moins pendant un an. Cela pose un problème ?

— Aucun.

Et donc, cet après-midi-là marqua le début du « Projet de restauration de Whistle Stop ».

Le lendemain matin, alors qu'elles consultaient les plans chez le maître d'œuvre d'Evelyn, Ruthie déclarait, enthousiaste :

— Ce sera vraiment formidable pour papa. Il avait tellement envie de retourner à Whistle Stop, où il n'y avait plus rien. Il a même failli y laisser la vie. Ce qu'il sera heureux en voyant le café, et peut-être la ville entière à nouveau devant lui !

— Ça, il risque d'être étonné, dit Evelyn.

Ruthie poussa un soupir de soulagement.

— Moi qui cherchais un moyen de lui faire plaisir. Vu l'âge qu'il a, il n'y a pas de temps à perdre. Grâce à toi, son désir va se réaliser. Je ne peux imaginer de plus beau cadeau à lui offrir.

— D'accord, mais gardons le secret jusqu'à ce que tout soit nettoyé, au moins. Il faut que ce soit une *belle* surprise. Et, ce jour-là, on l'emmènera.

Nulle part ailleurs

Une femme complexée par son poids qui, avec presque rien, se lance dans les affaires et finit multimillionnaire ? Cela ne se voit qu'en Amérique. Avant toute autre chose, une telle femme se préoccupe ensuite de placer son argent de la meilleure façon possible. À la vitesse où Birmingham poursuivait son développement, Evelyn avait compris que la plupart des biens fonciers situés en périphérie lui assureraient un bon retour sur investissement. D'année en année, elle avait acquis des parcelles de terrain nues qui avaient été transformées en centres commerciaux et en complexes de bureaux.

Le mois dernier, Ted Campbell, son agent immobilier, l'avait appelée pour la prévenir qu'il avait trouvé une vingtaine d'hectares à vendre, à proximité de Birmingham, et qu'elle ferait bien d'y jeter un coup d'œil. Il savait qu'elle aimait les friches et les vues dégagées.

Le lendemain, elle contemplait avec lui les voies ferrées qui s'étendaient jusqu'à l'horizon et elle eut le coup de cœur. L'endroit lui plaisait et, dès qu'ils s'étaient engagés sur le chemin de terre qui longeait les rails, elle s'était rendu compte qu'il ne lui était pas tout à fait inconnu. Evelyn donna sans hésiter le feu vert à Campbell.

Ninny Threadgoode lui avait souvent fait part de son vif attachement pour Whistle Stop. Elle aurait sûrement été ravie qu'Evelyn sauve sa petite ville de la ruine. De plus, le prix demandé était parfaitement raisonnable. Non seulement on lui cédait les terrains, mais aussi le cimetière et les quelques bâtisses encore debout. À ce prix-là, il aurait fallu être fou pour ne pas sauter sur l'occasion !

Déjeuner avec Bud

ATLANTA, GÉORGIE

Aussitôt rentrée à Atlanta, Ruthie téléphona à son père pour l'inviter à déjeuner dans son restaurant préféré. Il en était à sa deuxième assiette de haricots noirs lorsqu'elle lui posa la question.

— Papa, cela t'embêterait terriblement si je m'installais à Birmingham, un petit moment ?

Il parut surpris.

— À Birmingham ?

— Oui. Écoute, Evelyn me propose de travailler avec elle sur un projet intéressant. Mais cela implique que je m'absente très souvent.

— Ah bon ?

— De toute façon, je reviendrais te voir chaque semaine. J'ai pensé que, maintenant que tu as Virgil et ton amie Lucy...

— Lois.

— Lois, pardon. Enfin, que cela ne serait pas si grave. Et puis, Birmingham n'est pas le bout du monde, et...

— Chérie, la coupa Bud, tu dois faire ce qui t'intéresse. Ne t'inquiète pas pour moi, je m'en sortirai très bien. J'ai la plus haute estime pour ton amie Evelyn. Qu'est-ce que c'est, ce projet ?

— Oh, un site qu'elle voudrait aménager. Elle me prend comme décoratrice. Je t'en parlerai plus longuement, la prochaine fois. Elle me loge dans la petite maison de son jardin. Alors, c'est d'accord ?

— Bien sûr. Je suis content pour toi, ma jolie. Je ne voulais pas te le dire, mais je n'ai pas l'impression que tu t'amuses beaucoup, depuis un moment. Changer de décor te fera du bien.

— Je le crois aussi. Et c'est vraiment intéressant.

— Une bonne nouvelle, donc. Il faut fêter ça ! Si on prenait de la tarte au citron, au dessert ?

— Va pour la tarte au citron.

— Et une tranche de gâteau à la noix de coco ?

— Soyons fous !

Ruthie raccompagna son père à Briarwood. Lorsqu'ils arrivèrent dans sa chambre, il lui proposa soudain :

— Tu veux que je te présente Lois ? Elle aimerait beaucoup te rencontrer.

— Avec plaisir.

— Ne bouge pas, je vais la chercher.

Quelques minutes plus tard, il revenait avec sa voisine. Ruthie, surprise, découvrit une vieille dame charmante qui portait un tailleur du dernier chic et le plus joli collier de perles qu'elle ait jamais vu. Sans oublier la bague qu'elle avait au doigt, sertie d'un diamant gros comme un œuf de caille.

— Ah, Ruthie ! s'exclama Lois. Depuis le temps que j'entends parler de vous, je me réjouis de faire votre connaissance.

Lorsque, rentrée chez elle, Ruthie réfléchit à son départ imminent pour Birmingham, il lui apparut que l'aventure dans laquelle elle s'embarquait durerait probablement plus d'un an. Peut-être même deux. Dans ce cas, pourquoi laisser la maison d'Atlanta complètement vide, avec les charges et l'entretien à payer ? Ruthie avait suffisamment de dettes comme ça. De plus, cette maison était bien trop grande pour une seule personne. Sans doute le moment était-il venu de la vendre et de penser à louer un petit appartement, plus près de Briarwood et de son père. Une décision difficile à prendre tant on s'attache parfois aux lieux et à ce qu'ils représentent. D'un autre côté, si elle ne la prenait pas maintenant, elle ne le ferait jamais. Ruthie ferma les yeux et trancha en faveur de l'avenir, avec ses aléas. Il fallait franchir le pas, se dit-elle. « Whistle Stop, me voilà ! »

Lorsqu'elle fit part de ses intentions à ses enfants, Richard trouva l'idée excellente, contrairement à Carolyn qui rentra dans une fureur noire. Plusieurs jours de suite, Ruthie reçut des coups de fil hystériques de sa fille à Washington.

— C'est notre maison de famille, maman, tu n'as pas le droit de la vendre ! Où est-ce que je dormirai, moi, quand je viendrai te voir à Atlanta ?

— Eh bien, chez ta grand-mère, comme d'habitude…

— Mais je veux pouvoir te rendre visite à Caldwell Circle ! Et que vas-tu faire, une année entière, en Alabama ? Et qui veillera sur grand-père ?

— On s'occupe très bien de lui à Briarwood et Birmingham n'est pas si loin. S'il arrive quelque chose, je suis là en deux heures.

— Je ne tiens pas à ce que des inconnus habitent chez nous.

— J'ai confié la vente à l'agent immobilier de Martha Lee. Elle s'assurera que ce n'en soit pas. Ta grand-mère dit que les Vaughan, des amis de son club, sont intéressés. Tu les as sûrement rencontrés.

— En tout cas, si papa était encore vivant, il ne serait vraiment pas content.

Ruthie pensait exactement le contraire. Tel qu'elle l'avait connu, Brooks la féliciterait plutôt d'aller de l'avant.

Whistle Stop

PREMIÈRE PHASE : NETTOYAGE

Pendant que Ruthie repartait à Atlanta, Evelyn achevait le montage financier du projet, commençait à planifier les travaux et engageait une équipe de nettoyage. Celle-ci fut chargée de déblayer les détritus amassés au fil des ans, de retirer la vigne vierge qui recouvrait les bâtiments et de commencer à inspecter ceux-ci. Les hommes furent étonnés par ce qu'ils découvrirent. Le salon de coiffure d'Opal Butts était pratiquement intact. Les casques sèche-cheveux se dressaient toujours sur leurs pieds et, sur les étagères, il restait des flacons de shampooing et des colorations inutilisées.

Malheureusement, le café avait été dévalisé pour une bonne part. Le comptoir, les banquettes étaient toujours là, ainsi que quelques tables et chaises, et c'était tout. En revanche, Ruthie et Evelyn furent soulagées d'apprendre que la structure de plusieurs maisons voisines paraissait encore saine.

La première semaine, l'équipe dégagea les broussailles autour de la vieille remise en bois à l'arrière du café. Evelyn et Ruthie se rendirent sur place pour examiner ce qu'elle contenait. À l'intérieur étaient entreposés un vieux piano droit, une grande tête de cerf empaillée et l'ancienne porte-moustiquaire du café, avec l'inscription « Beignets de tomates vertes » peinte sur le devant. Mais aussi, empilés dans un coin, des cartons pleins de boules, guirlandes et diverses décorations de Noël. Un autre renfermait un costume de père Noël, bourré de naphtaline, des paquets de chewing-gums Juicy Fruit, du tabac à chiquer Red Man, un calendrier de l'année 1930 et une boîte de cigares vide.

Pour le plus grand plaisir de Ruthie, le dernier carton recélait un trésor : une vingtaine de photos encadrées, soigneusement enveloppées dans une couverture. L'une d'elles représentait Idgie, Ruth et le petit Buddy, ensemble devant le café. Buddy, âgé d'environ cinq ans, portait une barboteuse et des sandalettes blanches en cuir. Sipsey et Big George posaient sur nombre de photos. Il y en avait une de Ninny et son mari Cleo, qui souriaient entourés de Julian et d'Idgie. Tout cela faisait un heureux voyage dans le temps. Enfin, Evelyn déballa le portrait d'une poupée ventriloque, avec une note manuscrite : « À Buddy. Amitiés, Chester. »

— Qui est ce Chester ? demanda-t-elle.

— Aucune idée, répondit Ruthie.

— Moi non plus. En tout cas, dès que le café sera repeint, on raccrochera ces cadres aux murs, à l'endroit où ils devaient se trouver.

Ruthie était enchantée. Elle souhaitait que, malgré la restauration, le café paraisse aussi authentique que possible et donc chaque élément lui serait utile : la tête de cerf, le piano, les boules et les guirlandes, peut-être même le vieux costume de père Noël.

Quand l'équipe de nettoyage eut rempli sa mission, elle avait retiré cinq tonnes de détritus, ainsi que des épaves de voitures et de camions. Débarrassé de tout cela, le site avait franchement meilleure allure.

Quelques semaines plus tard, les maisons furent traitées contre les termites. Les gros travaux allaient pouvoir commencer : aménagement des routes goudronnées et raccordement aux égouts. Puis l'on construirait de nouveaux bâtiments, dès que les permis de construire seraient délivrés. Selon le maître d'œuvre, ils devaient arriver d'un jour à l'autre.

En attendant, Evelyn et Ruthie avaient quelques jours de battement. Ruthie avait pensé en profiter pour emmener son père à Whistle Stop et le mettre au courant de leur projet. La première phase, qui s'achevait, coïncidait avec sa date d'anniversaire. C'était parfait. Elle avait hâte de lui faire la surprise.

23andMe[1]

Atlanta, Géorgie

2016

Martha Lee Caldwell avait eu l'impression qu'un mur de briques lui tombait sur la tête. Ce qu'elle venait d'apprendre était absolument catastrophique. Abasourdie, elle s'était allongée sur un divan, rideaux tirés et toutes lumières éteintes, et n'osait plus remuer, ne serait-ce que le petit doigt. Sa vie ne valait plus la peine d'être vécue. À quoi bon continuer ? Immobile, elle écoutait son cœur qui s'entêtait à battre la chamade et se demandait si elle aurait le courage de mettre fin à ses jours.

Moins d'une demi-heure plus tôt, elle avait reçu les résultats de son test ADN. Celui-ci révélait qu'elle était d'origine anglaise à soixante-dix pour cent, irlandaise à deux pour cent, et chinoise à vingt-huit pour cent. Gerta, sa secrétaire particulière, avait fait des recherches supplémentaires et découvert que,

1. Société américaine proposant aux particuliers une étude généalogique fondée sur leur ADN.

malheureusement, Martha ne descendait pas du duc Edmond James Lee, mais d'un horticulteur chinois, dénommé Henry Wong Lee, qui avait été responsable de ses jardins. Le portrait accroché dans le salon, qu'elle avait montré à tous ses amis d'Atlanta, était celui d'une parfaite étrangère.

À la lecture des résultats, Martha Lee avait tout juste trouvé la force de saisir la clochette en argent posée sur la table. Gerta avait perçu son léger tintement et traversé le couloir en courant pour rejoindre la bibliothèque.

— Madame Caldwell, vous ne vous sentez pas bien ?

Martha Lee l'avait regardée avant de lâcher d'un ton grave :

— Non, mon amie. Je suis anéantie. Faites-moi porter un grand verre de gin glacé et un revolver.

— Un revolver ? Mais vous n'y pensez pas, madame Caldwell. C'est trop dangereux, vous pourriez vous blesser.

— Bon, d'accord, fit Martha Lee en soupirant. Le verre de gin seulement.

En fin de compte, elle réussit à tenir quelques semaines sans attenter à ses jours. Et voilà qu'aujourd'hui naissait un vague espoir que tout ne soit pas perdu. Gerta étudiait frénétiquement l'histoire des dynasties chinoises, dans le but de trouver une lointaine parenté entre les Wong ou les Lee et les anciens empereurs mandchous. Peut-être même allait-elle découvrir un lien direct avec l'impératrice douairière Cixi !

Après s'être remise de ses émotions, Martha Lee finit par considérer que cette lignée inattendue n'était pas si absurde que ça. Elle avait toujours eu un faible pour les arts orientaux, les meubles, les tapisseries, etc. Et elle possédait la plus grande collection de vases Ming de toute la Géorgie. Quant à descendre d'une impératrice douairière… eh, ce n'était pas si mal !

— Il faut savoir écouter ses gènes, non ? confia-t-elle à Gerta.

— Certainement, répondit sa secrétaire qui, d'origine allemande à quatre-vingt-dix-huit pour cent, avait un goût marqué pour la bière.

Un mois plus tard, Martha Lee relevait tout juste la tête quand le destin frappa de nouveau. Le notaire de la famille, qui gérait ses affaires depuis la mort de son mari, vint l'informer qu'elle était à court d'argent et n'avait plus les moyens de garder sa maison. Il ne manquait plus que ça !

— Combien de temps ai-je devant moi ? lui demanda-t-elle.

— Au maximum six mois.

Il étudia un instant la pièce et suggéra :

— Bien sûr, vous avez de quoi repousser un peu l'échéance, si vous le désirez.

— Comment cela ?

— Vous pourriez revendre quelques objets d'art. J'imagine que ces vases vous rapporteraient une petite fortune.

Indignée, Martha Lee s'exclama :

— Comment ? Ce sont bien plus que des objets, Ronald !

D'un geste, elle indiqua plusieurs vases Ming.

— Cette collection est inestimable ! Elle appartient à ma famille depuis plus de six siècles.

— Je vois. Eh bien, Martha Lee, pensez peut-être à réserver une place à Briarwood Manor.

La surprise

Whistle Stop, Alabama

Décembre 2016

— Allô, papa ? Comment va ?

— Salut, ma fille, où es-tu ?

— À Birmingham.

— Encore ? Toujours sur ton projet, là-bas ?

— Oui, oui. Mais je connais quelqu'un dont c'est l'anniversaire, dimanche.

— Ah, ne m'en parle pas ! J'essaie de l'oublier.

— Dis-moi, est-ce que ton amie Lois pourrait garder Virgil, quelques jours ?

— Certainement, mais pourquoi ?

— Parce que je veux te montrer quelque chose pour ton anniversaire, et j'aurais besoin que tu viennes à Birmingham. Si je passais te chercher à Briarwood samedi matin et que je te raccompagnais le lundi, ça irait ?

— Bien sûr, avec plaisir.

Ils déjeunèrent le samedi chez Evelyn, et à la fin du repas, Ruthie annonça à son père :

— Papa, nous avons une surprise pour toi. Nous allons te conduire quelque part, mais tu dois promettre de faire exactement ce qu'on te demande.

— D'accord, fit Bud.

Un instant plus tard, ils s'installèrent dans la voiture d'Evelyn.

— Et maintenant, pas de questions, dit Ruthie.

— Bien, bien…

— Je vais te bander les yeux avec un foulard, que tu retireras au moment opportun.

— C'est un enlèvement ? fit Bud en riant. Vous ne m'emmenez pas chez les fous, au moins ?

— Non, non. Sois sage et tu verras.

Lorsqu'ils contournèrent Gate City, puis s'engagèrent sur la vieille route non goudronnée, Ruthie craignit que son père devine où ils se rendaient, mais il ne broncha pas.

Evelyn s'arrêta finalement et se gara juste en face du café.

— Nous sommes arrivés ? supposa Bud.

— Oui, mais ne regarde pas encore.

Les deux femmes descendirent de voiture, l'aidèrent à en faire autant et le placèrent face au café.

— C'est bon, maintenant, indiqua Ruthie.

Souriant, Bud retira le foulard qu'il avait sur les yeux et, pendant une bonne minute, parut ne pas comprendre où il se trouvait.

— Papa, c'est Whistle Stop ! Tu as devant toi le café et le salon de beauté.

Il était manifestement perturbé.

— Oui, mais j'ai du mal à le croire. On m'avait dit que la ville avait disparu, que ce n'était plus qu'un terrain vague ou un dépôt d'ordures.

— Evelyn et moi avons tout fait nettoyer, répondit Ruthie. Et nous allons reconstruire Whistle Stop.

— Vous plaisantez ?

— Pas du tout. En fait, il reste pas mal de choses. Certaines à rénover, d'autres à rebâtir entièrement.

— Alors c'était ça, votre mystérieux projet ?

— Oui, Evelyn a racheté les terrains et les bâtiments. Nous allons rouvrir le café et nous espérons attirer d'autres commerces. Qu'en penses-tu ?

— Je suis tellement sidéré que je n'arrive pas à penser.

Bud se tourna vers Evelyn.

— Vous avez vraiment tout racheté ?

— Eh bien, vu la façon dont s'étend Birmingham de jour en jour, je me suis dit qu'avec de nouvelles voies d'accès, reliées à l'autoroute, la situation pouvait changer radicalement. Je suis sûre que des gens auront envie de s'établir ici.

— Sans blague ?

— Absolument. On commencera par quelques lotissements et, à condition de lancer une campagne de pub intelligente, on aura nos clients.

Lorsqu'ils entrèrent dans le café, Bud se figea un instant, puis regarda attentivement autour de lui.

— Mon Dieu, je n'étais pas revenu dans cette salle depuis plus de soixante ans. Je m'étonne que les murs aient si bien tenu.

— Moi qui étais inactive et qui cherchais une occupation, expliqua Ruthie, je suis comblée. Quand tout sera en état, je m'installerai dans l'appartement du fond, et la patronne, ce sera moi. J'ai l'intention de reproduire le café, dedans et dehors, tel qu'il était dans les années 1930. Les gens apprécient ce genre de décor, aujourd'hui.

— Je t'aiderai avec plaisir, Ruthie. Je me rappelle exactement la place de chaque chose. Le piano droit était là, dans le coin. Et il y avait une tête de cerf derrière le comptoir.

— On ne pouvait pas rêver d'un meilleur assistant ! dit Evelyn en riant.

Avant de partir, elles montrèrent à Bud les vieilles photos qu'elles avaient trouvées dans la remise. Bud s'exclama en découvrant l'une d'elles :

— Tiens donc, le petit Chester ! Je l'avais oublié, avec le temps !

— Justement, nous aimerions bien savoir qui c'est, dit Evelyn.

Bud s'esclaffa.

— Un copain à moi. On s'envoyait des cartes, dans ma jeunesse. Une sorte de correspondant, quoi.

— C'est bien toi, ça, remarqua Ruthie. Entretenir une correspondance avec une marionnette !

Ils s'arrêtèrent ensuite au cimetière pour se recueillir sur les tombes d'Idgie, de Ruth et de Ninny. Puis ils firent le tour des terrains, et les deux femmes indiquèrent à Bud quelles maisons elles avaient décidé de restaurer. La peinture était écaillée sur la dernière, qui paraissait très délabrée.

— Bon Dieu ! s'écria Bud. C'est là qu'habitaient oncle Cleo et Ninny. J'y étais toujours fourré quand j'étais petit. Ninny nous mimait les bandes dessinées dans le journal, assise sur le perron.

Il allait en gravir les marches quand Ruthie l'arrêta.

— Attends ! Avant d'entrer, j'ai quelque chose à te donner.

Elle sortit de son sac la clé de la porte et la lui tendit.

— Bon anniversaire, papa !

Il observa la clé, puis leva les yeux vers sa fille.

— Comment ça, bon anniversaire ? Je ne comprends pas.

— La maison est à toi, c'est ton cadeau.

— Tu ne parles pas sérieusement ?

Du regard, il interrogea Evelyn.

— Si, c'est sérieux, affirma-t-elle. Nous allons l'arranger pour que vous puissiez y vivre confortablement.

Bud était stupéfait.

— Et je n'aurai plus besoin de rester à Briarwood ?

— Non, papa. C'est chez toi si tu le souhaites. Qu'en dis-tu ?

— Eh bien... je suis à court de mots. Je frôle la crise cardiaque avec vous.

— À votre place, je dirais oui, suggéra Evelyn. Êtes-vous d'accord ?

— Si je suis d'accord ? Plutôt deux fois qu'une ! Quand est-ce que je m'installe ?

— Dès que la maison sera prête, répondit Evelyn.

— J'ai du mal à me rendre compte. Ruthie, dois-je prévenir Merris que je déménage ?

— La date d'achèvement des travaux n'est pas encore fixée, mais les ouvriers mettront les bouchées doubles.

— Seigneur, je n'aurais jamais cru revoir Whistle Stop. Et maintenant, j'y retourne pour de bon ! Ruthie, Evelyn, c'est le plus beau cadeau qu'on m'ait jamais offert !

Ruthie savait que restaurer cette maison demanderait beaucoup de travail. Cependant le visage de son père s'était illuminé tout l'après-midi et, à l'évidence, cela en valait la peine. Bud ne l'avait jamais avoué, pourtant elle comprenait, en le regardant aujourd'hui, qu'il ne se plaisait pas à Briarwood Manor. Il n'avait pas montré un tel enthousiasme depuis bien longtemps. Grâce au ciel (et à Evelyn), elle allait pouvoir changer sa vie et le faire véritablement revenir chez lui. Plus que tout, elle souhaitait qu'il coule des jours heureux jusqu'à la fin de son existence.

Les deux femmes allaient étudier de près la restauration de l'ancienne maison de Ninny. Elle serait telle qu'autrefois, mais dotée d'une douche à l'italienne, d'une baignoire à porte, et l'on veillerait à ce qu'un fauteuil roulant puisse y circuler facilement, au cas où cela deviendrait nécessaire. L'architecte établit également des plans pour construire une annexe dans le jardin, afin de loger une aide-soignante si à l'avenir Bud devait en avoir besoin. Au cours des semaines suivantes, il appela Ruthie presque chaque jour depuis Atlanta, pour s'informer de l'avancement des travaux. Elle aussi était impatiente de le voir dans ses murs, et rien n'allait assez vite à son goût. Mais soudain, un événement imprévisible survint, qui paraissait tout compromettre.

Très mauvaises nouvelles

WHISTLE STOP, ALABAMA

2017

Cela avait pris du temps, mais la plupart des permis de construire étaient maintenant délivrés et le chantier devait pouvoir avancer beaucoup plus vite. Les ouvriers entamaient aujourd'hui la restauration du café. Ils étaient montés au grenier pour vérifier l'état du toit, au cas où il aurait besoin d'être consolidé. À l'aide de torches électriques, ils étaient en train d'inspecter les poutres quand leur chef les avait rejoints pour leur annoncer :

— Remballez vos outils, les gars, et rentrez chez vous. La journée est terminée.

*

Jim Carder, le patron de l'entreprise de travaux publics qu'Evelyn et Ruthie avaient choisie pour la construction de nouvelles routes, attendait ses permis pour lancer ses équipes. Finalement, il se rendit à l'office d'urbanisme du comté de Jefferson pour essayer de comprendre la cause d'un retard qu'il jugeait inadmissible. Le responsable de la division Systèmes d'égouts et réseaux routiers le fit asseoir dans son bureau, déroula une carte et lui annonça la nouvelle.

— Jim, les routes et les conduites que vous voulez remplacer ne peuvent pas transiter par une propriété privée. Navré, mais je n'ai pas le droit de vous délivrer les permis.

— Comment ? Mme Couch ne possède pas tous les terrains ?

— Presque tous, oui. Mais pas celui-ci.

Le responsable indiqua un emplacement sur la carte, entre les parcelles d'Evelyn et l'autoroute.

— On a là une dizaine d'hectares qui appartiennent à un tiers, et c'est chez lui que vous souhaitez passer.

— S'il n'y avait que ça ! Tout le projet dépend de l'autoroute. Mme Couch a l'intention de bâtir des lotissements et des commerces à cet endroit. Si l'on n'a pas accès à la bretelle, l'ensemble restera enclavé. Il nous faut absolument le droit de passage.

— Je comprends, Jim. Tout ce que je peux faire, c'est vous donner une copie du papier. C'est un acte de cession. Peut-être arriverez-vous à négocier quelque chose avec le propriétaire. À vous de voir s'il accepte de vendre ou de vous laisser passer. Faute de quoi, j'ai les mains liées. Désolé.

— Ah, mince ! La patronne a dépensé une fortune pour tout faire nettoyer, sans parler des architectes et des plans. Pourquoi diable ne m'avez-vous averti plus tôt ?

— Nous ne sommes au courant que depuis un jour ou deux. Mon assistant a récupéré une vieille carte afin de localiser l'ancien tracé des égouts, et il a vu le nom d'un inconnu sur cette parcelle. Pensant à une erreur, je l'ai envoyé se renseigner aux archives, qui ont mis un moment à nous répondre, et il n'y a pas d'erreur. Ils ont le document original, attestant d'une cession entre la famille Johnson, l'ancienne propriétaire, et un certain Arvel Ligget, domicilié à Pell City en Alabama. Les deux parties ont signé l'acte à la date du 3 novembre 1932. Voilà la copie.

Jim la saisit et la lut.

— Tout est légal, là-dedans ?

— Apparemment. Il y a un tampon, et c'est contresigné par un témoin, une Mme Eva Bates.

— Qui était cet Arvel Ligget ? En 1932 ! Mais il est mort et enterré, celui-là !

Jim Carder passa les trois semaines suivantes à fouiller dans les archives, pour découvrir que, de fait, Ligget était mort depuis longtemps. Il n'avait pas laissé de testament, mais ses descendants – pas moins de quarante-deux – se battaient bec et ongles depuis des années pour mettre la main sur ses diverses propriétés, dont les dix hectares jouxtant Whistle Stop. Chacun revendiquait le statut d'héritier unique. Il n'était donc pas possible de leur acheter, ni même de négocier, quoi que ce soit.

Quand Jim apprit la nouvelle à Evelyn et Ruthie, elles furent toutes les deux consternées. Selon lui, il ne restait plus qu'à remettre le projet à une date ultérieure en attendant que la situation se débloque, mais il n'était guère optimiste. Compte tenu des innombrables procès en cours entre les héritiers, des années pouvaient s'écouler avant qu'une décision de justice soit favorable à l'un ou à l'autre. Et, même dans ce cas, rien ne permettait d'affirmer que le bénéficiaire reconnu accepte de conclure un accord avec elles.

Evelyn savait que, sans accès à l'autoroute, poursuivre les travaux reviendrait à jeter l'argent par les fenêtres. Et donc, après en avoir débattu avec Ruthie, elle décida d'abandonner la partie.

— Je suis navrée, mon amie, lui dit-elle. C'est moi qui t'ai attirée dans ce guêpier.

— Mais non, voyons, tu n'y es pour rien.

— Peut-être, pourtant je me sens coupable. Tu viens juste de revendre ta maison. Bien sûr, j'ai d'autres projets à te proposer…

— Pourquoi pas, oui. En fait, c'est surtout pour papa que je suis triste. Il était si heureux à l'idée de se retrouver chez lui, ça va lui briser le cœur. Et puis je suis un peu frustrée aussi. Ça peut paraître idiot, mais je sens la présence de tante Idgie partout ici, ça me remet en tête tant d'histoires qu'il m'a racontées, alors j'avais l'impression qu'elle me passait le relais et que je prenais sa suite. Que je serais la nouvelle Idgie Threadgoode, en quelque sorte.

— Je comprends.

— Je l'ai rencontrée, une fois, en Floride.
— Ah bon ? Tu ne me l'avais pas dit.
— Je m'en souviens à peine. J'étais encore petite. Mais, tout de suite, elle m'avait plu. Elle était absolument adorable et je ne l'ai pas oubliée.

Dot Weems

FAIRHOPE, ALABAMA

Noël 2000

Chers tous,

À l'heure qu'il est, vous avez dû apprendre que mon Wilbur est parti en juin. Tant d'années merveilleuses passées ensemble, et qu'il est dur de se rappeler soudain que nous sommes seulement de passage. Bien sûr, je ne suis pas la première qui perd un être cher, c'est déjà arrivé à bon nombre d'entre nous. Le prix à payer de vivre aussi vieux, sans doute. Une partie de nous s'en va, celle avec qui on partageait les plus beaux souvenirs, et on se rend compte qu'on ne pourra plus le faire. Voilà pourquoi il est si important de garder le contact entre nous. Mes vieux amis de Whistle Stop sont à présent les seuls à qui je peux demander : « Vous vous rappelez le jour où… ? »

Une question que je me pose souvent : que deviennent-ils, nos jolis souvenirs, après notre mort ? Flottent-ils quelque part au-dessus des nuages ou s'éteignent-ils avec nous ? Dans ce cas, il y en a des milliards qui disparaissent à jamais...

Noël sera bien triste sans mon Wilbur. J'espère que vous me comprendrez et me pardonnerez si je n'écris pas une longue lettre, cette année.

Je vous embrasse tous très affectueusement,

Dot

Dot Weems

Fairhope, Alabama

Les amis, c'est encore moi !

Post-scriptum :

Je m'étais décidée à oublier Noël, cette année, et voilà ce qui m'arrive. Je dois d'abord faire un petit retour en arrière. Cet été, nous étions passés à la bijouterie, Wilbur et moi, pour changer le verre de sa vieille montre à gousset de cheminot. Pendant qu'il discutait avec la vendeuse, une de ses collègues me parle d'une jolie paire de boucles d'oreilles en or, serties d'une perle de culture, qu'ils venaient de recevoir. Elle m'a proposé de les essayer. Par curiosité, j'ai dit oui et elle m'a emmenée dans l'arrière-salle où elle les a adaptées à mes deux oreilles. Mon Dieu, je n'en avais jamais vu d'aussi belles ! Je lui ai demandé le prix, et j'ai failli m'évanouir quand elle me l'a annoncé. Évidemment, je les ai aussitôt retirées.

Et maintenant, la surprise :

Je ne sais pourquoi je mets parfois tant de temps à venir à bout de petites choses. Enfin, hier matin, je me suis décidée à rassembler de vieux habits de Wilbur que je voulais apporter à l'Armée du Salut. J'étais en train de trier ses sous-vêtements dans un tiroir quand j'ai aperçu un écrin en velours noir caché dans une chaussette. Je l'ai ouvert et je n'en revenais pas ! Il contenait les deux boucles que j'avais trouvées si jolies, et un petit mot qu'il avait rédigé :

« Joyeux Noël, ma chérie ! »

J'ai téléphoné à la bijouterie, où ils m'ont appris que, cet été, il avait tout prévu. Sans que je m'en aperçoive, il avait demandé à la vendeuse de me les faire essayer, pour être sûr qu'elles me plaisaient. Puis il était allé les acheter sans moi. Inutile de vous dire qu'elles m'ont réchauffé le cœur, non seulement parce qu'elles sont belles, mais parce que c'est son cadeau.

Joyeux Noël !

Dot

Grosse déception

Atlanta, Géorgie

De retour à Atlanta, Ruthie préféra ne pas informer Bud par téléphone. C'était une telle déconvenue. Elle l'invita plutôt au restaurant. Lorsqu'elle se gara devant la maison de retraite, M. Merris venait juste d'en sortir et, malheureusement, il la reconnut.

— Bonjour, madame Caldwell. Vous rendez visite à votre père ?

— Oui, je l'emmène déjeuner.

— Comme c'est gentil. Forcément, il va nous manquer quand il ne sera plus là. Mais il a parlé à tout le monde de sa nouvelle maison et je suis sûr qu'il y sera très heureux.

Ruthie eut un pincement au cœur. Elle avait espéré que Bud ne dise rien à personne. Évidemment, elle connaissait son père et cela n'était pas une surprise qu'il ait fanfaronné. Il débordait d'enthousiasme à l'idée de s'en aller. Du coup, il serait plus difficile encore de lui annoncer la nouvelle.

Au restaurant, elle lui expliqua les raisons pour lesquelles il n'était plus possible de reconstruire Whistle Stop. À l'évidence, il était terriblement déçu. Mais, fidèle à lui-même, il se soucia plutôt de sa fille.

— Oui, c'est vraiment dommage, lui dit-il. Surtout pour toi qui as tellement travaillé sur ce projet. Alors, qu'as-tu en tête maintenant ?

— Pas grand-chose, pour l'instant. Mais toi, ça va aller ? J'avais tellement envie de t'offrir ce cadeau. Ça tombe bêtement à l'eau…

— Je sais, ma chérie. Tu t'es donné du mal. Mais voilà, on ne fait pas toujours ce qu'on veut. Ne t'inquiète pas pour moi. Tout ira bien.

— Tu es sûr ?

— Mais oui. Parole de scout.

L'après-midi, dans son modeste appartement, Bud commença lentement à défaire les valises et les cartons qu'il avait préparés. La tristesse lui serrait le cœur. Le rêve était brisé. Tout cela à cause d'une maudite parcelle de terrain. Pauvre petite Ruthie. Et pauvre de lui. Demain, il faudrait annoncer à Merris qu'il n'était plus question de partir. Ce serait un très mauvais moment à passer. Surtout que Bud s'était vanté devant tout le monde que sa fille reconstruisait sa ville natale rien que pour lui.

Retour à la case départ

ATLANTA, GÉORGIE

Ruthie avait toujours eu une légère tendance à fuir la réalité. Plus encore, elle détestait s'incliner devant les faits. Et les faits sont parfois têtus : le « projet de restauration de Whistle Stop » était définitivement compromis.

Après avoir annoncé la nouvelle à son père, elle rentra à Caldwell Circle et, aussitôt passé la porte, fondit en larmes. Elle n'avait guère de temps devant elle, car son agent immobilier lui avait téléphoné, quelques jours plus tôt, pour lui dire que les Vaughan signaient l'acte de vente dans un mois et qu'ils voulaient emménager aussitôt après. Ruthie devait donc préparer son propre déménagement : une vie de souvenirs à emballer. Elle avait prévu de tout emporter, meubles compris, à Whistle Stop. À présent, elle ne savait plus où entreposer ses affaires. Et elle, où allait-elle loger ? Evelyn, toujours serviable, lui avait proposé de séjourner dans la maisonnette du jardin jusqu'à ce qu'elle trouve un nouveau point de chute, cependant Ruthie ne voulait pas s'imposer. De plus, si elle ne travaillait plus sur place, à quoi bon rester à Birmingham ? Mieux valait résider à Atlanta, près de son père.

Carolyn lui en voulait toujours d'avoir vendu la maison. Ruthie appréhendait le moment où il faudrait lui dire qu'il n'était plus question de Whistle Stop. Croisant sa belle-fille dans l'allée, la veille, Martha Lee avait lâché d'un air dédaigneux : « Tiens, revoilà notre aventurière ! » Peut-être Ruthie s'était-elle décidée trop vite. Peut-être aurait-il mieux valu garder un pied à Caldwell Circle. Maintenant que ses beaux projets s'envolaient en fumée, elle était revenue à son point de départ et elle n'avait plus d'endroit pour vivre.

Pour couronner le tout, elle était obligée de chercher un appartement et de laisser une grande partie de ses biens dans un box impersonnel de garde-meuble. Épouvantable, mais elle n'avait pas le choix. Les prochaines semaines allaient être harassantes. Du matin au soir, elle remplirait ses cartons et elle serait épuisée à la fin de chaque journée. Sans compter les visites de logements à louer. Ruthie commença à se demander si elle n'avait pas intérêt à jeter l'éponge et à s'installer à Briarwood. Il était un peu tôt pour y penser, mais puisqu'elle finirait là de toute façon, pourquoi attendre ?

La fin d'une époque

SILVER SPRING, MARYLAND

2002

Peggy se trouvait avec Bud dans son bureau, à l'arrière de la clinique vétérinaire, quand son téléphone avait vibré. C'était un SMS, envoyé par Opal Butts à Birmingham.

Elle le lut et dit à son mari :

— Chéri, c'est un message d'Opal. Dot Weems est décédée.

Bud était en train d'examiner des radios sur son écran lumineux.

— Oh non ! Que lui est-il arrivé ?

— Une crise cardiaque, apparemment.

— Mince... Mauvaise nouvelle, vraiment. Quel âge avait-elle ?

— Au moins quatre-vingt-dix ans.

— Peut-être même davantage. Ce n'était pas une jeune femme quand nous l'avons connue.

Bud soupira.

— J'ai peine à croire qu'elle ne soit plus là. Eh bien, c'est la fin d'une époque.

— Je ressens la même chose. Grady et Gladys Kilgore nous ont quittés il n'y a pas si longtemps. Bientôt il n'y aura plus personne pour se souvenir de nous et de nos jeunes années.

Dot Weems avait atteint l'âge de cent un ans. Jusqu'à la fin, elle avait continué de se rendre, trois jours par semaine, à la bibliothèque de Fairhope, où elle était bénévole. Beaucoup la regretteraient. Au cours de sa belle et longue existence, elle avait permis à tant de bons amis de garder le contact.

Un cadavre

Cooter et Lucas, deux gamins de douze ans de Gate City, aussi débraillés l'un que l'autre, n'avaient rien trouvé de mieux, ce matin, qu'aller au village de mobile homes voler de la drogue au grand frère de Cooter dans sa caravane. Ils l'avaient fourrée en vitesse dans leurs poches, puis ils avaient sauté sur leurs mobylettes pour s'éloigner de la ville aussi vite que possible. Le grand frère avait fait de la prison et ce n'était pas un tendre. S'il les rattrapait, il leur filerait une volée de tous les diables.

À bonne distance de Gate City, ils s'étaient arrêtés au bord de la route, avaient caché leurs mobylettes dans les buissons et s'étaient enfoncés à pied dans les bois, où ils avaient bientôt débouché dans une petite clairière. Essoufflés, ils s'étaient assis sous un arbre et avaient entièrement vidé leurs poches pour évaluer leur butin : plus d'une dizaine de cigarettes de marijuana, finement roulées, un briquet et trois sachets en plastique, remplis de comprimés.

— Trop cool ! s'exclama Cooter, le plus grand des deux, qui se prenait pour un dur. Je vais m'en fumer au moins deux, de ces pétards.

De son côté, Lucas, inquiet, regardait sans cesse autour de lui.

— Tu es sûr que ton frangin ne nous a pas vus ? Il serait capable de nous poursuivre jusqu'ici.

— Mais non. Passe-moi le briquet.

Lucas lança le petit briquet rouge qui atterrit juste à côté de Cooter. Quand celui-ci se pencha pour le ramasser, il remarqua une forme blanchâtre qui dépassait d'un tas de feuilles. Il regarda de plus près et sursauta.

— Les boules ! s'écria-t-il. Un bras ! Il y a un cadavre là-dessous, fichons le camp !

Les deux gamins s'enfuirent à toutes jambes et regagnèrent la route, hors d'haleine et blancs comme des cachets d'aspirine. Avec de grands gestes des bras, ils arrêtèrent une voiture et annoncèrent au conducteur :

— On a trouvé un cadavre dans les bois, monsieur ! Un mort, sous un arbre !

Le conducteur appela les secours.

L'après-midi même, le lieutenant Geena Hornbeck entra dans la salle de détente de la caserne des pompiers, où deux collègues de l'équipe des secouristes, assis à la table, étaient franchement hilares.

— Qu'y a-t-il de si drôle ? leur demanda-t-elle.

— Tu as raté quelque chose, Geena. Harry et moi, on a pris une urgence, ce matin, et quand on est arrivés sur place, il y avait deux gamins, complètement affolés, qui poussaient des grands cris. Ils prétendaient être tombés sur un mort au milieu de la forêt, un corps découpé en morceaux avec du sang partout. L'un d'eux avait eu tellement peur qu'il avait pissé dans son froc.

— Et alors ? C'était vrai ?

— Attends, c'est ça qui est drôle. On va à l'endroit indiqué pour se rendre compte, et voilà ce qu'ils avaient vu : un bras artificiel que quelqu'un avait laissé sous un arbre...

— Non ?

— Si. Alors on a creusé partout autour pour vérifier s'il n'y avait rien d'autre, mais on n'a trouvé qu'un ou deux sachets de drogue que les gamins avaient laissés, et un vieux bocal de conserve qui contenait des papiers.

— Cet endroit, c'était où ?

— Près de Gate City, pas loin des voies ferrées. Peut-être quelqu'un l'aura jeté par la fenêtre du train, ou est-ce que je sais ? Franchement, pour perdre un bras artificiel, il faut le vouloir.

— Vous n'allez pas me croire, les gars, mais je connais quelqu'un qui a perdu le sien, il y a deux ou trois ans. Et c'était justement dans ce coin.

Étonnés, les deux secouristes se regardèrent.

— Tu rigoles ?

— Mon mari l'avait rencontré dans le train. On est même allés lui rendre visite à l'hôpital. Vous l'avez toujours, ce bras ?

— Il est à côté, sur la table. Tu te rappelles le nom du type ?

— Ouais. Un certain Bud Threadgoode, domicilié à Atlanta.

— Threadgoode ? releva Harry, qui se tourna vers son collègue et lui demanda : Ce n'était pas le nom inscrit sur les papiers, dans le bocal ?

— Si. Mais avec un prénom de femme, Irene ou quelque chose de ce genre.

— Et ces papiers, c'était quoi ? l'interrogea Geena.

— Une donation, datant des années 1930. Cela doit concerner quelqu'un de sa famille. Il l'avait peut-être sur lui quand il a perdu sa prothèse.

— Vous l'avez conservé ?

— Non. Le chef a voulu vérifier ce que c'était. Il l'a transmis aux archives, pour savoir à quoi cela peut correspondre.

— Très bien, dit Geena. Entre-temps, je vais essayer d'obtenir le numéro de téléphone de M. Threadgoode, pour lui annoncer qu'on a retrouvé son bras. Quand je raconterai ça à Billy, il n'en reviendra pas.

Lorsqu'elle quitta la pièce, Harry ne put s'empêcher de remarquer :

— Un drôle de bonhomme, sûrement, ce Threadgoode, pour laisser une prothèse dans la nature et transporter des papiers officiels dans un bocal.

— Tu es encore nouveau, répondit son collègue. Tu en verras d'autres. L'année dernière, j'ai fait descendre un type, perché en haut d'un arbre, qui se prenait pour un aigle. Attends-toi à toutes sortes de choses. Les cinglés, ça ne manque pas, dans la région.

De meilleures nouvelles

Au déjeuner, à Atlanta, Ruthie entendit son portable sonner. Le numéro comportait l'indicatif de Birmingham, mais ce n'était pas Evelyn. Elle répondit.

— Allô ?

— Allô, madame Caldwell, c'est Jim Carder à l'appareil. Je vous appelle pour vous annoncer ce que je crois être une bonne nouvelle. Je viens de recevoir un coup de fil du cadastre, qui a mis la main sur un vieil acte de donation, concernant la parcelle qui nous pose des problèmes. Il comporte le nom du propriétaire et ce n'est pas Arvel Ligget.

— Ah bon ?

— Absolument. L'acte est daté du 11 août 1935. Il a pour bénéficiaire Mme Imogene Threadgoode, aujourd'hui décédée. Si nous pouvions négocier une vente ou un droit de passage avec ses héritiers, nous arriverions enfin à tout faire repartir. Ça n'est pas fantastique ?

Ruthie était stupéfaite.

— Vous n'imaginez pas à quel point.

— Il ne reste plus qu'à localiser l'actuel propriétaire.

— Monsieur Carder, l'actuel propriétaire, M. James Threadgoode junior, se trouve être mon père et il est assis à table en face de moi.

Carder fit parvenir une copie de l'acte à Ruthie et Bud, que ce dernier étudia.

— C'est bien la signature d'Idgie, assura-t-il.

L'acte comportait une date, la signature d'Idgie, celle d'un témoin, et la marque d'un tampon. Il était donc valide. Bien sûr, Bud dut fournir à Carder le testament d'Idgie, qui l'avait désigné comme unique héritier. Muni des deux pièces, Carder se rendit à l'office d'urbanisme du comté de Jefferson et, dans le courant du mois, le transfert définitif désignait Bud comme propriétaire légal du terrain. Il était donc en mesure d'accorder tous droits utiles à la société Couch Properties. Il signa volontiers les papiers, qu'il confia à Ruthie par une belle journée ensoleillée.

— Voilà, ma jolie, conclut-il avec le sourire. Fais-en bon usage !

Entre-temps, à la caserne des pompiers, Geena avait fini par obtenir son numéro de téléphone. Quelques jours plus tard, elle l'appela pour lui apprendre que deux de ses collègues avaient retrouvé son bras, ainsi qu'un bocal en verre contenant des documents qui portaient son nom.

— J'ai gardé la prothèse, mais les papiers sont partis au cadastre, lui annonça-t-elle.

— Ça, oui, je sais ! On me les a envoyés, la semaine dernière. En revanche, j'aimerais bien savoir où vos collègues l'ont découvert, ce bocal.

— Ils ont creusé autour de l'arbre, près duquel vous aviez perdu votre prothèse. Il était enterré là.

Bud ne se serait jamais douté que cette parcelle de terrain avait appartenu à Idgie. Mais, franchement, pourquoi avait-elle enterré ces papiers, enroulés, dans un bocal en verre ? Cela resterait sans doute un mystère. Et voilà qu'au moment où Ruthie en avait spécialement besoin, quelqu'un les avait mis au jour.

Ce soir-là, avant de s'endormir, Bud se demanda par quel miracle il s'était dirigé vers cet arbre en particulier, la nuit où il s'était égaré. Était-il concevable que... S'il n'avait pas retiré son bras à cet endroit-là, jamais, au grand jamais, personne n'aurait exhumé ce sacré bocal. Cela ne pouvait pas être une simple coïncidence. Plus il y réfléchit, plus il se convainquit que sa tante Idgie n'y était pas pour rien. Ces choses-là n'arrivent pas dans la vie de tous les jours.

Après tant d'années, Idgie veillait toujours sur ceux qu'elle aimait. Bud décida de ne rien dire à propos du curieux rendez-vous qu'elle lui avait donné sous cet arbre. Cela resterait un secret.

Une vieille connaissance

L'Amicale des Pêcheurs de Wagon Wheel

11 août 1935

Idgie ne se rappelait pas comment elle s'était retrouvée dans l'arrière-salle de l'Amicale à deux heures du matin. Eva Bates avait fait son possible pour l'empêcher de jouer contre cet homme qui lui avait jeté un défi. C'est qu'Arvel Ligget avait un vieux compte à régler. Depuis des années, il avait le visage grêlé par la décharge de chevrotines qu'Idgie lui avait envoyée en pleine figure, une nuit, alors qu'il tentait de tuer son chat. Difficile de l'oublier. Ligget avait patiemment attendu le jour où il croiserait son chemin à l'extérieur de Whistle Stop.

Déjà pas beau à voir, il était en outre parfaitement détestable. La Grande Dépression avait durement frappé l'Alabama. Les habitants étaient si pauvres que certains se mariaient pour ramasser les grains de riz lancés à la sortie de l'église. Ligget profitait sans scrupules du malheur des autres. Il tenait une boutique clandestine à Pell City, dans laquelle il prêtait ses dollars à des taux prohibitifs. Bien des gens lui devaient de fortes sommes. Et il se défendait sérieusement au poker. Nombreux étaient ceux qui, faute d'argent à miser, lui laissaient leur maison, leurs terres ou une ferme entière. Des hommes désespérés qui s'étaient crus capables de le battre aux cartes. Des miséreux qui, dès lors, n'avaient plus d'endroit où loger leur famille. Ligget s'en fichait. S'ils ne vidaient pas les lieux, il envoyait ses sbires pour les mettre à la porte.

Depuis le temps qu'il voulait prendre sa revanche, il avait sauté sur l'occasion en voyant Idgie assise au bar de l'Amicale. Ligget lui avait proposé d'aller dans l'arrière-salle faire une partie de poker. Elle avait décliné mais, provoquant, il avait insisté : « Tu as peur de jouer contre un homme, n'est-ce pas ? » Sobre, Idgie résistait rarement à un défi, mais alors, soûle et en colère… Et donc voilà, elle s'était assise à la table de jeu.

Au bout d'une heure, elle était sur le point d'être entièrement dépossédée. Son amie Eva, qui s'inquiétait pour elle, avait imploré son père du regard. Cependant Big Jack Bates ne pouvait pas intervenir. Chez lui, tout le monde était traité sur un pied d'égalité.

Ligget venait de remporter le dernier tour de cartes, sans tricher, et Idgie se retrouvait de beaux draps. Elle avait perdu sa montre, sa voiture et cinq cents dollars, une somme dont ni elle ni Ruth ne disposaient. Il avait donc fallu lui signer une reconnaissance de dettes.

— Je suis nettoyée, j'arrête, avait-elle déclaré.

Il était déçu.

— Voilà qui est dommage ! Encore un tour, juste un...

— Non, je n'ai plus rien à miser.

Elle avait reculé sa chaise et commencé à se lever.

— Attends, lui avait-il dit. Ne repars pas les mains vides ! Je te laisse une chance de tout reprendre et j'ajoute au tapis, en plus de ce que tu me dois, dix hectares de terrain, près de Whistle Stop. Je les ai gagnés l'autre jour. Allez ! Le vainqueur ramasse tout.

— Je t'ai déjà expliqué, Arvel. Je n'ai plus rien à miser.

Il avait souri.

— Mais si.

— Quoi ?

— Tu es toujours propriétaire de ton café, non ?

— Ça, on n'y touche pas. C'est un cadeau de mon père.

— Il est mort. Et si, dans les trois jours, tu ne me règles pas mes cinq cents dollars, je mettrai de toute façon la main dessus. Tu ferais donc mieux de le jouer. Ou alors tu es une poule mouillée.

Il n'avait pas entièrement tort. Idgie ne savait absolument où se procurer l'argent qu'elle lui devait.

En face d'elle, Arvel comptait distraitement ses jetons de poker. Il ajouta avec un sourire sarcastique :

— Réfléchis, ma fille. Tu auras peut-être de la chance. Dix hectares, ça vaut le coup.

— La moitié du café appartient à Ruth. Je ne peux pas prendre ce risque.

— Mais si… Si tu perds, ta gentille associée se fera de l'argent de poche avec son joli minois. J'en connais beaucoup qui serait prêts à payer pour roucouler avec elle.

Idgie lui lança un regard furibond.

— Espèce de salopard ! J'aurais dû te descendre à coups de chevrotines.

Il s'esclaffa.

— Sûrement ! Et quand je l'aurai, ton café, tu sais ce que je vais en faire ? Le réduire en tas de cendres. Histoire de vous rabattre votre caquet, à toi et ta petite famille. J'en ai assez de vos grands airs.

Idgie sentit son visage s'empourprer de colère, de la base du menton jusqu'en haut du crâne.

— Jamais ! Donne les cartes !

À la porte de l'arrière-salle, Eva poussa un gémissement. Elle regarda Ligget et le supplia :

— Idgie ne pense pas ce qu'elle dit. Elle est complètement soûle. Laisse-la partir.

— Trop tard. Elle a accepté.

À nouveau, Eva se tourna vers son père qui, une fois encore, refusa d'intervenir. La partie continuait. Big Jack s'approcha de la table pour surveiller Arvel et s'assurer qu'il jouait loyalement. Eva se tordait les mains en murmurant : « Bon Dieu, j'ai les oreilles qui sifflent, tellement c'est insupportable. »

Idgie coupa, puis Arvel commença à distribuer les cartes une par une. Elle souleva légèrement un coin de la première. Valet de trèfle. Une figure au départ était de bon augure. Ensuite, le huit de pique. Idgie retint son souffle en priant intérieurement : « Pourvu qu'il me donne un autre valet. » Pas de chance : le quatre de cœur. L'avant-dernière carte atterrit sur la table. Deux de pique. Aucun intérêt.

La peur la dégrisait sans doute, car elle entendait son cœur battre lourdement et elle avait les mains moites.

La dernière carte vola vers elle. Huit de carreau. Idgie n'avait qu'une paire de huit.

Arvel regarda ses propres cartes, sourit et ajouta un jeton au pot.

— Je relance de cinq cents, annonça-t-il.

Il attendit qu'Idgie suive ou se couche.

Peut-être bluffait-il, peut-être pas. Si elle se couchait maintenant, elle ne perdait rien de plus, mais il gardait le café. Le café qui, pour Idgie et Ruth, représentait des années d'efforts, l'endroit auquel elles avaient consacré tout leur temps, toute leur énergie.

Le silence était tel qu'on entendait le tic-tac de l'horloge dans la pièce à côté. Finalement, Idgie répondit :

— OK, je suis et je demande à voir.

Joignant le geste à la parole, elle jeta elle aussi un jeton.

— Bien, montre ta main, Ligget, ordonna Big Jack.

Arvel souriait encore en posant ses cartes une par une sur la table.

— Sors ton mouchoir, dit-il à Idgie.

Il avait une paire de sept. Aussitôt, il tendit le bras pour ramasser la mise.

— Une seconde, Ligget, l'arrêta Big Jack. À toi, Idgie, fais voir ta main.

Elle s'exécuta.

— Paire de huit, c'est elle qui gagne, conclut le gros homme.

Ligget plissa les paupières. Il n'avait pas l'habitude de perdre.

— Refaisons un tour, proposa-t-il. Rejouons cinq cents dollars. Et j'ai une ferme à mettre au pot.

Big Jack n'était pas de cet avis.

— Non, ça suffira pour ce soir. J'ai envie de me coucher, alors je ferme la boutique et tu règles à Idgie ce que tu lui dois.

Maussade, Arvel posa une petite liasse sur la table et rendit à Idgie ses clés de voiture.

— Il manque le titre de propriété pour les dix hectares de terrain, observa Big Jack.

— Je ne l'ai pas sur moi, expliqua Arvel. On s'en occupera plus tard.

— Pas question. Eva, va me chercher une feuille vierge et mon tampon de notaire. Ligget, tu signes un abandon de bien au bénéfice d'Idgie, et tu ne partiras qu'après.

Ligget envisagea de les planter là, tous les deux, seulement Big Jack, vu la nature de ses activités, portait toujours une arme à la ceinture. S'il dégainait rarement son revolver, aujourd'hui il n'hésiterait pas. Immobile, une main sur la crosse, il étudiait Arvel. Le message était clair et Ligget signa sa déclaration. Big Jack inscrivit ensuite la date, fit signer les deux femmes, puis donna un coup de tampon au bas de la feuille, qu'il tendit à Idgie.

— Voilà, mon amie, lui dit-il avant d'ajouter : Eva, raccompagne-la chez elle. Il ne faudrait pas qu'il lui arrive des bricoles en chemin.

Le lendemain, Idgie se réveilla tout habillée et, se souvenant aussitôt des événements de la veille, se mit à avoir des sueurs froides. Si Ruth devait apprendre qu'elle avait bêtement risqué de perdre tout ce qu'elles avaient, Ruth la quitterait certainement et emmènerait Buddy avec elle. Il fallait trouver un moyen de faire disparaître le papier compromettant qu'elle avait rapporté. L'argent qu'elle avait gagné n'était pas un problème, il suffisait de le confier à Cleo, son frère, qui garderait le silence. Quant au terrain, Idgie s'en fichait. Situé assez loin, de l'autre côté des voies ferrées, il ne valait pas un clou. En revanche, l'abandon de bien comportait une date, les signatures d'Arvel, d'Eva et d'Idgie. Ruth n'aurait qu'à le lire pour comprendre où elle avait été, quand et pourquoi. Avec la meilleure volonté du monde, Idgie ne s'en sortirait pas avec de pieux mensonges. Elle fut prise d'une terreur panique. Sortant du lit en vitesse, elle courut dans la remise du jardin, se munit d'une pelle, d'un bocal en verre, et sauta dans sa voiture. Ignorant sa migraine, ses haut-le-cœur, elle roula vers le lac Double Springs, s'engagea sur le petit chemin de terre et se gara devant le pré où se trouvait son arbre à miel. À pied, elle traversa le pré jusqu'au grand chêne et se mit à creuser sous ses branches. Le soleil du matin était brûlant, elle fut vite couverte de sueur, et des centaines d'abeilles bourdonnaient autour d'elle. Lorsqu'elle eut terminé, elle plaça son papier dans le bocal, ferma hermétiquement le couvercle et enterra le tout avec la certitude que jamais personne ne trouverait rien à cet endroit. Surtout pas Ruth qui avait une peur bleue des abeilles.

En rentrant au café à la fin de la matinée, toujours en proie à la nausée, Idgie se jura que, plus jamais, elle ne toucherait à un jeu de cartes. Et elle tint parole. Jamais elle ne revint à l'Amicale – sauf pour choisir un chien à Buddy. Toutefois, ce jour-là, elle n'entra pas dans le bâtiment, restant bien sagement devant le perron.

Buddy et Ruth n'en sauraient rien, cependant les sommes qu'elle avait gagnées lors de cette maudite partie permirent à Idgie de payer presque la moitié des études du jeune homme. Quant à Arvel Ligget, quelques mois plus tard, il devait à nouveau jouer de malchance. Miser de l'argent liquide au poker n'était pas une très bonne idée et le bruit courait qu'il cachait ses gains dans sa chaussette droite. Peu s'étonnèrent qu'on retrouve un jour son corps dans les bois, pieds nus, un pic à glace planté dans la nuque.

Les mauvaises langues prétendirent que son propre cousin lui avait fait la peau. Les Ligget n'avaient pas la réputation d'être une famille unie. Encore moins lorsqu'il s'agissait d'argent.

Le travail reprend

WHISTLE STOP, ALABAMA

Evelyn appela Ruthie dès qu'elle eut le feu vert de l'urbanisme et les documents appropriés.

— Dans combien de temps peux-tu être là ?

— Je suis en train de faire mes valises. Dans trois heures, ça ira ?

Quelque temps plus tard, les nouvelles voies d'accès étaient en cours de construction, les trottoirs allaient être refaits, et les réseaux de gaz et d'électricité rétablis selon les normes actuelles. Whistle Stop serait reproduite à l'identique, avec toutes les améliorations possibles. Au café, les ouvriers mettaient les bouchées doubles pour terminer les finitions. Contrairement à l'établissement d'origine, les appareils de la cuisine fonctionnaient impeccablement. De plus, on avait installé la climatisation. Le petit appartement du fond était prêt, Ruthie put y emménager. Elle tenait à être sur place pour superviser la fin des travaux.

Evelyn, qui administrait une troupe de théâtre, demanda à ses amis Philip et Bruce, tous deux décorateurs, de venir prêter main-forte à Ruthie. Celle-ci leur expliqua ce qu'elle souhaitait et leur fournit de vieilles photos. L'une d'elles représentait l'ancien passage à niveau, avec son panneau caractéristique, dont Philip s'inspira pour en créer un neuf, qu'il planta au même endroit que le précédent. Ils rafraîchirent les enseignes du café, et repeignirent en lettres vertes l'inscription BEIGNETS DE TOMATES VERTES sur les vitrines. Bruce et Philip firent également réimprimer les menus utilisés dans les années 1930. Seuls les prix changèrent. Qui servirait aujourd'hui un petit déjeuner complet pour vingt-cinq cents ?

La nouvelle maison de Bud prenait forme. Celle des Threadgoode fut réparée elle aussi, le bois pourri remplacé par endroits et repeint. Il ne restait plus qu'à replanter la pelouse et à élaguer le vieux savonnier du jardin.

— Tu sais quoi, Ruthie ? lui demanda Evelyn alors qu'elles étudiaient le bâtiment. Il faudrait transformer cette maison en Bed and Breakfast. Elle comporte huit chambres et une grande cuisine, ce serait parfait. J'ai repéré sur le Net des papiers peints anciens, avec un beau motif de roses. Je peux tout décorer exactement comme à l'époque. Elle a été construite en 1894 et on aura l'impression de voyager dans le temps. Je suis sûre que ça plaira.

— Et comment ! Ce sera drôlement chouette !

Trois semaines plus tard, Ruthie regardait les ouvriers fixer la tête de cerf au-dessus du comptoir quand son portable sonna. C'était son père.

— Bonjour, c'est moi. Tu es bien assise ? lui demanda-t-il.

Le ton ne laissait rien transparaître. Ruthie se dirigea vers une chaise.

— Voilà, que se passe-t-il ?

— Je voulais que tu sois la première à apprendre que nous avons convolé en justes noces.

— Pardon ?

— Lois et moi nous sommes mariés à la mairie de Columbus.

— En voilà une surprise ! Pourquoi ne m'as-tu rien dit ? Je vous aurais accompagnés.

— J'ai eu peur de te faire de la peine, eu égard à ta mère.

— Mais non. Je suis heureuse pour toi, papa. Lois est très sympa.

— Pouvons-nous te rendre visite ? On a loué une voiture avec chauffeur. J'aimerais qu'elle voie où nous allons habiter.

— Bien sûr !

— J'emmène Virgil aussi ?

— Parfait.

« De l'inattendu ! » pensa Ruthie. Mais l'heure était à la fête et, plus nombreux seraient les participants, plus elle serait réussie.

La nouvelle se répandit rapidement à Briarwood Manor, où tout se savait en un temps record. Martha Lee y avait ses informatrices, qui ne tardèrent pas à la mettre au courant. En raccrochant, Martha était à deux doigts de s'évanouir.

— Gerta ! s'écria-t-elle en se tournant vers elle. Bud Threadgoode a épousé l'héritière de Coca-Cola !

Gerta la rattrapa au dernier moment, juste avant qu'elle touche le sol.

Retour au bercail

Whistle Stop, Alabama

Evelyn et Ruthie avaient tenté de ne pas attirer l'attention sur elles, cependant un article parut dans les *Nouvelles de Birmingham*. Il tombait bien, finalement, car elles avaient besoin d'embaucher du monde pour l'inauguration de la nouvelle Whistle Stop. Bea, la petite-fille d'Opal qui était également coiffeuse, lut l'article, trouva le numéro de Couch Properties et laissa un message.

« Madame Couch, nous ne nous connaissons pas, mais je m'appelle Bea Wallace et ma grand-mère, Opal Butts, tenait le salon de coiffure en ville. Je me demandais si vous aviez reloué sa boutique. Sinon, n'hésitez pas à m'appeler. »

Plus tôt dans la journée, Alberta, la petite-fille de Sipsey, avait déjà téléphoné et offert ses services de chef cuisinière. Elle proposait d'apporter les recettes et les poêles en fonte de sa grand-mère, qu'elle avait conservées. Du moins, si l'on avait une place pour elle.

Les entendant, Evelyn avait failli pleurer. C'était comme un témoignage de reconnaissance. Mais elle n'était pas au bout de ses surprises.

En apprenant que l'église était restaurée, une jeune femme pasteur, tout juste sortie du séminaire, se rendit sur place et fit part de son intérêt pour la paroisse. Elle était prête à y exercer son ministère, avec d'autant plus de plaisir que son grand-père y avait prêché avant elle. Elle s'appelait Jessie Jean Scroggins, expliqua-t-elle.

Il ne restait plus qu'à trouver quelqu'un pour tenir le Bed and Breakfast.

Nous étions samedi et Ruthie était en train de choisir ses papiers peints sur un site Internet, quand son téléphone sonna. Elle reconnut la voix au bout du fil :

— Madame Caldwell ?

— Oui, c'est bien moi.

— Vous m'avez peut-être oubliée, mais j'ai soigné votre père, il y a quelques années, à l'hôpital de Birmingham.

— Terry ?

— Vous vous souvenez, alors ?

— Bien sûr. Comment allez-vous ?

— Bon pied, bon œil. Et Bud, ce vieux farceur ?

— Il va bien. Quel plaisir de vous entendre ! Vous travaillez toujours à l'hôpital ?

— Non, j'ai pris ma retraite, l'année dernière.

— Ah bon ?

— C'était le moment. Écoutez, vous devez avoir beaucoup à faire, alors je vais droit au but. Les journaux parlent des projets que vous menez avec Mme Couch, et il semble que vous cherchiez quelqu'un pour votre Bed and Breakfast ?

— En effet.

— Alors, je me lance, au cas où. Puis-je me porter candidate ?

— Sérieusement ?

— Oui, j'ai le sens du contact et, vous n'êtes pas obligée de me croire, mais je suis un vrai cordon-bleu.

Evelyn entrait à l'instant dans la pièce.

— Ne quittez pas, dit Ruthie à Terry en couvrant son téléphone d'une main. Evelyn, c'est Terry, l'infirmière qui s'était occupée de papa à l'hôpital.

— Ah oui. Comment va-t-elle ?

— Elle a pris sa retraite et elle aimerait tenir le Bed and Breakfast.

Evelyn tendit le bras et Ruthie lui passa l'appareil.

— Terry, c'est Evelyn Couch. C'est une très bonne idée, venez vite nous voir !

Terry rendit visite aux deux femmes, qu'elle n'eut guère de mal à convaincre.

Elles en discutaient, le soir même, dans leur bureau.

— Papa sera ravi, assura Ruthie. Et c'est toujours utile d'avoir une infirmière à disposition, non ?

— Absolument. Tiens, pense à une chose : tu seras responsable du café, Terry du Bed and Breakfast, Bea travaillera au salon, et on a Alberta et Jessie Jean. La ville entière sera gérée par des femmes. Ton père sera le seul homme parmi nous.

Ruthie sourit.

— Tel que je le connais, ça lui plaira. Il a toujours eu un faible pour les dames.

Regardez qui est là !

Whistle Stop, Alabama

Il tombait une de ces violentes averses dont l'Alabama a le secret lorsqu'on frappa énergiquement à la porte. Ruthie alla ouvrir et découvrit sa belle-mère devant elle, trempée jusqu'aux os, une valise à la main.

— Me voilà en Alabama, dit Martha Lee, non pour jouer du banjo[1], mais pour implorer votre clémence.

— Eh bien, que vous arrive-t-il ? Je vous croyais à Briarwood. Entrez donc !

Martha Lee ne se fit pas prier.

— C'était prévu, mais ce petit imbécile de Merris m'a mise sur une liste d'attente. Comme quoi ma situation financière laisserait à désirer. Ce qui reste tout de même à vérifier… Enfin, moi, sur une liste d'attente ?!

Elle prit alors l'air le plus humble dont elle fut capable.

---

1. Référence au traditionnel *Oh, Susanna* (1848, Stephen Foster) : « I've come from Alabama with a banjo on my knee ».

— Auriez-vous un petit coin, par ici, où je puisse me terrer un moment ? demanda-t-elle. Je serai aussi discrète qu'une souris, promis.

— Vous n'allez quand même pas rester dehors ! Mais, dites-moi, avez-vous prévenu Carolyn ? Elle serait sûrement ravie de vous accueillir.

Martha parut étonnée.

— Comment ? Vous n'êtes pas au courant ?

— Au courant de quoi ?

— Carolyn est en train de divorcer.

— Carolyn ?

— Je vous raconterai plus tard. Pour l'instant, j'aimerais m'allonger un peu. Je suis épuisée.

Évidemment, Ruthie ne ferma pas l'œil de la nuit.

Le téléphone sonna tôt, le lendemain matin. C'était Carolyn.

— Maman, Brian m'a quittée pour vivre avec une autre femme !

— Oh, ma chérie, que s'est-il passé ?

— Il m'a plaquée pour une hygiéniste dentaire, tu te rends compte ? Je n'ai jamais été aussi humiliée de ma vie. Tous nos amis sont au courant. Je ne resterai pas un jour de plus dans cette ville !

— Tu as parlé à ta grand-mère ?

— Elle ne veut rien comprendre. C'est de toi que j'ai besoin. Tu peux nous accueillir, Cameron et moi ?

— Bien sûr, Carolyn. Et ne t'inquiète pas, on trouvera bien une solution.

— Merci, maman. Je me demande ce que je ferais sans toi.

Ruthie était désolée pour sa fille, mais, d'un autre côté, quelque chose lui redonnait confiance. Carolyn ne lui avait encore jamais dit qu'elle avait besoin d'elle. C'était rassurant. Comme quoi, la vie était pleine de rebondissements. Sa fille et sa petite-fille allaient la rejoindre à Whistle Stop. Peut-être s'installeraient-elles pour de bon ? Une école devait bientôt ouvrir ses portes à proximité. « Inutile de faire des prévisions à long terme », pensa Ruthie. Mais c'était une possibilité.

Whistle Stop

28 JUILLET, JOUR D'INAUGURATION

Tout le monde était là pour la réouverture du café. Richard et son amie Dotsie, qui avaient fait le voyage depuis l'Oregon, étaient enchantés. Véganes l'un comme l'autre, ils purent déguster autant de beignets de tomates vertes qu'ils voulaient. Bud se réjouit de revoir Billy Hornbeck et son épouse Geena, qu'il présenta à Lois. De nombreux petits-enfants du révérend Scroggins et du shérif Grady avaient pris l'avion pour assister à la cérémonie. Janice Rodgers, la présentatrice vedette de la chaîne locale, tourna un reportage entier avec une interview de Bud, qui évoqua le bon vieux temps avec délice. Au milieu de l'après-midi, le maire de Birmingham se joignit à la fête et fit cadeau à la ville d'une plaque commémorative. Il déclara que le conseil municipal avait décidé de faire du 28 juillet la « Journée de Whistle Stop », qui serait célébrée chaque année. Les cheminots de service avaient été informés de l'événement, de sorte que tous les trains passant à proximité donnèrent plusieurs coups de sifflet.

Bud et Lois déjeunèrent au café et commandèrent évidemment de grandes assiettes de beignets de tomates vertes. Alberta Peavey sortit un instant de sa cuisine pour demander :

— Alors, monsieur Threadgoode, ça vous plaît ?

Il la dévisagea en souriant.

— Alberta, mon amie, si je n'étais pas déjà marié, je te demanderais ta main tout de suite. Je n'en avais pas mangé d'aussi bons depuis ceux de Sipsey en 1949 !

Bud n'oublierait jamais cette journée. Toute sa famille était réunie et Whistle Stop débordait à nouveau de vie.

Martha Lee s'associa avec Carolyn pour ouvrir un magasin d'antiquités à la place de l'ancienne poste. Elles y vendirent, comme on pouvait s'y attendre, des porcelaines de Chine. Et le nouveau salon de coiffure La Grange aux abeilles, situé juste à côté, attira vite des clientes.

Evelyn était aux anges. Comme d'habitude, malgré des débuts incertains, ses investissements se révélaient payants. Certes, elle avait perdu un peu de temps, mais ses intuitions se confirmaient. Elle allait bientôt lancer la construction de deux immeubles résidentiels de deux étages, derrière le café, qui porteraient le nom de Croissant d'Argent 1 et 2. Comme elle avait l'intention de viser une clientèle jeune, Evelyn les doterait d'un centre de fitness dernier cri, d'une piscine intérieure chauffée et d'un bar à café et jus de fruits. Elle songeait même à s'y installer. Sa maison était trop grande pour y habiter seule et, comme elle venait de le remarquer, elle appréciait la compagnie de personnes plus jeunes qu'elle.

Tout vient à point à qui sait attendre, dit-on. Un coup de pouce ne nuit pas non plus. Quelques mois après sa réouverture, le café profita d'un article élogieux dans les *Nouvelles de Birmingham*, d'une émission de télévision et, du jour au lendemain, il devint un endroit à la mode. Selon un critique, il servait une cuisine « délicieuse et authentique, de la ferme à la table ». Bientôt, des clients affluèrent d'aussi loin qu'Atlanta ou Nashville. Le succès était tel qu'il fallut agrandir le bâtiment, qui finit par tripler sa surface initiale. Ruth et Idgie n'en auraient pas cru leurs yeux. Qui aurait pensé qu'un jour les beignets de Sipsey seraient élevés au rang de plat gastronomique, et qu'il serait nécessaire de réserver une table au Whistle Stop Café plusieurs semaines à l'avance ?

Il est encore une chose que Ruthie n'aurait pas devinée. Le café ayant pour couleurs principales le vert et le blanc, ses deux cents grenouilles trouvèrent naturellement leur place sur les étagères.

FIN

Épilogue

Un an plus tôt, Bud Threadgoode avait renoncé à tout projet d'avenir, et voilà qu'aujourd'hui il partait faire le tour du monde.

Ruthie avait encore du mal à croire que, le matin même, son père s'était envolé pour l'Europe à bord d'un jet privé, avec sa deuxième femme Lois – et Virgil. Elle éclata de rire. Ce chat avait déjà plus voyagé qu'elle. Bien sûr, Ruthie n'avait pas épousé l'héritière de la compagnie Coca-Cola. Pour lui dire au revoir, Bud avait téléphoné depuis l'aéroport et lui avait rappelé : « Surtout n'oublie pas de profiter de chaque instant. En ce qui nous concerne, nous n'allons pas perdre une minute. »

Ruthie n'oubliait pas. Elle aimait se lever le matin, vérifier que tout était en ordre au café, accueillir des clients venus de toute l'Amérique, leur servir une merveilleuse nourriture, leur raconter l'histoire d'Idgie et de Ruth. La semaine dernière, elle avait reçu un car entier de touristes au déjeuner.

Et puis il y avait ce monsieur qui revenait souvent manger. Un banquier d'affaires à la retraite, veuf et bien de sa personne, qui habitait Birmingham. Elle voyait bien qu'elle lui plaisait, et la réciproque était vraie. Alors ? Un compagnon de son âge ? Pourquoi pas ? Son père était retombé amoureux à quatre-vingt-neuf ans. Tout était possible. On lisait partout dans les journaux que l'on pouvait recommencer une nouvelle vie aussi facilement à soixante ans qu'à quarante. De plus, il lui rappelait Brooks. Après avoir si longtemps souffert de la solitude, elle avait hâte de passer à l'étape suivante.

Remerciements

Je voudrais remercier mes agents Jennifer Rudolph Walsh, Sylvie Rabineau et Suzanne Gluck, ainsi que Random House Publishing pour leur soutien depuis tant d'années, sans oublier mon éditrice et amie de longue date Kate Medina.

13446

Composition
NORD COMPO

Achevé d'imprimer à Barcelone
par CPI Black Print
le 6 mars 2022

Dépôt légal : mars 2022
EAN 9782290367292
OTP L21EPLN003046N001

ÉDITIONS J'AI LU
87, quai Panhard-et-Levassor, 75013 Paris

Diffusion France et étranger : Flammarion